闲卷
随笔文丛

書海遇合

冯至 著
桑农 编

湖南大学出版社

图书在版编目（CIP）数据

书海遇合 / 冯至著；桑农编 . — 长沙 : 湖南大学出版社，
2017.8
（开卷随笔文丛）
ISBN 978-7-5667-1273-8

Ⅰ . ①书… Ⅱ . ①冯…②桑… Ⅲ . ①随笔—作品集—中国—当代
Ⅳ . ① I267.1

中国版本图书馆 CIP 数据核字 (2017) 第 044672 号

书海遇合
SHUHAI YUHE

作　　者：冯　至（著）桑　农（编）
策划编辑：肖立生　邹　彬　刘　旺
责任编辑：刘　旺
责任校对：全　健
装帧设计：山和水设计工作室
印　　装：长沙超峰印刷有限公司
开本：850 × 1168　32 开　　印张：9.5　　字数：206 千
版次：2017 年 8 月第 1 版　印次：2017 年 8 月第 1 次印刷
书号：ISBN 978-7-5667-1273-8
定价：36.00 元

出 版 人：雷　鸣
出版发行：湖南大学出版社
社址：湖南 · 长沙 · 岳麓山　邮编：410082
电话：0731-88822559(发行部)，88821691(编辑部)，88821006（出版部）
传真：0731-88649312(发行部)，88822264(总编室)
网址：http://www.hnupress.com
电子邮箱：56181521@qq.com

第一辑

第二辑

第三辑

第四辑

第一辑

《北游及其他》序

我时常自己想，在这几年的生活里，真能有一件是值得用笔写出的事情吗？这样想时，我立刻便感到一种欣慰：如果有，那便毫无疑问是慧修对我的友情了。五年前我们初次认识，那时我还是一个不到二十岁、充满了顽冥的孩子气的青年，他用他从辛苦的生活里得来的一些经验，把我当作小弟弟一般地看待。从冬天买棉鞋到夏天做单衫，从白天到大学去听讲到夜晚在灯底下写诗，关于我的生活，无论是精神的或是物质的，几乎没有一件不是他替我想的比我自己所想的还多。岁月永不停留，现在我已经要赶上五年前他那时的年龄，而他却又不知经历了多少内心的忧患，在今年春天一个刮风的日子里满了三十了。人一生应该怎样？世界上的教诲很多，我没有功夫去理会它们。但我却为了慧修的友情，渐渐认识到自己应该怎样走的方向。他在我性格的缺陷上不知纠正了多少；在我懦弱的地方不知鼓励了多少；自幼因为环境关系养成的那自卑心理的云雾是他给我拨开了；内心上的许多污点是他为我洗去了：他使我知道了精神应该如何清洁，身体应该如何健康，怎样去想，怎样去爱。如今我把这从我生命里培养出来的小小的花朵呈在他的面前，不管这些花是怎样无香无色，好在是从我自己的园里产出的，我只要求慧修肯把它嗅一嗅，能够嗅出一点本乡本土的气息，我就会感到舒畅了。

一九二七年初秋，我离开北京大学的学生宿舍，登上往北方的一个大都市哈尔滨去的长途。在送别人中，最使我难于忘记的是那晚慧修的面貌。他心里想着什么呢？我不知道。我只看着他那辛酸的情味完全形之于当时的动作了：他怎样为我起好了行李票，怎样在火车上给我找到适当的座位，怎样似有意似无意地把一本 Rossetti 的画集放在我随身带着的箱中，但是他并没有说什么话。

车渐渐地移动了。我不知他同旁的朋友们是否还在月台上呆呆地望着，我却不由己地打开日记本这样地写了："我想，不论我的运命的星宿是怎样暗淡无光，但它究竟是温带的天空里的一颗啊；不论我的道路是怎样寂寞，在这样的路上总是常有一些斜风细雨来愉悦我的心情的。从家庭到小学校去，是母亲用了半夜的功夫为我配置好了笔墨同杂记本，第二天夹在腋下走去的；从故乡到北京的中学校去，又是我那勇于决断的继母独排众议把我送去的；入大学的那年，继母也死去了，是父亲给我预备了一切，把我送上火车，火车要开了，他还指着他手中的手杖问我：‘要这个不要？’那时他好像要把他所有的一切都交给他儿子带走似的。这次呢，我要到人生的海里去游泳了——‘挂帆沧海，风波茫茫，或沦无底，或达仙乡’——送我的是谁呢？我应该仔细想想，这中间有怎样重大的意义呀！……”这样写着，我同我的朋友，一程比一程远了，田野，一程比一程荒凉了。

一程比一程地远了，一程比一程地荒凉了。在慧修的面前时，还穿着夏布长衫，等到上了南满车的北段，凄风冷雨，却不能不从行箧中取出来一件长才及膝的夹袍。穿上以后，禁不住泪落在襟上了。因为《无花果》那一辑里的诗，多半是穿着这件夹袍的时候写的。

来到那分明是中国领土却充满了异乡情调的哈尔滨，它像是在北欧文学里时常读到的，庞大的、灰色的都市。我在一座楼的角落里安放了我的行囊，独自望着窗外，霍霍的秋雨，时而如丝，时而似绳，远方只听到瘦马悲鸣，汽车怒吼，自己好像是一个无知的小儿被戏弄在一个巨人的手中，不知怎样求生，如何寻死。唯一的盼望便是北京的来信。最先收到的，仍是慧修的信：“人生是多艰的。你现在可以说是开始了这荆棘长途的行旅了。前途真是不但黑暗而且寒冷。要坚韧而大胆地走下去吧！一样样的事实随在都是你的究竟的试炼、证明。……此后，能于人事的艰苦中多领略一点滋味，于生活的寂寞处多做点工，那是比什么都要紧、都真实的。”我反复地读了几遍，这样的话是多么严肃呵！

但是，那座城对我太生疏了，所接触的都是些非常古怪的人干些非常古怪的事，而自己又是骤然从温暖的地带走入荒凉的区域，一切都没有准备，所以被冷气一袭，便手足无措，只是空空地对着几十本随身带来的书籍发呆，可是一页也读不下去。于是：在月夜下雇了一只小艇划到松花江心，觉得自己真是一个最贫乏的人的时候也有；夜半在睡中嚷出“人之无聊，乃至如此”的梦话，被隔壁的人听见，第二天被他作为笑谈的时候也有；十月上旬便飞着雪花，独自走入俄国书店，买了些俄国文学家的相片，上面写了些惜别的词句寄给远方的朋友的时候也有；在一部友人赠送的叔本华的文集上写了些伤感的文言的时候也有；雪渐渐多了，地渐渐凝冻了，夜渐渐长了，跑到山东人的酒店里去喝他们家乡的清酒，或在四壁都画着雅典图的希腊饭馆里面的歌声舞影中对着一杯柠檬茶呆呆地坐了半夜的时候也有。这样油一般地在水上浮着，魂一般地在人群里跑着。虽然如此，但有时我也曾在冰最厚、雪最大、风最寒的夜里，独自立在街心，觉得自己虽然不曾前进，但也没有沉沦。我就在这种景况里一行行、一段段地写了出来长诗《北游》。诗写完后，不禁想起杜甫的诗句：“此身饮罢无归处，独立苍茫自咏诗。”

归终我更认识了我自己，我既不是中古的勇士，也不是现代的英雄，我想望的是朋友，我需要的是感情；归终我不能不离开那座不曾给我一点好处的大都市，而又依样地回到我的第二故乡的北京，握住我的朋友们的手了。北京，你真是和我的朋友一样，越久，我同你的话越是说不完，在你的怀抱里有我的好友，有我思念的女子，我愿常常在你的怀抱里歌咏。阿尔卑斯山的攀登，莱茵河的夜泛，缓步于古波斯的平原，参礼于恒河两岸，也许会令人神往吧，但也只有生疏的神往而已，万分之一也不及你的亲切、熨帖，因为在你身上到处都有我不能磨灭的心痕脚迹。慧修，你让我常常在你身边吧，我不希望任何人对我的赞美，我只愿见你向我的微笑；我不愿受任何人的批评，我只爱听你的指责。我常常因为你是怎样地骄傲啊，对于那些只过着浮滑的生活而始终不曾受过友情洗礼的人们；我怎样地应该自慰啊，对于那些需要友情而又不能得到的人们。朋友，现在我把这消逝了的两年内从生命里蒸发出来的一点可怜的东西交给你，我的心中感到意外的轻松了。

一九二九年五月九日

《十四行集》序

一九四一年我住在昆明附近的一座山里，每星期要进城两次，十五里的路程，走去走回，是很好的散步。一人在山径上、田埂间，总不免要看，要想，看的好像比往日看得格外多，想的也比往日想得格外丰富。那时，我早已不惯于写诗了——从一九三〇到一九四〇十年内我写的诗总计也不过十来首——但是有一次，在一个冬天的下午，望着几架银色的飞机在蓝得像结晶体一般的天空里飞翔，想到古人的鹏鸟梦，我就随着脚步的节奏，信口说出一首有韵的诗，回家写在纸上，正巧是一首变体的十四行。这是诗集里的第八首，是最早也是最生涩的一首，因为我是那样久不曾写诗了。

这开端是偶然的，但是自己的内心里渐渐感到一个要求：有些体验，永远在我的脑里再现，有些人物，我不断地从他们那里吸收养分；有些自然现象，它们给我许多启示。我为什么不给他们留下一些感谢的纪念呢？由于这个念头，于是从历史上不朽的人物到无名的村童农妇，从远方的千古的名城到山坡上的飞虫小草，从个人的一小段生活到许多人共同的遭遇，凡是和我的生命发生深切的关联的，对于每件事物我都写出一首诗：有时一天写出两三首，有时写出半首便搁浅了，过了一段长久的时间才能续成。这样一共写了二十七首。到秋天生了一场大病，病后孑然一身，好像一无所有，但等到体力渐渐恢复，取出这二十七首诗重新整理誊录时，精神上感到一种轻松，因为我满足了那个要求。

至于我采用了十四行体，并没有想把这个形式移植到中国来的用意，纯然是为了自己的方便。我用这形式，只因为这形式帮助了我。正如李广田在论《十四行集》时所说的，“由于它的层层上升而又下降，渐渐集中而又解开，以及它的错综而又整齐，它的韵法之穿来而又插去”，它正宜于表现我要表现的事物；它不曾限制了我活动的思想，而是把我的思想接过来，给一个适当的安排。

如今距离我起始写十四行已经整整七年，北平的天空和昆明的是同样蓝得像结晶体一般，天空里仍然时常看见银色的飞机飞过，但对着这景象再也不能想到古人的鹏鸟梦，而想到的却是银色飞机在地上造成的苦难。可是看见几个降生不久的小狗，仍然要情不自禁地说出一句：

你们在深夜吠出光明。

在纷杂而又不真实的社会里更要说出这迫切的祈求：

给我狭窄的心
一个大的宇宙！

一本诗本来应该和一座雕刻或一幅画一样，除去它本身外不需要其他的说明，所以这个集子于一九四二年在桂林明日社初版时，集前集后并没有序或跋一类的文字。如今再版，我感到有略加说明的必要。所要说明的，就是上边的这几句话。

一九四八年二月五日北平

《伍子胥》后记

我们常常看见有人拾起一个有分量的东西，一块石片或是一个球，无所谓地向远方一抛，那东西从抛出到落下，在空中便画出一个美丽的弧。这弧形一瞬间就不见了，但是在这中间却有无数的刹那，每一刹那都有停留，每一刹那都有陨落。古人在“镞矢之疾”，在“飞鸟之影”的上边，似乎早已看得出这停留与陨落所结成的连锁。若是把这个弧表示一个有弹性的人生，一件完美的事的开端与结束，确是一个很恰当的图像。因为一段美的生活，不管为了爱或是为了恨，不管为了生或是为了死，都无异于这样的一个抛掷：在停留中有坚持，在陨落中有克服。这故事里的主人为了父兄的仇恨，不得不离开熟识的家乡，投入一个辽远的生疏的国土，从城父到吴市，中间有许多意外的遭逢，有的使他坚持，有的使他克服，是他一生中最有意义的一段。在少年时，我喜爱这段故事，有如天空中的一道虹彩，如今它在我面前又好似地上的一架长桥——二者同样弯弯地，负担着它们所应负担的事物。

远在十六年前，我第一次读到里尔克的散文诗《旗手里尔克的爱与死之歌》，后来我在一篇讲里尔克的文章里曾经说过："在我那时是一个意外的，奇异的得获。色彩的绚烂，音调的和谐，从头至尾被一种忧郁而神秘的情调支配着，像一阵深山中的骤雨，又像一片秋夜里的铁马风声。"我被那一幕一幕的色彩与音调所感动，我当时想，关于伍子胥的逃亡也正好用这样的体裁写一遍。但那时的想象里多少含有一些浪漫的元素，所神往的无非是江上的渔夫与溧水边的浣纱女，这样的遇合的确很美，尤其是对于一个像伍子胥那样的忧患中人。昭关的夜色，江上的黄昏，溧水的阳光，都曾经音乐似地在我的脑中闪过许多遍，可是我并没有把它们握住。

十六年，是一段多么空旷的时间。十六年前的世界已经不是现在眼前的世界，自己的思想与心情也起过许多变化，而伍子胥这个影子却没有在我的想象中完全消逝。当我在柏林，忽然在国内寄来的报纸上读到友人梁遇春君逝世的消息，随后便到东海的一个小岛去旅行时，在船上望着海鸥的飞没，我曾经又起过写伍子胥的愿望。当抗战初期，我在内地的几个城市里流离转徙时，有时仰望飞机的翱翔，我也思量过写伍子胥。可是伍子胥在我的意象中渐渐脱去了浪漫的衣裳，而成为一个在现实中真实地被磨炼着的人。这有如我青年时的梦想，有一部分被经验给填实了，有一部分被经验给驱散了一般。

三十一年的冬天，卞之琳先生预备把他旧日翻译的《旗手》印成单行本，在付印前，我读到他重新改订的译稿。由于这是青年时爱过的一本书，我又想起伍子胥。一时兴会，便写出城父、林泽、洧滨、昭阴、江上、溧水、吴市七章，但是现在所写的和十多年前所想象的全然不同了，再和里尔克的那首散文诗一比，也没有一点相同或类似的地方。里边既缺乏音乐的元素，同时也失却这故事里所应有的朴质。其中掺入许多琐事，反映出一些现代人的，尤其是近年来中国人的痛苦。这样，二千年前的一段逃亡故事变成一个含有现代色彩的“奥德赛”了。既然如此，我索性不顾历史，不顾传说，在这逃亡的途程上又添了两章：宛丘与延陵。这虽然是我的捏造，但伍子胥从那些地方经过，并不是不可能的。于是伍子胥对于我好像一棵树，在老的枝干上又发出几个新芽。

一个朋友读完我的原稿，他问我，吴市以后的伍子胥还想继续写下去吗？我回答他说，不想继续写下去了；如果写，我就想越过三十八年，写伍子胥的死。我于是打开架上的《吴越春秋》，翻出一段向他诵读——

子胥归，谓被离曰：“吾贯弓接矢于郑楚之界，越渡江淮，自致于斯。前王听从吾计，破楚见凌之仇。欲报前王之恩而至于此……"

被离曰："……自杀何益？何如亡乎？"

子胥曰："亡臣安往？"

我读完这一段，我重复着说，如果写，我就写他第二次的"出亡"——死。

一九四四年冬

《山水》后记

三十一年的秋天，从过去写的散文中抽出十篇性质相近的，集在一起，按照年月的先后编成一本集子，在封面上题了“山水”两个字，随后又信手写了一篇跋语：

“十几年来，走过许多地方，自己留下的纪念却是疏疏落落的几篇散文。或无心，或有意，在一些地方停留下来，停留的时间不管是长到几年或是短到几点钟，可是我一离开它们，它们便一粒种子似的种在我的身内了：有的仿佛发了芽，有的则长久地沉埋着，静默无形，使人觉得更是一个沉重的负担。我最难忘怀的，譬如某某古寺里的一棵千年的玫瑰，某某僻静的乡村礼拜堂里的一幅名画，某某海滨的一次散步，某某水上的一次夜航……这些地方虽然不在这小册子里出现，但它们和我在这里所写的几个地方一样，都交织在记忆里，成为我灵魂里的山川。我爱惜它们，无异于爱惜自己的生命。”

“至于这小册子里所写的，都不是世人所谓的名胜。地壳构成时，因为偶然的遇合，产生出不寻常的现象，如某处的山洞，某处的石林，只能使我们一新眼界，却不能使我们惊讶造物的神奇。真实的造化之工却在平凡的原野上，一棵树的姿态，一株草的生长，一只鸟的飞翔，这里边含有无限的永恒的美。所谓探奇访胜，不过是人的一种好奇心，正如菜蔬之外还想尝一尝山珍海味；可是给我们的生命滋养最多的并不是那些石林山洞，而是碧绿的原野。自然本身不晓得夸张，人又何必把夸张传染给自然呢。我爱树下水滨明心见性的思想者，却不爱访奇探胜的奇士。因为自然里无所谓奇，无所谓胜，纵使有些异乎寻常的现象，但在永恒的美中并不能显出什么特殊的意义。”

“对于山水，我们还给它们本来的面目吧。我们不应该把些人事掺杂在自然里面：宋、元以来的山水画家就很理解这种态度。在人事里，我们尽可以怀念过去；在自然里，我们却愿意万古长新。最使人不能忍耐的是杭州的西湖，人们既不顾虑到适宜不适宜，也不顾虑这有限的一湖湖水能有多少容量，把些历史的糟粕尽其可能地堆在湖的周围，一片完美的湖山变得支离破裂，成为一堆东拼西凑的杂景。——我是怎样爱慕那些还没有被人类的历史所点染过的自然：带有原始气氛的树林，只有樵夫和猎人所攀登的山坡，船渐渐远离了剩下的一片湖水，这里，自然才在我们面前矗立起来，我们同时也会感到我们应该怎样生长。山水越是无名，给我们的影响也越大；因此这些风景里出现的少数的人物也多半是无名的：但愿他们都谦虚，山上也好，水边也好，一个大都会附近的新村里也好，他们的生与死都像一棵树似的，不曾玷污了或是破坏了自然。”

等到第二年九月，《山水》在重庆的一个书局出版时，由于一时的疏忽，这篇不及一千字的短文却没有印在书的后边。如今重新编定这本小书，又加上三十一年以后的三篇，再把它重读一遍，觉得它并没有失却它充作跋语的意义。这种对于自然的看法，我不能不感谢昆明七年的寄居。昆明附近的山水是那样朴素，坦白，少有历史的负担和人工的点缀，它们没有修饰，无处不呈露出它们本来的面目：这时我认识了自然，自然也教育了我。在抗战期中最苦闷的岁月里，多赖那朴质的原野供给我无限的精神食粮，当社会里一般的现象一天一天地趋向腐烂时，任何一棵田埂上的小草，任何一棵山坡上的树木，都曾给予我许多启示，在寂寞中，在无人可与告语的境况里，它们始终维系住了我向上的心情，它们在我的生命里发生了比任何人类的名言懿行都重大的作用。我在它们那里领悟了什么是生长，明白了什么是忍耐。

但是自从三十一年以后，除去这里加上的三篇，我就很少写《山水》这类的文字了。当时后方的城市里不合理的事成为常情，合理的事成为例外，眼看着成群的士兵不死于战场，而死于官长的贪污，努力工作者日日与疾病和饥寒战斗，而荒淫无耻者却好像支配了一切。我写作的兴趣也就转移，起始写一些关于眼前种种现实的杂文，在那时成为一时风尚的小型周刊上发表，一篇一篇地写下去，直到三十四年八月十日才好像告了一个结束。如今回顾，我仍然爱惜《山水》里的几篇，以及那篇跋语里所说的几段话。因为无论在多么黯淡的时刻,《山水》中的风景和人物都在我的面前闪着微光，使我生长，使我忍耐。就是那些杂文的写成，也多赖这点微光引导着我的思路，一篇一篇地写下去，不会感到疲倦。

如今回到北平，眼前的种种陷入比战时更为纷纭的状况，终日坐在城圈子里，再也没有原野的风梳栉我的心灵，而昆明的山水竟好像成为我理想中的山水了。这时我觉得这本小册子与其说是纪念过去走过的许多地方，倒不如说是纪念昆明。

一九四六年冬

物）的观察中体验一些生的意义，只在人生的表面上永远往下滑过去。这样，自然无所谓艰难，也无所谓孤单，只是隐瞒和欺骗。欺骗和隐瞒的工具，里尔克告诉我们说，是社会的习俗。人在遇见了艰难，遇见了恐怖，遇见了严重的事物而无法应付时，便会躲在习俗的下边去求它的庇护。它成了人们的避难所，却不是安身立命的地方。——谁若是要真实地生活，就必须脱离开现成的习俗，自己独立成为一个生存者，担当生活上种种的问题，和我们的始祖所担当过的一样，不能容有一些儿代替。

在这几封信里，处处流露着这种意义，使读者最受感动。当我于一九三一年的春天，第一次读到这一小册书信时，觉得字字都好似从自己心里流出来，又流回到自己的心里，感到一种满足，一种兴奋，禁不住读完一封，便翻译一封，为的是寄给不能读德文的远方的朋友。如今已经过了六年，原书不知又重版多少次，而我的译稿则在行箧内睡了几年觉，始终没有印成书。现在我把它取出来，略加修改付印，仍然是献给不能读德文原文的朋友。后边附录一篇里尔克的散文《论“山水”》。这篇短文内容的丰富，在我看来，是抵得住一部艺术学者的专著的。我尤其喜欢那文里最末的一段话，因为读者自然会读到，恕我不在这里抄引了。

关于里尔克的一生和他的著作，不能在这短短的序中有所叙述。去年他去世十周年纪念时，上海的《新诗》月刊第一卷第三期，曾为他出一特辑，读者可以参看。他的作品有一部分已由卞之琳、梁宗岱、冯至译成中文，散见《沉钟》半月刊、《华胥社论文集》《新诗》月刊、大公报的《文艺》和《艺术周刊》中。

至于收信人的身世，我知道得很少，大半正如他的《引言》上所说的一样，后来生活把他“赶入了正是这位诗人温暖、和蔼而多情的关怀”所为他“防护的境地”了。

一九三七年五月一日

《给一个青年诗人的十封信》重印前言

这本小书译于一九三一年，到现在已经整整六十年。那时我为什么翻译它，在一九三七年写的《译者序》里已做了交代，这里不再重复。它于一九三八年由商务印书馆出版，正是抗日战争的第二年，印数不多，流传不广，我收到几本样书，当时分赠友人，自己只留下一本。但它给我留下一些值得纪念的回忆。

一九三九年我到昆明不久，就在《云南日报》上读到一篇关于这本书比较深入的评论，过些时我才知道作者王逊是一位年轻的美术研究者，在云南大学教书，不久我们便成为常常交往的朋友（不幸他于六十年代在北京逝世了）。一九四六年我回到北平，听说某中学的一位国文教师很欣赏这本书，曾一度把它当作教材在课堂上讲授。很遗憾，我并没有得到机会认识他。最使我感动的，是友人杨业治在昆明生活极为困难的时期，曾将此书与原文仔细对照，他发现几处翻译的错误，提出不少中肯的修改意见，写在十页长短不齐的土纸条上交给我。这些又薄又脆的纸条我保留至今，但字迹已模糊，用放大镜才能看得清楚。五十年代，我在仅仅留存的那一本上边，把译文校改过一次。不料十年浩劫，校改本被人抄走，一去不回。

这些年来，先是绿原同志，后是沈昌文同志，他们都找到原书，各自以复印本相赠，同时舒雨同志读到这本书，对译文也提了一些意见；我得以在复印本上再一次从头至尾进行修改，在这里我谨向他们表示衷心的感谢。这次修改，改正了一些错误，填补了几处漏译，词句间做了不少改动，但仍不免存有六十年前文体的痕迹。

经过六十年的岁月，这本书的内容有些地方我已不尽同意，校改也只认为是一个应尽的责任，不再有《译者序》里所说的那种激情。唯念及里尔克写这些信时，正是他在巴黎与罗丹接触后思想发生变化、创作旺盛的时期；对于我一向尊敬的、一个在诗的历史上有重大贡献的诗人，正如《收信人引言》中所说，这些信“为了理解里尔克所生活所创造的世界是重要的，为了今日和明天许多生长者和完成者也是重要的”。

关于收信人的身世，我在《译者序》中曾说，“知道得很少”。现从里尔克的《书信选》(一九八〇)“收信人索引”中得知卡卜斯生于一八八五年，是作家，曾任奥地利军官，一九六六年还住在柏林。——想他现在早已逝世了。

这次重印，附录除原有《论“山水”》外，另增摘译《马尔特·劳利兹·布里格随笔》中的两段。

《论“山水”》(*Von der Landschaft*) 写于第一封信的前一年，即一九〇二年，本来拟作为作者一九〇三年出版的渥尔卜斯威德画派 (Worpswede) 一书的序言，但没有采用，直到一九三二年才作为遗稿发表。

《马尔特·劳利兹·布里格随笔》(*Die Aufzeichnungen des Malte Laurds Brigge*) 是里尔克的一部长篇小说，从一九〇四年起始写，一九一〇年完成。这里摘译的两段反映了作者一九〇二年初到巴黎时生活和思想的情况。

这两个“附录”都是译者译完了《十封信》后在一九三二年翻译的，曾先后在《沉钟》半月刊上发表过。

一九九一年十二月四日

我和十四行诗的因缘

本世纪二十年代中期，闻一多、徐志摩、朱湘等诗人努力于新诗的建设，提倡格律诗，从各方面进行实验，也有人试作十四行诗，想把这个西方的诗体移植到中国来。我那时学写新诗，对格律诗不感兴趣，认为新诗刚从旧诗的束缚里解放出来，无须这样迫不及待地给自己套上新的枷锁。我只求诗的语调要保持自然，适当注意形式，至于以格律谨严著称的十四行体，我实在望而生畏，不敢问津。不料十几年后，在抗日战争时期于一九四一年一年内，写了二十七首十四行诗，诗集出版不久，竟得到朱自清先生的评语："这集子可以说建立了中国十四行的基础，使得向来怀疑这诗体的人也相信它可以在中国诗里活下去。"（见《新诗杂话·诗的形式》）这是我当初万也没有想到的。

我首次跟十四行发生关系，是由于一次偶然的机会翻译了一首法语的十四行诗，而法语又是我不懂得的一种语言。一九二八年秋季的一天晚上，友人范希衡到我住室来闲谈。我们在北京大学读书时，他学法语，我学德语；毕业后有一个时期我们共同在北京孔德学校教书，他教法语，我教国文。年轻的朋友遇在一起无话不谈，也谈到爱情一类的事，他给我背诵了一首法语的十四行诗，背诵后又逐字逐句地讲给我听。同时他说，诗的作者阿维尔斯不很著名，写的诗也不多，但这首十四行却家喻户晓，众口传诵。我根据他的讲解，逐字逐句地记下来，略加整理，形成了以下的一首译诗：

生命啊有它的隐微，灵魂中有它的神秘，
忽然间一个永久的爱情含孕在我的心里。
这相思是没有希望的，我只得默默无语；
并且那使我相思的人儿也未曾知悉。

咳，她永不注意，我走过她的身边，
我永在她的身边却永是这样地孤单，
我一点儿也不曾承受，也一点儿不敢希盼，
一直耗尽了我的生命在这渺茫的人间。

她呀，她将漫不经心地走着她的道路，
上帝虽使她这样地柔爱，她却听不出

有一缕怨诉的幽情紧紧追随着她的步奏。

她只忠实于那些严肃的女儿的训规，
更不知她早已填满了我苦闷的诗髓，
一旦读了我的诗，她必问：这个女的可是谁？

这首译诗曾收在我的第二部诗集《北游及其他》里，现在看来，语言拖沓，应该译得简练一些。为了保持原形，我这里没有做任何改动。我译这首诗时，曾联想起三年前在一九二五年写的一首叙事诗《蚕马》。为了叙述故事的发展，《蚕马》分为三个段落，每段落都有八行起段，作为故事的歌唱者对听者的插话，三个起段末两行都是："只要你听着我的歌声落了泪，/就不必打开窗门问我，'你是谁？'"是谁？这里是"不必问"，那首十四行是"她必问"，同样表达出一片凄婉的心情。我翻译阿维尔斯的这首诗，只是由于这点深有同感的心情，并不是要介绍十四行体。

十四行诗起源于意大利民间，十四世纪通过但丁和彼得拉克的精心制作达到完美的境界，成为一种格律紧严的诗体，逐渐传播到欧洲各国。随着时代的需要，它有时盛行，有时衰落，在不同时期产生过不少能手，如莎士比亚、布朗宁夫人的十四行诗久已脍炙人口，中国有不止一种的译本。我学习德语文学，读十七世纪三十年代战争时期格吕菲乌斯的《祖国之泪》是那样沉痛，读十九世纪前期追求美与形式的普拉滕写的组诗《威尼斯十四行》又是那样明净。沉痛也好，明净也好，我渐渐感觉到十四行与一般的抒情诗不同，它自成一格，具有其他诗体不能代替的特点，它的结构大都是有起有落，有张有弛，有期待有回答，有前提有后果，有穿梭般的韵脚，有一定数目的音步，它便于作者把主观的生活体验升华为客观的理性，而理性里蕴蓄着深厚的感情。

在抗日战争时期，整个中华民族经受严峻的考验，光荣与屈辱、崇高与卑污、英勇牺牲与荒淫无耻……对立的事迹呈现在人们面前，使人感到兴奋而又沮丧，欢欣鼓舞而又前途渺茫。我那时进入中年，过着艰苦穷困的生活，但思想活跃，精神旺盛，缅怀我崇敬的人物，观察草木的成长、鸟兽的活动，从书本里接受智慧，从现实中体会人生，致使往日的经验和眼前的感受常常融合在一起，交错在自己的头脑里。这种融合先是模糊不清，后来通过适当的语言安排，渐渐呈现为看得见、摸得到的形体。把这些形体略加修整，就成为一首又一首的十四行诗，这是我过去从来没有预料到的。但是我并不曾精雕细刻，去遵守十四行严紧的格律，可以说，我主要是运用了十四行的结构。

我之所以这样做，一方面发自内心的要求，另一方面是受到里尔克《致奥尔弗斯的十四行》的启迪。这部诗集分两部分，共五十五首，是作者于一九二二年二月上旬和下旬两个几天内一气呵成的，与此同时里尔克还完成了断续十年之久的十首《杜伊诺哀歌》。一个月内有这样丰饶的收获，在创作史上几乎是一个奇迹。《致奥尔弗斯的十四行》的扉页上有这样的献词：“写此作为薇拉·莪卡玛·克诺卜的一座墓碑。”薇拉是一个精于舞蹈的女孩，十九岁时死去。由于这个少女的死亡，里尔克更深入地歌咏了他作品中一个常见的主题：死。希腊神话中的歌手奥尔弗斯为了寻求他的亡妻曾到阴间用弹奏和歌唱感动了主管死者的女神，里尔克借用奥尔弗斯的形象抒发他的生死观。在《致奥尔弗斯的十四行》里有这样一首，我曾试译过——

只有谁在阴影内
也曾奏起琴声，
他才能以感应
传送无穷的赞美。

只有谁曾伴着死者
尝过他们的罂粟，
那最微妙的音素
他再也不会失落。

倒影在池塘里
也许常模糊不清：
记住这形象。

在阴阳交错的境域
有些声音才能

永恒而和畅。

“永恒而和畅”，根据希腊的神话，奥尔弗斯的音乐有如此大的引力，能使林中的禽兽，甚至岩石和树木都倾听他的歌唱和弹奏，犹如中国古代的传说，音乐到了至善至美的境界，能招来“远鸟来仪”“百兽率舞”。

里尔克在十四行里不只歌咏了死，更多的是赞颂了生，他观看宇宙万物都互相关联而又不断变化，在全集最后一首的最后三行这样写：

若是尘世把你忘记，
就向静止的地说：我流。
向流动的水说：我在。

读到这样的诗句，使人感到亲切，感到生动，不是有固定格律的十四行体所能约束得住的。里尔克于一九二二年二月二十三日把誊清的十四行诗稿寄给他的好友、出版家基贲贝格(Kippenberg)的夫人，在信里说：“我总称为十四行。虽然是最自由，所谓最变格的形式，而一般都理解十四行是如此静止、固定的诗体。但正是：给十四行以变化、提高、几乎任意处理，在这情形下是我的一项特殊的实验和任务。”十四行中最自由、最变格，甚至可以说是超出十四行范畴的，莫过于第二部分关于呼吸的那首诗了。我没有能力翻译这首诗，只能把诗的大意和形式用中文套写下来——

呼吸，你看不见的诗！
不断用自己的存在
纯净地换来的宇宙空间。平衡，
在平衡里我有节奏地生存。

惟一的波澜，它
渐渐形成的海是我；
一切可能的海，你最节约，——
空间的获取。

空间的这些地方有多少已经
在我身内。有些风
像是我的生育。

你认识我吗，空气，你曾充满我身内的各部位？
你一度是我言语的
光滑的外皮、曲线和叶片。

这首诗冲破十四行的格律，我的拙劣的翻译使它更不像十四行了。但是读里尔克的原诗，觉得诗的内容和十四行的结构还是互相结合的。诗人认为，人通过呼吸与宇宙交流，息息相通，人在宇宙空间，宇宙空间也在人的身内。呼吸是人生节奏的摇篮。这使我想到《庄子·刻意》中有这样的话，“吹呴呼吸，吐故纳新，熊经鸟申”，意思是说，熊在攀登、鸟在飞翔时最能感到呼吸的作用。

受到里尔克这种“特殊的实验”的启示，我才放胆写我的十四行，虽然我没有写出像“呼吸”一诗那样“最自由，所谓最变格的形式”；我只是尽量不让十四行传统的格律约束我的思想，而让我的思想能在十四行的结构里运转自如，正如我的十四行里最后一首的最后三行所表示的——

向何处安排我们的思想？
但愿这些诗像一面风旗
把住一些把不住的事体。

写到这里，我想起霍夫曼斯塔尔在一九二三年五月二十五日写信给里尔克，谈到《致奥尔弗斯的十四行》：“这些诗使我不胜惊讶，您是怎样给那‘几乎不可言传’的领域取得一个新的界线，一种锐敏的思想，用美和精确一再地感动我，像是用中国人神奇的画笔画出的那样：智慧和韵律的装饰。”（见《霍夫曼斯塔尔与里尔克通信集》）且不管这个比喻是否准确，当我读到这段话时，感到格外亲切，仿佛也回答了一个问题：像《致奥尔弗斯的十四行》这样一部并不是每首都能读懂的诗集，为什么给了我如前所述的启发，而且几十年来它经常在我的身边？——我又想起几十年前，当我初次读里尔克的小说《布里格随笔》，读到叙述法国诗人阿维尔斯在临死前听见护理他的修女把一个单词的字母说错，立即把死亡推迟了一瞬间，纠正了她的错误的轶事时，我的头脑曾经一闪，这就是我翻译过他的十四行诗的那个诗人吗？他对于女人那样趑趄不前而对于生活和语言却是这样认真。此后我在文章里常常称赞这件轶事，勉励自己，可是从未提到过那首十四行诗。

我不迷信，我却相信人世上，尤其在文艺方面常常存在着一种因缘。这因缘并不神秘，它可能是必然与偶然的巧妙遇合。

一九八八年十二月五日

外来的养分

我们与文学作品的接触，无论是本国的或是外国的，类似人际间的交往，有的很快就建立了友情，有的纵使经常见面，仍然陌生。友情也常有两种情况，一种是两个朋友性格相近，志趣相投，所谓“有共同的语言”；一种是性格相反，却能从对方看到自己的缺陷，取人之长补己之短。这两层比喻可以作为我和外国文学关系的说明。

“五四”运动发生后的第二年，我从一个旧制中学毕业。在这以前，我对外国文学一无所知。可是当时由于新文学成长的需要，外国文学被源源不断地介绍到中国来，我也就渐渐读到莫泊桑、都德、屠格涅夫、契诃夫、显克维奇、施托姆等人的小说，其中个别篇章我至今记忆犹新。但我反复诵读、对我发生较大影响的是郭沫若译的歌德的《少年维特之烦恼》。这部小说，现在很少有人阅读了，可是二十年代初期它在青年读者群中的流行却超过同时代其他外国文学译品。它在短短的几年内,再版的次数很多,重译的版本也一再出现。其原因是“五四”时期一部分觉醒而找不到出路的青年与德国十八世纪七十年代狂飙突进运动中的人物有不少共同点，他们在这部充分反映狂飙突进精神的小说里得到共鸣。书中的主人公维特天真善良，歌颂自然，称赞儿童的心灵和劳动人民的质朴，诵读荷马史诗，向往古希腊晴朗的天空，但是周围的封建社会使他处处碰壁，感到窒息苦闷，由于不幸的爱情陷入无法排解的忧郁，最后自杀。更由于小说是书信体，便于抒情，所以译本一出版便抓住了青年读者的心，它受到的热烈欢迎，不下于一百五十年前在西欧风靡一时的“维特热”。我那时读这部小说，像是读着同时代人的作品，绝没有想到，它在德国首次出版的那一年（一七七四），正是我国的乾隆三十九年（这对于我是多么遥远的年代啊，那时吴敬梓、曹雪芹都已先后逝世）。后来歌德接受魏玛公爵的邀请，到了魏玛，从事实际工作，克服了狂飙突进的激情。像狂飙突进运动的朋友们逐渐和他疏远那样，青年时期的我对歌德的其他著作，除了个别短诗外，也很少过问了。

我没有也不可能跟着歌德走入他的古典时期，却接近了狂飙突进过后兴起的浪漫主义文学。我生在河北省的平原地带，那里没有奇山异水，看不见绚丽的花木，儿时望着西方远远的一脉青山，仿佛是可望而不可即的仙乡。后来在北京大学读书，北京如今作为国家首都足以夸耀全世界的一些名胜，那时好像都还埋没在地下，人们看到听到的是北京市民的哀叹和军阀官僚们的昏庸无耻，此外就是冬季北风吹得黄沙漫天，夏季淫雨淋得泥泞遍地。荒凉啊，寂寞啊，常常挂在青年们的口边。越是荒凉寂寞，人们越构造幻想。我不能用行动把幻想变为事实，却沉溺在幻想中，有如赏玩一件自以为无价的珍宝。我读着唐宋两代流传下来的诗词，其中的山水花木是那样多情，悲哀写得那样可爱，离愁别苦都升华为感人而又迷人的词句。同时由于学习德语，读到德国浪漫派的文学作品，这些作品，尤其是民歌体的诗歌，大都文字简洁，语调自然，对于初学德语的读者困难较少，更重要的是其中的内容和情调能丰富我空洞的幻想。例如诺瓦利斯小说中的“蓝花”象征着无休止的渴望，蒂克童话中“森林的寂寞”给树林涂上一层淡淡的神秘色彩，不少叙事谣曲（包括歌德从民歌里加工改写的《魔王》和《渔夫》）蕴蓄着自然界不可抗拒的“魔力”，海涅让罗累莱在莱茵河畔的山岩上唱诱惑船夫的歌曲，莱瑙提出“世界悲苦”的惊人口号。我在唐宋诗词和德国浪漫主义的影响下开始新诗的习作。早期的抒情诗，有些地方可以看出受它们影响的痕迹。我的几首叙事诗，取材于本国的民间故事和古代传说，内容是民族的，但形式和风格却类似西方的叙事谣曲。一九二六年，我翻译过莱瑙的《芦苇歌》，朋友们读了，说跟我自己的创作一样。我当时为什么译《芦苇歌》，是怎样译的，我已回想不起来，这种“一样”对我成了一个谜。两年半前，张宽写过一篇文章，论我的诗和外来影响与民族传统的关系，提到瑞士德语作家凯勒在《在神话岩旁》一文中曾说，人们读到的中国诗很像莱瑙的《芦苇歌》，我读后随即翻阅凯勒的原文，无形中给我解开了这个谜，这在我翻译《芦苇歌》时是万也没有想到的。

“五四”以后，中国的思想界无时不在起着急剧的变化，西方文学二三百年中各种流派顺序产生的成果在短时期内介绍到中国来，都能被青年读者当作新事物接受。《少年维特之烦恼》出版后的两三年，人们就读到田汉翻译的王尔德的《沙乐美》，书内附有毕亚兹莱表现世纪末风格黑白线条的插图。毕亚兹莱参与英国文艺刊物《黄书》的工作，郁达夫也为此写过介绍。同时美国“现代丛书”里收有一册《毕亚兹莱的艺术》，售价低廉，北京、上海都能买到。因此这个仅仅活了二十六年的画家的作品在中国也风行一时。鲁迅在一九二九年还编了一册《毕亚兹莱画选》，鲁迅在《画选》的“小引”里说，毕亚兹莱是“九十年代世纪末（fin de si è cle）独特的情调底惟一的表现者”。十八世纪的“维特热”和十九世纪的“世纪末”，相隔一百二十年，性质很不相同，可是毕亚兹莱的画和《少年维特之烦恼》在中国二十年代都曾一度流行，好像有一种血缘关系。一九二六年，我见到一幅黑白线条的画（我不记得是毕亚兹莱本人的作品呢，还是在他影响下另一个画家画的），画上是一条蛇，尾部盘在地上，身躯直立，头部上仰，口中衔着一朵花。蛇，无论在中国，或是在西方，都不是可爱的生物，在西方它诱惑夏娃吃了智果；在中国，除了白娘娘，不给人以任何美感。可是这条直挺挺、身上有黑白花纹的蛇，我看不出什么阴毒险狠，却觉得秀丽无邪。它那沉默的神情，像是青年人感到的寂寞，而那一朵花呢，有如一个少女的梦境。于是我写了一首题为《蛇》的短诗，写出后没有发表，后来收在一九二七年出版的第一部诗集《昨日之歌》里，自己也渐渐把它忘记了。时隔三十多年，一九五九年何其芳在《诗歌欣赏》里首次提到这首诗。近些年来，有不少诗的选本，都把《蛇》选入，有的还作了说明或分析。这里我认为有必要对于这首诗的形成做一个交代。

一九二七年，我从北京大学毕业，到哈尔滨一个中学教书，在那里接触到黑暗冷酷的现实，大学时期本来就十分空洞的幻想终于破灭。虽然如此，我还是用了浪漫主义的笔，蘸着“世纪末”的墨汁，抒发了个人在这不东不西、奇形怪状的大城市里的种种感触，写出五百行长诗《北游》。此后，我虽然继续写诗，尽管语言和技巧更熟练了一些，但写着写着，怎么也写不出新的境界，无论在精神上或创作上都陷入危机。我认识到，自己的根底是单薄的，对人世的了解是浮浅的，到了三十年代开始后，我几乎停止了诗的写作。

从一九三一年起，我遇到里尔克的作品。在这以前，我读过他早期的散文诗《旗手》，还是以读浪漫主义诗歌的心情读的。如今读里尔克，与读《旗手》时的情况不相同了，他给我相当大的感召和启发。里尔克是诗人，但我首先读的是他的散文，小说《马尔特·劳利得·布里格随笔》和他的书信集，然后我才比较认真地读他的诗。里尔克诞生在布拉格，青年时两次旅行俄国，访问托尔斯泰，中年后多次旅居巴黎，一度充当罗丹的秘书，南欧、北欧和北非都留下过他的足迹。他广泛结交当时欧洲文化界的代表人物，接触各阶层的青年和妇女。他的母语是德语，也曾用俄语、法语写诗，并且翻译欧洲其他语言的诗文。他不仅是著名的德语诗人，更可以说是一个全欧性的作家。他的世界对于我这个“五四”时期成长起来的中国青年是很生疏的，但是他许多关于诗和生活的言论却像是对症下药，给我以极大的帮助。我不是为创作上的危机而苦恼，几乎断念于诗的写作吗？里尔克在给一个青年诗人的信里说：“探索那叫你写的原因，考察它的根据是不是盘在你心的深处；你要坦白承认，万一你写不出来，是不是必得因此而死去。”在同一封信里还说：“不要写爱情诗；先要回避那些太流行太普通的格式……”我不是一向认为诗是情感的抒发吗？里尔克在《布里格随笔》里说：“诗并不像一般人所说的是情感（情感人们早就很够了）——诗是经验。”随后他陈述了一系列在自然界和人世间应该经验的种种巨大的和微小的事物。我不是工作常常不够认真不够严肃吗？也是《布里格随笔》里讲到，法国诗人阿维尔斯在临死时听见护理他的修女把一个单词的字母说错，他立即把死亡推迟了一瞬间，纠正了这个错误。作者说：“他是一个诗人，他憎恨‘差不多’；或者也许这对于他只是真理攸关；或者这使他不安，最后带走这个印象，世界是这样继续着敷衍下去。”

里尔克的这些话，当时都击中了我的要害，我比较清醒地意识到我的缺陷，我虚心向他学习，努力去了解他的诗和他的生活。如果像我这篇文章开始时所说的，与文学作品的接触像是人际间建立的友情，而友情又有两种不同情况，那么我和里尔克作品的“友情”就属于“能从对方看到自己的缺陷”的那一种了。

里尔克早年的诗接近印象主义和新浪漫主义，也是以情感为主。可是到了巴黎，在罗丹的感召下，他的诗起了很大变化。他在罗丹那里学习到作为艺术家应该怎样工作和观看。“工作”和“观看”这两个日常生活里天天使用的动词，在罗丹看来，不比寻常，是他一生极为丰富的艺术创作的基础。里尔克在他的书信里，在他的《罗丹论》里一再论述罗丹是怎样永不停息地工作，怎样观看万物。诗人和艺术家们常常强调灵感，罗丹则否认灵感的存在，因为在他身上灵感与工作已经融为一体，致使他不感到灵感的来临。关于观看万物，艺术家“模制一件物，就是要：各处都看到了，无所隐瞒，无所忽略，毫无欺骗；认识一切众多的侧面、一切从上看和从下看的观点、每个互相的交叉。然后才有一个物存在，然后它才是一座岛，完全与飘忽不定的大陆脱离”。所谓“飘忽不定的大陆”，指的是因袭的习俗，它们往往掩盖了事物的本来面貌，模糊事物的实质。艺术家和诗人必须摆脱习俗，谦虚而认真地观看万物，去发现物的实质。里尔克有了这样的认识，便身体力行，观看世界上一切抽象的、具体的事物，像罗丹从石头里雕刻出各种人和物的神态那样，里尔克从语言里锻炼诗句，体现各种人和物真实的存在。里尔克这时期的诗，写动物、植物、艺术品、古希腊神话和《圣经》里的神和人，以及人世的悲欢离合，他都尽量与它们保持客观的距离，不让它们感染到作者自我的色彩。所以人们把这些诗叫做无我的咏物诗。但是他并没有停留在这个阶段。第一次世界大战期间和战前战后他经历了十年的苦闷与彷徨，最后完成了他晚期两部总结性的著作：《杜伊诺哀歌》和《致奥尔弗斯的十四行诗》，这里不再是没有自我，而是自我与万物交流，一方面怨诉——我借用陶渊明的两句诗——“万族各有托，孤云独无依”;一方面又感到世界上的一切真实，不管有名的或无名的，能否承受和担当的，都值得赞美。

在三十年代，我基本上没有写诗。可是经常读里尔克的诗和《布里格随笔》以及他的书信。他的诗不容易懂，读时要下很大的功夫。我深信，里尔克写诗所下的功夫更大，例如他初到巴黎不久写的名篇《豹》。像罗丹从各方面仔细观看一件物那样，里尔克在巴黎植物园观看那只禁锢在铁栏里边的豹，用了几天的时间才写出这首仅仅有十二行的诗。直到他逝世的那年，还特别提到这首诗是在罗丹影响下“严格训练的最初的成果”。至于《杜伊诺哀歌》，从一九一二年起始到一九二二年完成，中间时断时续，赓续了十年之久；《致奥尔弗斯的十四行诗》虽然是在短期内一气呵成，却也先有了长期的积累。对于诗人呕心沥血用极大功力写出来的诗，读者若是草率对待，我认为这是对作者辛勤努力的不敬。那时每逢我下了一番功夫，读懂了几首里尔克的诗，都好像有一个新的发现，所感到的欢悦，远远超过自己写出一首自以为满意的诗。我读《杜伊诺哀歌》和《致奥尔弗斯的十四行诗》（尽管我不是都能读懂），时常想到歌德《浮士德》最后几行“神秘的合唱”：“一切无常的 / 只是一个比喻；/ 不能企及的 / 这里成为事迹；/ 不能描述的 / 这里已经完成；/ 引渡我们的 / 是永恒的女性。”我以为，为文学艺术奋斗一生的人，在他们最后能够完成总结性的作品时，都会唱出这样的高歌。

自从二十年代中期我和克服了维特烦恼的歌德告别后，有十多年没有读歌德的书，到了三十年代后半期，尤其是在抗日战争时期，我又逐渐和歌德接近。这时我接触到的歌德，已经不是狂飙突进时热情澎湃、与自然相拥抱的青年，而是日趋冷静的成人，他在实际工作中得到锻炼，在科学研究中受到启发，因而对于宇宙和人生有了更深刻的认识。歌德一生的著作极为丰富，其中很大一部分蕴蓄着真善美的精华。他的两部巨著：小说《维廉·麦斯特》和悲剧《浮士德》，我先是不敢问津，继而试探着阅读，最后像是攀登矿山那样，不仅看到些山林的风景，还能钻探出丰富的宝藏。人们常说，若是拿一般小说、戏剧的“规范”来衡量，《维廉·麦斯特》不像津津有味的小说，《浮士德》也不像能上舞台的剧本；正因如此，我也不把它们当作纯粹的小说和剧本看待。它们对于我是两部“生活教科书”。作为世界名著，它们当然给我以审美的教育，更重要的是教给我如何审视人生。这两部著作的主人公，身份不同，活动的环境也不一样，却都体现一个共同的思想：人在努力时总不免要经历些迷途，但只要他永远自强不息，最后总会从迷途中“得救”，换句话说，人要不断地克服和超越自我。在抗日战争艰难的岁月里，它们给了我不少克服困难、纠正错误的勇气。至于歌德的一部分诗、用韵文和散文写的格言、书信，以及旁人记下的语录，偶一展读，都能沁人肺腑，新人耳目。

歌德与里尔克是两个气质不相同的诗人，生活在两个不同的时代。里尔克还说过他缺乏接受歌德的“官能”，在他中年以后的书信中，人们间或能读到他对于歌德的某些诗、某部自传、某些书信的称赞，至于《浮士德》他却没有提到过。可是我在前边比较大胆地用《浮士德》里“神秘的合唱”概括了里尔克主要的著作，这是由于我有如下的几点看法。首先，里尔克是比喻的能手，他不仅用具体的形象比喻抽象，也善于用抽象比喻具体的事物。其次，他高度地掌握语言，能发挥语言极大的功能，把“不能企及的”和“不能描述的”能尽力表达出来。最后，里尔克在他的诗和《布里格随笔》里有许多地方以极大热情歌颂过去几个一往情深的女性，他称赞爱者，轻视被爱者；他还翻译了法国十六世纪里昂女诗人露易丝·拉贝和英国布朗宁夫人的十四行诗、葡萄牙十七世纪一个修女写给一个遗弃她的男子的书信，这些诗和信正如《布里格随笔》所说的，“在她们身内秘密成为健全的，她们把秘密全部喊叫出来，像夜莺似的没有保留”。

我通过这“神秘的合唱”，在这两个气质很不相同的诗人中间找到了一些共同点。里尔克在罗丹那里学会了观看；歌德一向认为视觉是最宝贵的，他在他的自传《诗与真》里说，“眼睛特别是我用来把握这世界的感官”,《浮士德》里“守望者之歌”是一首眼睛的颂歌，从而也赞美了眼前所看到的世界。歌德的蜕变论是他思想中的主要成分，认为宇宙万物无时不在转变、发展；里尔克歌颂的奥尔弗斯用音乐转变万物，他自己也不断在转变。歌德体会到变化中有持久，刹那即永恒；《致奥尔弗斯的十四行诗》最后一首的最后两行这样说：“向寂静的土地说：我流。/向急速的流水说:我在。”歌德的《遗训》一开始就说“没有实质能化为无有”；里尔克有这样的诗句：“我们陌生地度过的一天/已决定在将来化为赠品。”尤其是歌德晚年《西东合集》

里的诗，一草一木，一道虹彩，甚至一粒尘沙，都是诗人亲身经历的、亲眼看见的，却又无时不接触到宇宙的本体；里尔克晚年的诗与这也很类似。二人在他们的时代都感到寂寞，可是歌德由于他的工作和地位，里尔克通过大量的书信来往，都各自有广泛的人际交流，所以他们与他们所处的社会并没有隔离，而是声息相通的。他们相同之处当然不只是这几点，他们的不同之处也许比这更多。但是如此所述的共同点对于我既生疏又亲切，具有很大的引力，所以在我潜心攻读杜甫诗和鲁迅杂文的同时，也经常从歌德和里尔克的著作里吸取养分。

一九四一年，战争已经是第四个年头，我在昆明接触社会，观看自然，阅读书籍，有了许多感受，想用诗的体裁倾吐出来。除了个别的例外，我已十年没有写诗了，现在有了写诗的迫切要求，用什么形式呢？二十年代惯用的形式好像不能适应我要表达的内容。我想到西方的十四行诗体。但十四行诗有严格的格律，我又担心削足适履，妨碍抒写的自由。正好里尔克《致奥尔弗斯的十四行诗》给我树立了榜样。世界上的事没有一成不变的，十四行诗的格律也可以根据内容的需要改动。于是我采用了十四行诗的变体，比较能运转自如，不觉得受到什么限制。

我在一九四一年内写了二十七首十四行诗，表达人世间和自然界互相关联与不断变化的关系。我把我崇敬的古代和现代的人物与眼前的树木、花草、虫鸟并列，因为他们和它们同样给我以教育或启示。有时在写作的过程中，忽然想起从前人书里读到过的一句话，正与我当时的思想契合，于是就把那句话略加改造，嵌入自己的诗里。例如，有一次我在深山深夜听雨，感到内心和四周都非常狭窄，便把歌德书信里的一句话：“我要像《古兰经》里的穆萨那样祈祷:主啊，给我狭窄的胸以空间”，改写为“给我狭窄的心／一个大的宇宙”作为诗的末尾的两行。又如我写诗纪念教育家蔡元培逝世一周年，想起里尔克在战争时期听到凡尔哈仑与罗丹相继逝世的消息后，在一封信里写的一句话，“若是这可怕的硝烟消散了，他们将不再存在，他们将不能协助人们重新建设和培育这个世界了”，正符合我当时的心情，于是我在诗里写道：“我们深深感到，你已不能／参加人类的将来的工作——／如果这个世界能够复活，／歪扭的事能够重新调整。”我这么写，觉得很自然，像宋代的词人常翻新唐人的诗句填在自己的词里那样，完全是由于内心的同感，不是模仿，也不是抄袭。

人有时总不免有寂寞之感，同时也有人际交流的愿望。我认为没有寂寞之感就没有自我，没有人际交流就没有社会。我想到意大利的威尼斯，由一百多个岛屿组成，每座岛都会有自己的寂寞之感，但是水上的桥、楼房上的窗，把这些岛联系起来，形成一个欢腾的集体。又想起荷兰画家梵·高，他一方面用强烈的色彩画出火焰般的风景和人物，一方面又描绘监狱和贫穷农家的阴暗，同时他又受到东方艺术的影响，用轻巧的笔画了木制的吊桥和小船，因此我在诗里发问：“你可要／把些不幸者迎接过来？”这时，我再也不像年轻时把寂寞比作一条蛇，用它口里衔着的一朵花象征少女的梦境；这时寂寞像是一座座隔离的岛屿或阴暗穷苦的院落，它们都仰仗着或渴望着桥梁、船只、窗户起着沟通和交流的作用。

当时的评论家把我的十四行诗叫做“沉思的诗”。

四十年代，中国人民蒙受的灾难日益严重，新中国从灾难里诞生。无论是灾难或是新中国的诞生，都不容许我继续写“沉思的诗”了。它们要求我观看活生生的现实，从现实中汲取诗料，比过去惯于在自然界和日常生活里寻求哲理和智慧要艰难得多。虽然如此，我每逢写作时，还是经常意识到我从歌德和里尔克那里得来的养分。

一九八七年二月二十三日

第二辑

忆朱自清先生

远在二十五年前，我读到过一部诗集《雪朝》，是八个人的合集，其中有一位是朱自清。封面是黄色的，里边的诗有一个共同的趋势：散文化，朴实，好像有很重的人道主义的色彩。那本诗集现在已经很不容易得到了，并且里边的诗我一首也不记得，但根据我模糊的印象，我可以说，假如《雪朝》里的诗能够在当时成为一种风气，发展下去，中国的新诗也许会省却许多迂途。只可惜中国的新诗并没有那样发展下去，中间走了许多不必要的歧路，而《雪朝》中的八个作者也在中途有的抛掉了诗，有的改变了作风。其中真能把那种朴质的精神保持下来，不但应用在诗上，而且应用在散文上以及做人的态度上的，据我所知，怕只有朱自清先生吧。

我最初遇见朱先生是在一九三二年的夏天，那时我住在柏林西郊，他在清华任教休假到伦敦住了一年，归途路过柏林。

我请他到我住的地方谈过一次，过了几天又陪他到波茨坦的无忧宫去游玩过。他很少说话，只注意听旁人谈讲；他游无忧宫时，因为语言文字的隔阂，不住地问这个问那个，那诚挚求真的目光使回答者不好意思说一句强不知以为知的话。此后他就到意大利从威尼斯登船回国了。三年后，我也回国了，和他却很少见面，见了面也没有得到过充足的时间长谈。至于常常见面，能以谈些文学上的问题时，则是共同在昆明西南联合大学教书的那几年。

他谈话时，仍然和我在柏林时所得到的印象一样。他倾心听取旁人的意见，旁人的意见只要有一分可取，他便点头称是。他这样虚心，使谈话者不敢说不负责任的话。他对我的确发生过这样的作用，我不知道别人在他面前是否也有过同样的感觉，但愿他的诚挚和虚心——这最显示在他那两只大眼睛上——曾经启迪过不少的人，应该怎样向人谈话。

由虚心产生出来的是公平，没有偏见。党同伐异，刻薄寡恩，在朱先生写的文字里是读不到的。他不是没有自己的意见，但他对于每个文艺工作者都给予分所应得的地位，不轻易抹杀任何一个人的努力。去年“五四”，北大举行文艺晚会，我和他都被约去讲演，我在讲演时攻击到战前所谓象征派的诗，夜半回来，他在路上向我说：“你说得对，只是有些过分。”今年七月四日，我到清华去看他——这是我最后一次见他——他已十分憔悴，谈起一个过于主观的批评家，他尽管不以他为然，却还是说：“他读了不少的书。”

一个没有偏见的、过于宽容的人，容易给人以乡愿的印象，但是我们从朱先生的身上看不出一点乡愿的气味。一切在他的心中自有分寸，他对于恶势力绝不宽容。尤其是近两年来，也就是回到北平以来，他的文字与行动无时不在支持新文艺以及新中国向着光明方面的发展。他有愤激，是热烈的渴望，不过这都蒙在他那平静的面貌与朴质的生活形式下边，使一个生疏的人不能立即发现。他最近出版的两部论文集《论雅俗共赏》和《标准与尺度》是他最坦白的说明。他一步步地转变，所以步步都脚踏实地;他认为应该怎样，便怎样。我们应该怎样呢?每个心地清明的中国人都会知道得清楚。

不幸他在中途死去。中国的新文艺失却一个公正的扶持人，朋友中失却一个公正的畏友，将来的新中国失却一个脚踏实地的文艺工作者。

现在我如果能够得到《雪朝》那本诗集，再把他历年的著作排列在一起，我会看见他在这一世纪的四分之一的时间内在走着一条忠实朴素的道路。

一九四八年

笑谈虎尾记犹新

一九七四年六月，我有一次访鲁迅故居，看见鲁迅当年的工作室“老虎尾巴”一切都保持原来的样子，靠近书桌的壁上挂着藤野先生的照片，对面壁上是集《离骚》句的对联：“望崦嵫而勿迫，恐鹈鴂之先鸣。”回想起我在一九二六年拜谒鲁迅先生时的情景，恍如昨日，但是这中间过了将及半个世纪，祖国经历了天翻地覆的变化。当时我写成一首绝句：

四十八年前旧事，
笑谈虎尾记犹新。
大田转眼迷阳尽，
劲草春华竞吐芬。

这里的“迷阳”（即荆棘）、“劲草”、“春华”，都是鲁迅晚年诗中用过的词汇。鲁迅用“迷阳聊饰大田荒”形容当时中国人民在国民党反动派残酷统治下颠沛流离、田野荆棘满目的荒凉景象；但是鲁迅的革命乐观主义精神深信中国的革命一定会胜利，他在毛主席领导的中国共产党身上，“寄托着人类和中国的将来”，为此他写出“血沃中原肥劲草，寒凝大地发春华”充满信心的诗句。而今大地上，荆棘不断被芟除，代替的是劲草与欣欣向荣的春华竞吐芬芳。鲁迅若是能看到今天的新中国，该会感到多么欣慰呵！我那首诗就是表达这种心情于万一。

二十年代中期，我在北京大学读书，从一般的课堂里，并没有得到多少有益的东西，作为精神的食粮、灵魂的药饵，则是鲁迅与封建复古派、帝国主义洋奴们战斗的小说和杂文。鲁迅的文章，在《语丝》《莽原》等刊物上几乎每星期都有新的发表，我们争购、传诵、讨论，有时也和外地的朋友通信谈读后的感想。可是我们都还年轻，阅历浮浅，对鲁迅深刻的思想和写作时的心情，体会是很不够的。此外，则是鲁迅每周一次的讲课，与其他枯燥沉闷的课堂形成对照，这里沸腾着青春的热情和蓬勃的朝气。这本是国文系的课程，而坐在课堂里听讲的，不只是国文系的学生，别系的学生、校外的青年也不少，甚至还有从外地特地来的。那门课名义上是“中国小说史”，实际讲的是对历史的观察，对社会的批判，对文艺理论的探索。有人听了一年课以后，第二年仍继续去听，一点也不觉得重复。一九二四年暑假后，我第二次听这门课时，鲁迅一开始就向听众交代：“《中国小说史略》已印制成书，你们可去看那本书，用不着我在这里讲了。”这时，鲁迅正在翻译厨川白村的《苦闷的象征》，他边译边印，把印成的清样发给我们，作为辅助的教材。但是鲁迅讲的，也并不按照《苦闷的象征》的内容，谈论涉及的范围比讲“中国小说史”时更为广泛。我们听他的讲，和读他的文章一样，在引人入胜、娓娓动听的语言中蕴蓄着精辟的见解，闪烁着智慧的光芒。对于历史人物的评价，都是很中肯和剀切的，跟传统的说法很不同。譬如谈到秦始皇，他说，“许多史书对人物的评价是靠不住的。历代王朝，统治时间长的，评论者都是本朝的人，对他们本朝的皇帝多半是歌功颂德；统治时间短的，那朝代的皇帝就很容易被贬为‘暴君’，因为评论者是另一个朝代的人了。秦始皇在历史上有贡献，但是吃了秦朝年代太短的亏”。谈到曹操时，他说，“曹操被《三国志演义》糟蹋得不成样子。且不说他在政治改革方面有不少的建树，就是他的为人，也不是小说和戏曲中歪曲的那样。像祢衡那样狂妄的人，我若是曹操，早就把他杀掉了。”当时听讲的人，若是有人能够把鲁迅讲课时重要的讲话记录下来，会成为很可宝贵的一部资料，可惜没有人这样做过。

我对于鲁迅先生的敬重，随着他与北洋军阀和为其效劳的“正人君子”们的斗争的深入，与日俱增。我想去拜访他，但由于自己感到渺小，怕干扰他的工作，几次都欲行又止。只是把与几个朋友合办的文艺刊物按期送给他，有时邮寄，有时在听讲后面交，面交时也不曾说出自己的名姓。直到一九二六年四月，鲁迅发表了《野草》最后一篇《一觉》，对我们的刊物给以很大的鼓励，我十分激动地读了这篇散文，同时也增强了访问的决心。

那时，北京笼罩在极其混沌、黑暗、恐怖的气氛中。北洋军阀段祺瑞在三月十八日大肆屠杀青年学生，又下令通缉所谓“暴徒首领”，随后谣琢纷纭，流传通缉人数竟达五十名之多，其中也有鲁迅。在四月底，鲁迅曾在法国医院避难。现在从《鲁迅日记》中知道，在四月三十日夜里他曾回家一次，五月一日的晚间又去医院。也正是五月一日的下午，我和一个共办刊物的朋友访问了鲁迅先生，那时我们并不知道鲁迅在外避难，而只是这一天在家里。我们走到鲁迅先生门前，女仆把门打开，看见我们的面孔生疏，有些犹疑不定，她不说在家，也不说不在家，经过我们恳求，才进去通报。但鲁迅先生对我们热情接待，丝毫没有流露出在避难中暂时回家的神情，他跟我们谈到我们的刊物，谈到俄罗斯的小说，并问我们共同办刊物的几个朋友的情况，占去了他多半个下午的时间。他的谈话亲切而随便，后来我们再次访问时，青年人在敬重的前辈面前常有的拘束之感很快便消逝了。我们提问题，他都给以中肯的、明确的回答。我们也曾问到壁上那个穿西装的日本人的照片是什么人（那时他还没有写出收在《朝花夕拾》里的《藤野先生》），他便把他和这位日本医学教授的关系讲给我们听，怀着深厚的感情。他的谈话风趣横生，并不讲述什么“大道理”，但我们从他那里回来，每次都感到有了宝贵的收获，听到了在任何一个别的地方所听不到的话。

一九二六年暑假，鲁迅已决定去厦门，我不在北京，我的几个朋友去看他，他取出一本德文译本的莱蒙托夫的《当代英雄》，叫他们转送给我。我不记得在什么地方读到过，鲁迅在日本留学编译《域外小说集》时，也曾有过翻译《当代英雄》的计划。他自己没有译出，希望有年轻的人能译出。莱蒙托夫的这部小说，后来有两三种中文译本，但是我却辜负了鲁迅先生的盛意，并没有翻译，只是把这本鲁迅先生的赠书一直珍藏到现在。

一九二七年以后，随着中国革命形势的深入发展，鲁迅的思想起了巨大的变化，从革命民主主义者转变为共产主义者。现在他的著作在新中国社会主义革命和社会主义建设中放射出更为灿烂的光辉。

祖国的山河再造，人民的思想更新，个人的往事变得十分遥远，越远越微小，小得微不足道，惟有青年时期跟鲁迅先生的一些接触，以及从他那里得到的启示和教益，并没有随着时间的过去而消逝，反而备感亲切。

一九七六年七月九日

鲁迅与沉钟社

近两年来，有几位同志劝我写一篇回忆录，谈谈鲁迅先生和沉钟社的关系。我几次拿起笔来，又放下了。因为更适合写这样文章的人是陈炜谟和陈翔鹤，他们二人跟鲁迅的接触比我要多一些，可是他们都先后逝世，再也不能写这段值得纪念的往事了。再者，回忆录属于文学领域，但也是历史的记录，要求有历史的真实，它容许记忆略有差错，却不允许在记不起来的地方用想象来填补。我的记忆有限，可供参考的资料又少，我只能就自己想得到的事如实叙述，一定会挂一漏万，很不全面。幸而《鲁迅书信集》和《鲁迅日记》中记录着一些与沉钟社有关的事，给我提供了可靠的线索。从某种意义来说，这篇文章也可以说是那几条记录的注释吧。此外，我在两年前写过一篇题名为《笑谈虎尾记犹新》的回忆短文，凡是那里提到的事，我这里也不再重复了。

一九一九年，爆发了震撼全国的“五四”运动。那时我是北京第四中学三年级的学生，学校是四年制，还没有区分为初中和高中。在所谓国文的课程里，读的是《史记》、汉赋、唐宋古文，对于出版已四年之久的《新青年》杂志，以及先进的思想界所探讨的问题，我一无所知。可是“五四”运动以后，情况转变的迅速，虽不能说是一天等于二十年，但在一些青年的头脑里激起的巨大变化，却是过去历史上很少见的。人们从漫长的睡梦中惊醒，好像天天都有人在外边敲我们的门，传播新思想的刊物也不胫而走，流传到学校的宿舍里。我最早接触到的是《新青年》第六卷第五期，这一期可以说是马克思特辑，其中介绍和研究马克思学说的论文有七八篇之多。此外的文章中，有鲁迅的小说《药》和唐俟的随感录。一个同班的同学名戴昌霆，他指着鲁迅和唐俟的名字向我说，鲁迅、唐俟都是一个人不同的笔名，是他父亲教育部的同事，他常听他父亲说，鲁迅的思想如何深刻，学识如何渊博，他劝我仔细读一读这篇小说《药》。戴昌霆的父亲就是鲁迅在早期的日记里经常提到的戴螺舲，他精通艺术，是一个画家。

从《史记》、汉赋、唐宋古文转到鲁迅的《药》，是一个要费很大力气的跳跃。文字，当然比古文容易懂得多了，可是理解其中的涵义，并不容易。小说叙述在愚昧的社会里，用烈士鲜血浸染的馒头来医治肺病患者，而这肺病患者终于不免于死亡，全篇笼罩着阴森的气氛，读后使人郁闷，同时又觉得这是新的东西，是过去的读物里难以读到的。至于夏瑜的名字来源于秋瑾，夏瑜坟上的花环含有什么意义，是许多年后才明白了的。

此后，凡是鲁迅发表的作品，我都找来读，有的自以为懂了一些，有的并不懂。印象最深的，是鲁迅小说中最短的一篇《一件小事》。我记得清楚，在一九一九年十二月寒冷的一天，我得到一份《晨报周年纪念增刊》，在课堂里听课时，我把增刊中发表的《一件小事》反复阅读，那人力车夫崇高的形象感动得我流下泪来，老师在讲台上讲了些什么，我一句话也没有听进去。增刊里还有蒋梦麟的一篇文章，是针对当时全国各地雨后春笋般涌现的新文化刊物写的，作者摆着资产阶级老爷的态度，给这些刊物大泼冷水，他问，“这是笋的生长呢，还是菌子的生长？”那篇文章，就是用这样一句问话作为标题。两篇迥然不同的文章，登载在同一期的增刊上，形成鲜明的对照。

我是这样起始知道鲁迅、起始阅读鲁迅的作品的。沉钟社的其他成员对鲁迅的认识，每个人都会有类似的或者不同的一段经历，但我只能写出自己的经历作为这篇回忆录的开端。

一九一九年，林如稷从四川到北京，入北京高等师范学校附属中学读书，一九二一年，他转学上海。一九二二年，他在上海和十几个爱好文学的青年创办浅草社。浅草社编辑《浅草》季刊，由上海泰东书局发行，一九二三年下半年，又办《文艺》旬刊，作为上海《民国日报》副刊的一种。浅草社里，有不少人受到创造社早期的影响，成员中邓均吾、王怡庵从《创造》

季刊一开始就在上边发表诗歌，林如稷、陈翔鹤在上海写的小说也有创造社影响的痕迹，我个人是通过郭沫若的介绍才知道歌德、雪莱、海涅等人的名字的。一九二三年，我在《创造》季刊二卷一期发表了二十几首诗，引起浅草社社员的注意，他们约我加入了这个文艺团体。

一九二三年暑假刚开始时，我结束了北京大学预科的学习，在北京的浅草社成员大约有十来个人，在中央公园（即中山公园）后河沿举行过一次茶会。这时，林如稷从上海来到北京，他在会上谈笑风生，绘声绘色地介绍了浅草社在上海的情况。这是浅草社在北京唯一的一次活动。当时，参加者对浅草社并不都很热心，平素很少交往，不久林如稷也到法国留学去了。这次会却有两件事对我是有意义的：第一，我和陈炜谟在北大是同年级的同学，彼此并不熟悉，这次以后，则逐渐成为很好的朋友；第二，由于林如稷的介绍，我和那时在上海复旦大学读书的陈翔鹤开始通信。

一九二三年暑假后，我在北大国文系教授张凤举的家里遇见杨晦，他辞去厦门集美学校的教职，回到北京在孔德学校教书。在这年年底或次年年初，陈翔鹤放弃了复旦大学的学习，来到北京，他唯一的理由是为了友情。我和杨晦、陈翔鹤、陈炜谟，很快地成为朝夕与共、无话不谈的朋友。

浅草社，由于它的积极组织者林如稷出国，社员的志趣并不一致，《浅草》季刊编好的稿子长期搁置在书局里一再脱期，《文艺》旬刊出了几个月就办不下去了等等原因，到《浅草》季刊一卷四期慢腾腾地在一九二五年二月才印出时，浅草社这个文艺团体已经名存实亡了。

一九二五年秋，杨晦、陈翔鹤、陈炜谟和我商量另办刊物，取名《沉钟》，因而被称为沉钟社。原来浅草社其他的社员，除罗石君、韩君格（莎子）外，很少为《沉钟》写稿；至于杨晦和后来在《沉钟》发表小说的蔡南冠（蔡仪），则与浅草社没有过任何关系。《沉钟》无论在编辑方针和刊物内容上，都与《浅草》不同，如果说《浅草》是《沉钟》的前身，不过是如上所述的历史关系而已。鲁迅在《中国新文学大系·小说二集·序》里谈到《浅草》季刊时说："向外，在摄取异域的营养，向内，在挖掘自己的魂灵，要发见心灵的眼睛和喉舌，来凝视这世界，将真和美歌唱给寂寞的人们。"这与其说是浅草社，倒不如说更适合沉钟社的实情。那时，我们如饥似渴地阅读外国文学作品，海涅、霍卜特曼、莫泊桑、契诃夫、安特烈夫、史特林贝尔格……都是我们常常提到的名字。见面时，谁读了什么书，都互相介绍，谈论书的内容，书中的人物、情节，以及精辟的警句；我们写的东西自然也受到好些读物的影响。与这些读物相配合，鲁迅的作品成为我们的教科书。

鲁迅从一九二四年到一九二六年八月离开北京，怀着"吾将上下而求索"的心情，写出《彷徨》《野草》《华盖集》《华盖集续编》，以及《坟》里的一些重要文章。在这时期内，国内的形势一方面是北洋军阀反动政府对人民的残酷镇压，这镇压以一九二六年的"三一八"惨案达到极点；一方面是中国共产党领导的中国革命迅速蓬勃发展。鲁迅个人，一方面在黑暗重重的半封建半殖民地的中国社会经受一次又一次的理想幻灭，担当着无边的寂寞；一方面寄希望于将来，深信人类总是进步的，对一切阻碍进步事业的事物进行不懈的斗争。他一面解剖自己，一面向离奇古怪的“无物之阵”举起了投枪。像《祝福》《在酒楼上》《肥皂》《离婚》，以及《华盖集》《野草》里的一些名篇，每一发表，我们都抢着来读，当时的情景，是一个人读的，还是几个人共读，读后谈了些什么感想，或是朋友来信写了些什么读后感……回想起来，有的还历历如在目前，尽管我们的看法有时很不正确。我们经常把鲁迅和自己读过的一些外国作家相提并论，我们只反复吟味鲁迅笔下的悲哀情调，或是赞叹作品中尖锐的讽刺，但是对于鲁迅深刻的思想、精辟的社会分析、积极的战斗精神，是缺乏理解的。现在看来，前边引用的鲁迅对我们的评语，并不尽是溢美之词，同时，言外之意也指出我们的缺点，我们只知道“摄取异域的营养”“挖掘自己的魂灵”，但关于中国社会的实质一无所知，而鲁迅观察中国的社会，则洞若观火。

我们听鲁迅讲授《中国小说史略》，是一九二三年下半年起始的。他讲课时，态度冷静而又充满热情，语言朴素而又娓娓动听，无论是评论历史，或是分析社会，都能入木三分，他的言论是当时在旁的地方难以听到的。我们要求认识鲁迅的心情与日俱增。在我们中间，首先鼓起勇气，写信给鲁迅，不久便得到鲁迅回信的，是陈翔鹤；首先到阜成门内西三条访问鲁迅的，也是陈翔鹤。这是一九二四年六七月里的事。

一九二三年下半年，北京大学派经济学教授陈启修（陈豹隐）到苏联去考察，创造社的郁达夫到北京来，代替他在北大讲授统计学。郁达夫在课后，常到学生宿舍里找爱好文学的青年谈天，我们有时同他一块儿到城外郊游，逛旧书摊；陈翔鹤到北京后，同他来往的次数更多。陈翔鹤首次访问鲁迅，是跟郁达夫一同去的。据陈翔鹤生前回忆说，鲁迅给他写过一封长达三张信纸的信，信中对自己过去的消沉情绪进行自我批评，希望现在的青年不要像他过去那样。鲁迅的这种心情一再反映在他二十年代的著作里，正如《呐喊·自序》里说的："至于自己，却也并不愿将自以为苦的寂寞，再来传染给也如我那年青时候似的正做着好梦的青年。"

鲁迅在一九二四年到一九二五年，利用讲授《中国小说史略》的时间，把厨川白村的《苦闷的象征》作为讲义。这一学年，鲁迅课堂上听讲者的人数倍增，当时的盛况我在《笑谈虎尾记犹新》中已略有记述。这里我只想就个人的认识解释一个问题，鲁迅为什么要翻译而且讲授《苦闷的象征》这本书？厨川白村根据柏格森的哲学和弗罗特的心理分析学，认为"生命力受了压抑而生的苦闷懊恼乃是文艺的根柢，而其方法乃是广义的象征主义"。这种唯心主义的观点是不正确的。鲁迅翻译并讲授这本书，只能说明鲁迅在这时期不只在政治上，而且在文艺思想上也在探索根本性的问题。这样的问题，《苦闷的象征》是回答不了的。所以鲁迅在讲《苦闷的象征》的同时，就在一九二五年四月为《苏俄的文艺论战》写前记，后来在一九二六年七月又为勃洛克的《十二个》中译本写后记，密切注意十月革命后苏联的文艺动态。最后他认识到，文艺上的根本问题，只有学习马克思主义文艺理论,才能得到正确的回答。他在《三闲集·序言》里说："看了几种科学底文艺论，明白了先前的文学史家们说了一大堆，还是纠缠不清的疑问。"

这里还附带说明一件事。鲁迅在一九二五年四月三日的日记里写着："午后往北大讲课。浅草社员赠《浅草》一卷之四期一本。"这段记载引起我的回忆,跟我读《一件小事》时一样清晰。那天下午，鲁迅讲完课后，我跟随他走到教员休息室，把一本用报纸包好的《浅草》交给他。他问我是什么书，我简短地回答两个字《浅草》。他没有问我的名姓，我便走出去了。后来鲁迅在一九二六年四月十日写的《野草》最后一篇《一觉》里提到这一年前的往事时，却说是"两三年前"，可能是作者记错了。其理由是，《一觉》里说，"可惜那《浅草》不再出版了"，这当然指的是日记里写的"《浅草》一卷之四期"，也就是《浅草》的最后一期，而在《鲁迅手迹和藏书目录》第二册"期刊部分"中也只有一卷四期一册。

鲁迅的《一觉》里更多地谈到《沉钟》周刊，对我们是很大的鼓舞。《沉钟》周刊从一九二五年十月创刊，出了十期，在社会上得不到任何反应，我们仅有的几个人，为它写稿子，为它跑印刷厂，为它到书店托人代售，遭受书商的白眼，不料在默默无闻不得不忍痛停刊后，却从我们最敬重的鲁迅那里得到肯定和称赞。那正是“三一八”惨案后的一个月左右，全北京处在哀悼死难烈士和声讨反动政权的悲愤气氛中。大约是四月里的一个星期日，我一如既往地从报童手中买到刚刚出版的《语丝》，当我在鲁迅的《一觉》中看到“浅草”和“沉钟”的字样时，我的心是多么意想不到地激动啊！那一天，我们好像度过一个小小的节日。作者在《一觉》引用了《沉钟》最后一期等于是停刊词的《无题》中一段话后，他写道：“是的，青年的魂灵屹立在我跟前，他们已经粗暴了，或者将要粗暴了，然而我爱这些流血和隐痛的魂灵，因为他使我觉得是在人间，是在人间活着。”这段话是对于我们的期望，也是对一切青年的期望。但是我们辜负了这个殷切的期望，我们死抱着文学不放，过分夸大文学的作用，好像中国只要产生几部伟大的作品，就可以称雄于世界了，却不问伟大的作品怎样才能产生，也不反躬自问，像我们这样下去，能不能写出几本像样子的东西。《沉钟》无论是周刊时期，或是后来的半月刊时期，每一期在报头或第一页上都摘录一段古今中外诗人、作家的名言，这类名言说的，一般不外乎是生活如何艰难，人们应该如何勇敢地承担生活的痛苦，努力奋斗，坚持工作。至于苦难从何而来，斗争的对象是什么，我们是模糊不清的。所谓工作，不过是写点文章，翻译点自己爱好的外国作品而已。

在一九二六年五月到七月中间，我们到鲁迅家中去拜访的次数多了，鲁迅除了谈论文学与时事外，对我们也提出批评，他说：“你们为什么总是搞翻译、写诗？为什么不发议论？对些问题不说话？为什么不参加实际斗争？”这是对我们最大的爱护。我在李霁野《忆在北京时的鲁迅先生》一文中读到：“沉钟社的杨晦、冯至、陈翔鹤、陈炜谟，他都常提到，很喜欢他们对文学的切实认真的态度。不过他也觉得他们被悒郁沉闷的气氛所笼罩。鲁迅先生对我们的劝告，和这些情况有密切的关系。他曾多方面地鼓励我们，不使我们陷入消沉悲观之中。”鲁迅对青年成长的深切关怀，不是为了某些青年的个人，而是为了中国的前途，我们当时是体会得很不够的。

一九二六年八月，鲁迅离北京去厦门，不少青年学生纷纷南下，投身革命，北伐战争不断取得胜利，北京在北洋军阀政府的统治下，充满恐怖，暗无天日，成为一座死城。《语丝》周刊、《莽原》半月刊继续出版，《沉钟》于停刊半年之后，由周刊改为半月刊，在七月复刊，前六期的封面是由鲁迅转托陶元庆绘制的。但是像一九二五年、一九二六年上半年每星期都能读到鲁迅新作品的岁月，已成过去，一切都死气沉沉，使人窒息。我和陈炜谟、陈翔鹤在严冬的夜里，有时到景山东街未名社门市部，找韦素园、台静农谈天。韦素园外表深沉朴素，但是谈起话来却非常热情，他滔滔不断地谈苏联内战时期他去苏联一路上遇到的艰难险阻，谈俄罗斯文学，谈他的弟弟韦丛芜的诗集《君山》是怎样写成的，至于主要的话题，则是鲁迅在厦门的情况，自然也谈到高长虹的问题。关于高长虹，我们跟韦素园的看法是一致的，他思想混乱，写的文章既晦涩又空虚，诚如鲁迅所说：“他除掉我译的《绥惠略夫》和郭译的尼采小半部而外，一无所有。”但是他狂妄自大，自以为能掀起一场席卷一切的狂飙运动，在上海成立狂飙社，出版《狂飙》周刊，怀着阴暗的心理，先是打着鲁迅的幌子，随后又拼命地攻击鲁迅。鲁迅在一九二六年十二月二十九日写给韦素园和一九二七年一月十一日写给许广平的信中提到的高长虹的那首诗，是我们从认识高长虹的一个朋友那里听来的，我们在景山东街的夜话里谈到此事，韦素园写信告诉了鲁迅，鲁迅因而在《故事新编》的《奔月》里“和他开了一些小玩笑”。

《沉钟》半月刊出了十二期，又停刊了。但是从一九二七年起出版的《沉钟丛刊》，每种出版后都由作者寄给鲁迅，请他指教。我的第一部诗集《昨日之歌》出版后，我在一九二七年五月九日写信给鲁迅，并附寄《昨日之歌》一册。由于陈炜谟常常一半严肃、一半开玩笑地说我的诗缺乏时代气息，没有摆脱旧诗词中的情调，我把这个评语，作为我自己的看法写给鲁迅，并向鲁迅表示，我打算北大毕业后到广州去工作。过了些天，我收到鲁迅的回信，信里说，他认为我的诗并不像我信中所说，有那么多旧诗词的痕迹；关于到广州去的事，他劝我慎重考虑，他说广州跟北京没有什么两样，他周围所遇到的仍然是他深恶痛绝的“正人君子”，他自己也在打算尽快地离开广州。遗憾的是，鲁迅的信我在抗日战争时期丢失了。

鲁迅离开北京后，无论是在厦门，或是在广州，常常以沉钟社为念。《坟》将出版时，他在一九二七年一月十日给韦素园开列的赠送名单中有这样的话："陈炜谟、冯至，上两人是沉钟社里的，不知尚在京否？如知地址，希邮寄。"在同年九月二十五日将离广州时，写信给李霁野说："看现有文艺方面用力的，仍只有创造、未名、沉钟三社，别的没在，这三社若沉默，中国全国真成了沙漠了。"实际上从一九二七年暑假后，沉钟社朝夕相处的四人已经各自东西，归于"沉默"了。当我于一九二八年初在冰雪漫天的哈尔滨收到未名社寄来的鲁迅翻译的《小约翰》时，真是喜出望外，仿佛亲自见到鲁迅的容颜。那时我利用新年三天的假期写过一首长诗《北游》，在接到《小约翰》后，便把其中最后一句"他逆着凛冽的夜风，上了走向那大而黑暗的都市，即人性和他们的悲痛之所在的艰难的路"作为这首长诗的题词，觉得很恰当。

一九二九年五月，鲁迅来到北京，在五月二十四日上午，我和杨晦、陈炜谟到鲁迅北京的住所去看他。阔别三年，人人都有了一些变化，只是他的住所却依然如故，室内室外跟过去没有两样。我们约他到中央公园午餐，一直谈到下午五时。鲁迅那天的谈话，很大部分都谈的是在这大动荡的时代，一些青年人使他感到失望。他也谈到编辑过《晨报副刊》和《京报副刊》"笑嘻嘻善于催稿"的某君，在"革命文学"论争热烈开展时，忽然在武汉也大发言论说，他跟鲁迅的政见不一致。鲁迅说过这事后，笑着说："不知他有过什么政见？"在谈话过程中，间或有认识鲁迅的人走来跟他打招呼，其中有一个鲁迅在北京时教育部的同事，见了鲁迅没话找话说，问到《呐喊》。这人走后，鲁迅说："他们只知道我写过一本《呐喊》。"临分手时，鲁迅说："游人减少了，现在的公园跟民国初年差不多。"他对于这种情况似乎感到满意。他这次来北京，许多朋友和学生希望他留在北京，也有一小部分人又怕他留在北京，但鲁迅不管这些，他如期回上海去了。

从一九三二年十月到一九三四年二月，《沉钟》半月刊又出了二十二期，主要由杨晦和已于一九三〇年回国的林如稷编辑。每期都寄给鲁迅。复刊后的《沉钟》依然保持着前十二期的精神，但是时过境迁，五六年的时间，中国经历了很大的变化，《沉钟》则更显得无声无息，不为世人所注意了。

一九三五年九月，我从德国回国，路经上海，杨晦跟我和我的爱人姚可崑去看鲁迅，在内山书店附近的一座小咖啡店里谈了一个下午。鲁迅问我希特勒篡夺政权后德国的情况，我说了一些德国的政治笑话。他说"暴政统治下在人民中间最容易流传这类的讽刺。"他含有无限感慨地谈到韦丛芜。在鄂豫皖革命根据地红军撤退后，韦丛芜竟给C. C.头子陈立夫上条陈，为"扫荡"革命根据地出谋献策，因而被派在那里当县长。此外，我们谈到的大都是彼此认识的几个人的近况。鲁迅还告诉我们说，他在半年前为上海良友图书公司编选了《中国新文学大系·小说二集》，里边选了《浅草》《沉钟》中到一九二六年为止的一些小说，现已出版。这时，我在鲁迅先生面前所感到的，真有些像是鲁迅在这选本的序里所说的："时移世易，百事俱非，他们是要歌唱的，而听者却有的睡眠，有的槁死，有的流散，眼前只剩下一片茫茫白地，于是也只好在风尘澒洞中，悲哀孤寂地放下了他们的箜篌了。”

一九三六年十月二十二日下午，我和杨晦、姚可崑参加了鲁迅出殡的行列，从殡仪馆到万国公墓，挽歌的歌声此起彼落，漫长的队伍好像没有尽头，我们也不希望很快地到达墓地。我心里想，我们在这里，也代表了不在上海的陈翔鹤、陈炜谟、林如稷，他们都会跟我们一样感到悲痛。

沉钟社“放下了他们的箜篌”，但是沉钟社几个人的友情并没有中断。他们在许多方面辜负了鲁迅的期望，但是自从新中国成立以来，他们在党的领导下努力改造思想，克服过去悲哀孤寂的情绪，无论是生者死者，都曾经或还正在努力工作，尽管工作中有过这样那样的错误。但这时的工作跟过去办《沉钟》时所说的那种不切实际的工作有了本质的不同了。

一九七八年八月十五日

《陈翔鹤选集》序

翔鹤同志于一九六九年逝世，已经十年了。从他的遗著里选出十二篇小说、六篇散文，作为一部选集出版，这在他逝世后的七八年内是难以想象的。林彪、“四人帮”阴谋篡党夺权，从批判《海瑞罢官》开始，大兴文字狱，大部分优秀的文艺作品被打成“毒草”，许多作者受尽摧残和凌辱，翔鹤因为写过两篇历史小说，更是不曾幸免。那时，凡是历史题材的创作，不管怎么写的，都强加以借古讽今、反党反社会主义的罪名，真是“一自高唐赋成后，楚天云雨尽堪疑”了。翔鹤就是这样在林彪、“四人帮”极左路线的迫害下死去的。如今，林彪、“四人帮”相继覆灭，拨乱反正，推翻了反革命的“文艺黑线专政论”，使“五四”以来的，尤其是新中国成立以来的优秀作品重见天日，又和读者见面，许多含冤受辱的作家得到平反昭雪。因此，翔鹤的选集也得以编选出版。

选集里的小说和散文，我有的读过，有的没有读过，如今依次读了一遍，不禁回想起五十年前我们青年时期朝夕相处的岁月和一九五四年翔鹤来到北京后的久别重逢。

“五四”运动发生的那一年，翔鹤在成都第一中学毕业，后来受到外边新思潮、新文化的召唤，离开灾难深重、军阀混战的四川，到了上海，在复旦大学学习。由于浅草社的关系，从一九二三年暑假起，他跟我和我的同学陈炜谟不断通信。到了这年年底，他为了能同炜谟和我经常在一起，放弃了复旦大学的学籍，来到北京，在北京大学附近的一个学生公寓里住下，过着一边读书，一边写作的生活，有时也到北京大学的红楼去听一听课。不久，他和我的一个长兄般的朋友杨晦也熟识了。除了寒假暑假外，我们几乎天天见面，无话不谈，不知怎么有那样多说不完的话，讨论不完的问题。杨晦在一个中学里教书，我和炜谟每天要去上课，翔鹤没有这些约束，可以自由安排自己的时间。他惯于在夜里读书，往往读到鸡叫了、窗纸发白的时候。他通过英文阅读西方的文学作品。那时外国书不像现在这样贵，最容易得到的“万人丛书”“现代丛书”等每册售价不过一二元钱，若是到旧书摊去发掘，那就更便宜了，有时也能出乎意外地用极低廉的价钱买到稀奇的珍本。此外，日本的丸善书店不断有书目寄来，只消发出一张订购的明信片，过些日子便会收到通知，用邮局代付的办法把一包订购的书从邮局取出。俄国的、法国的小说，北欧的戏剧，英国的诗歌，翔鹤都如饥似渴地阅读着。那些作品，有的使人的眼光变得更为锐敏，批判地去观察黑暗的社会；有的用哀怨而悲凉的语句感染读者，滋养着伤感情绪；有的促使人向往光明，但是指不出一条切实的、通往光明的道路。在中国文学里，我们爱好的是魏晋人物的风度和晚唐的以及清代几个诗人的诗，像杜牧的“浮生恰似冰底水，日夜东流人不知”，龚自珍的“落红不是无情物，化作春泥更护花”等，是翔鹤常常吟咏的诗句。他对于嵇叔夜在受刑之前从容不迫顾日影而弹琴的事迹，尤为欣赏，他不止一次地向我谈过这个故事。由此可见，他在将及四十年后写出历史小说《广陵散》，并非一时的即兴，而是在头脑里蕴蓄很久了。在当代作家中，给他影响较深的，是鲁迅和郁达夫。自传式的叙述，伤感的情调，在翔鹤早期的创作中，处处看得出郁达夫影响的痕迹。鲁迅的小说，尽管举世公认，《阿Q正传》《祝福》等是最杰出、最深刻的名作，但我们常常谈论的却是《在酒楼上》的吕纬甫，《孤独者》的魏连殳，以及《伤逝》里的涓生，对他们寄以无限的同情；而读到作者在《肥皂》中对于四铭的肮脏灵魂做的深刻剖析时，我们则拍手称快。这里选的《转变》中的主人公慕海和他那位在上海的新闻记者朋友的背后，不是隐隐约约有魏连殳和吕纬甫的影子吗？《古老的故事》中的苏幼旃夫妇的悲惨遭遇在某些意义上不是使人想到涓生与子君的命运吗？

我写这些往事，无非是要说明翔鹤一部分作品的创作方法和思想内容从阅读上得到过什么启发和影响。至于我们中间的交往和围绕着办刊物进行的一些活动，翔鹤在一九三三年写的《关于“沉钟社”过去现在及将来》，叙述当时的情景比较详细，现作为“附录”收在选集里，这里就不多说了。

一九二七年暑假，我和炜谟同时在北京大学毕业，翔鹤带着幽默的口吻说，“我也毕业了”。既然都毕业了，就都要为职业而奔波了。我们三人各自到不同的城市的中学里去教书。过去是平日朝夕相处，寒假暑假时暂时分离，此后却相反，平日各自东西，只有寒假暑假时回到北京，多半在杨晦的住处相聚。翔鹤在“毕业”以前，一般是从书本上或是从客观的观察中体味一些人情冷暖，世路坎坷，如今走到社会中，由于他感情真挚而又胸无城府，对外没有戒心而又易于感触，遭受到不少工作上的挫折，爱情中的痛苦。这里选的一九三四年以前的五篇小说，如果说《悼——》和《不安定的灵魂》主要是想象和虚构，那么，《转变》《独身者》《给南多》等篇，就更多是作者亲身的感受了。但都可以说是作者的自传或自白。所谓自传，是在小说里把自己亲身经历的事拆散了又重新组合；所谓自白，是通过虚构人物的言谈行动表现自己的思想感情。总的说来，这些小说抒情的、浪漫的色彩比较浓厚，它们共同的特点是伤感。

所谓伤感文学，在欧洲十八世纪中叶曾风行一时，在中国现代文学史上也一度出现过。作者喜欢用书信、日记等体裁抒发胸中的块垒，倾泄郁结的情怀。他们感到，在主观的幻想与客观的实际之间，存在着不可逾越的鸿沟，为此而发出悲愉怆。对于伤感文学，无论是外国的或是中国的，今天的读者会感到难以理解，或者甚至读不下去，但在当时它确实反映出一部分知识分子的精神状态。鲁迅在一封信里说：“多伤感情调，乃知识分子之常，我亦大有此病，或此生终不能改；杨村人却无之，此公实是一无赖子，无真情，亦无真相也。”翔鹤早期的小说，尽管使人读后感到悲怆，甚至意气消沉，文字有时也有些夸张，可是写出了自己的“真情”和“真相”，同时也显示出对旧社会的反抗。《给南多》里说：“关于中国的旧有社会，和在旧社会中所寄生着的各种传统人物，以及各种因袭的思想和制度，我却是毫不爱惜，或从根本上就取着鄙弃和反抗的态度的。”时代在前进，那几篇小说里所表现的思想感情已经成为过去的事了，但从历史上来看，使人知道，在二十年代或三十年代初期，曾经有些知识分子为探索真理和新的生活道路，像小说中的主人公那样烦恼着，苦闷着，也不是没有意义的。

一九三七年，抗日战争爆发，翔鹤回到成都，他的生活和思想都发生了变化。他在党的领导下从事文艺界的统战工作，担任中华全国文艺界抗敌协会成都分会常务理事，勤勤恳恳，不辞劳苦,工作了十余年。他的创作也起了变化。《古老的故事》在揭露国民党统治区的黑暗与愚昧的同时，还多少保留着旧日的风格和伤感情调，但这可以说是变化的起点。此后，他抑制着满腔愤慨,用现实主义的笔法活灵活现地刻画出傅校长和《一个绅士的长成》中宋七老爷的丑恶形象。傅校长和宋七老爷之流在黑暗的旧社会蝇营狗苟，贪污腐化，而又春风得意，事事成功;他们这样的人构成国民党反动派的社会基础。他们和《古老的故事》以前的小说中的主人公，虽然同居于旧的世界，但却是两种截然不同的典型，形成鲜明的对照。

新中国成立后，翔鹤在五十年代写的《喜筵》和《方教授的新居》，无论内容和形式都与过去不相同了。前者描绘了老工人顾师傅工人阶级的优良品质，工作踏踏实实，接受新思想，就能身体力行；后者的主人公是个旧知识分子，学有专长，也有从旧社会带来的缺点，在落实党的政策的感召下是能够发挥积极作用的。

一九五四年，翔鹤来到北京，我们自从一九三〇年分手后又重新会晤。由于我们的住处彼此距离很远，更加以工作繁忙，见面的机会不多。但每次见面,仍然跟青年时期一样,无话不谈。在有限的几次谈话中，有两次与选集里的文章有关，我还记得清楚。一次是在我家里，他向我述说，一九四七年后，国民党反动派迫害进步力量更为猖獗，成都白色恐怖日甚一日，他也被列入黑名单。党组织听到这个消息，派人通知他必须立即离开成都。他说，若是那天晚上没有走，很可能就被特务抓走了。他由于李劼人的帮助，改换姓名，在乐山的嘉乐纸厂充当住厂秘书，一直到四川省解放。我们谈话后不久，李劼人逝世了，翔鹤写了两篇文章纪念死者，表达感激和怀念的心情。尤其是《李劼人同志二三事》一文，情深意切，娓娓动人，在收尾处引用了一首唐人哀悼旧友的五言律诗，诗的最后两句“日斜休哭后，松韵不堪闻”，虽是古人的诗句，却表达了翔鹤深厚的哀思。

又一次是一九六二年在某某饭店里开会，休息时间我和翔鹤谈到他在《人民文学》先后发表的《陶渊明写挽歌》和《广陵散》。翔鹤到北京后，编辑《文学遗产》，他组织讨论，联系作者，审阅文稿，贯彻百花齐放、百花争鸣方针，为古典文学研究做出贡献。从一九五八年底到一九六〇年，古典文学研究领域内曾开展过一次关于陶渊明的讨论，大部分文章都在《文学遗产》发表。翔鹤作为刊物的主编，自然也要对陶渊明做较为深入的研究。他认为，这样的讨论对于推动古典文学研究的开展是有益的，但大都是围绕着陶渊明的诗歌是否是现实主义、有多少现实性和人民性等问题进行争论，而对于诗人的思想和内心活动注意不够。陶渊明具有朴素的唯物主义思想，有生必有死，是自然的道理，“佛家说解脱，道家说羽化，其实这些都是自己仍旧有解脱不了的东西”。陶渊明就是从这种思想出发，为自己写出《挽歌诗》三首。至于《广陵散》,我在前边提到过，翔鹤在青年时期就很欣赏嵇叔夜顾日影而弹琴的事迹，这次他说，小说中很大部分是根据鲁迅的《魏晋风度及文学与药及酒的关系》。鲁迅在这篇文章里还引用过《庄子》里的一句话:“中国之君子，明于礼义而陋于知人心。”鲁迅引用了这句话后，紧接着说：“这是确的，大凡明于礼义，就一定要陋于知人心的，所以古代有许多人受了很大的冤枉。”翔鹤的用意，是要从“知人心”方面来描绘历史人物。我向他说，我愿意跟他合作，给古代著名的诗人每个人都绘制一幅剪影，通过具体的事迹体现他们的内心活动和思想特点。这样做，对古人也许会有所歪曲或误解，不符合实际，但力求用历史唯物主义的观点方法，探索诗人的精神世界，也许会有助于对古典文学的理解吧。

这两篇历史小说，是翔鹤用力最勤、功夫最深的创作，发表后也得到一些好评，不料到了一九六六年，竟被说成是反党反社会主义的“毒草”。在林彪、“四人帮”极左路线的影响下，一顶顶“欲加之罪何患无辞”的帽子向作者飞来，使作者蒙不白之冤，不容申辩。林彪、“四人帮”本来是些叛徒、特务，却诬蔑别人是叛徒、特务；他们自己存心要搞政变，却硬说别人谋划政变；他们挖空心思搞阴谋文艺和影射史学，却栽赃别人的作品是指桑骂槐或借古讽今。他们用阴险毒辣的手法陷害了广大的干部、科学家和作家，其牵连之广，毒害之深，在痛定思痛的今天，回想起来，仍然感到不寒而栗。翔鹤在十年前逝世，不及见林彪、“四人帮”的覆灭，不能在今天的党中央领导下心情舒畅地工作了，我们深感遗憾。现在，翔鹤的生前好友还常常谈到他，怀念他，并提议出版他的选集。于是从去年十月，在大家共同主持下，由跟翔鹤一起工作过许多年的白鸿同志经手编选出这部选集，也可以弥补这个遗憾于万一了。

一九七九年三月二十日

从癸亥年到癸亥年——怀念杨晦同志

工作余暇，整理旧书，在《两当轩全集》第一册封面上看到我写的四个字“癸亥年冬”，我猛然一怔，今年不又是癸亥年吗？新中国成立以来，用公历纪年，我很少注意用天干地支推算年份，只有时翻阅日历，知道去年是壬戌，今年是癸亥，也不曾记在心上。可是《两当轩全集》第一册封面上的这四个字，却使我心潮起伏，许久不能平静。封面上写的癸亥年，是一九二三年，这是我一生中很有意义的一年。在这年我首次在一个文学刊物上发表我的新诗试作，在这年我结识了后来共同创办《沉钟》周刊和半月刊的朋友，其中对我影响最大、使我获益最多的是杨晦同志。这几个朋友都先后逝世，杨晦同志也在今年（又一个癸亥年）与世长辞了。而这部《两当轩全集》则是我和杨晦一起散步，在东安市场一家书店里买到的。两个癸亥年，整整一个“甲子”，是整整六十年；年份的偶合，并不含有什么特殊意义，可是在我们生者与死者之间，更增添了一种难以排解的深情。

一九二三年，我十八岁，在北京大学从预科转入本科；杨晦二十四岁，他在一九二〇年已经在北京大学哲学系毕业，在不同的中学教过三年书，这年暑假他辞去厦门集美学校的教职，到北京孔德学校来教“国文”课。我和他初次相遇，是在北大中文系教授张凤举的家里。认识后互相来往，很快就成为推心置腹、无话不谈的朋友。孔德学校校址当时在北京东华门内北河沿，与北京大学第三院毗邻，杨晦住在学校里，他住室的窗子正对着北大三院的操场。傍晚，我常到那广阔的操场散步，有时把他的窗子敲开，一内一外，两人便靠着窗口交谈。在天已黑了觉得还有许多话没有说完时，我就越窗而入，直接到他的房里,用不着绕个大弯子去走孔德学校的校门。他教的是“国文”，却大量阅读欧洲的戏剧，他乐于向我谈他读过的剧本的情节和读后的感想。他以极大的兴趣谈莎士比亚和希腊悲剧，在当代剧作家中他最欣赏爱尔兰的约翰·沁孤和比利时的梅特林克。这年冬天，他倾注极大的精力在课外给学生排演梅特林克的童话剧《青鸟》，并取得成功。我那时很少读剧本，我最初一些西方戏剧的知识，多半是从他那里得来的。

杨晦出身于东北一个贫苦农民的家庭，有一种蔑视艰难困苦而勇于同艰难困苦作斗争的坚强性格，由于看到社会上种种的不平和农民经受的各种各样的苦难，他也时常流露出忧郁的心情。他坚强的性格和忧郁的心情在西方的某些悲剧里得到共鸣，他谈讲那些悲剧的情节，像是在述说自己亲身的经历。

他在一般人面前沉默寡言，若是遇见他所憎恶的人，往往神情枯冷，甚至厌形于色，但是在朋友与青年学生中间，他内心里则是一团火，他对他们的关怀，大至思想意识，小至衣食住行，可以说是无微不至。我个人一生中有所向上，有所进步，许多地方都是跟他对我的劝戒和鼓励分不开的。他对待学习和事物的认真态度也使我深受感动。

他本来学的是哲学，英文只能阅读，这时他钻研西方戏剧，认为读剧本必须掌握口语音调，他每月收入有限，却不惜付出昂贵的学费跟一个英国人去学诵读和口语。约在一九二八年，北京大学有一位德国的讲师讲授古希腊语，他为了将来能读希腊悲剧原文，也从繁忙的工作中挤出时间去学。直到他逝世的前几年，体力已经很衰弱了，他还买了些德语字典，自修德语，以便更准确地理解马克思、恩格斯的著作。这里不过仅从学外语方面，说明他学习如何认真，至于他教学与治学的严肃态度，就不是这篇短文里所能论及的了。同时他待人处事，不肯敷衍苟且，他不断跟他环境内接触到的虚伪的世故、勾心斗角的行为、尔虞我诈的争夺进行斗争，自己经受多大的损失也不后退。新中国成立前他在学校里教书，经常受排挤，受迫害，可是他对反动的黑暗势力从不屈服，显示出中国知识分子的硬骨头精神。我青年时好读书不求甚解，不像他那样肯下死功夫，靠着一点愚蠢的“聪明”写些轻飘飘的诗文；我更不认识中国的社会，只从书本上知道些什么是光明什么是黑暗，什么是美什么是丑，在眼前看不到光明和美，只觉得是一片黑暗与丑恶时，便发一些无谓的感慨，此外就是无可奈何听之任之而已。在和杨晦的交往中，我有时感到自愧，想起嵇叔夜《与山巨源绝交书》里的几句话："足下傍通，多可而少怪；吾直性狭中，多所不堪，偶与足下相知耳。"我暗自思忖，我与杨晦的交谊会不会只是偶然的相知呢？但事实上我们的友谊与日俱增，主要是由于他的"不堪"经常纠正了我的"多可"。

新中国成立前，尤其是在抗日战争以前，许多大学毕业生耻于在反动政府属下的机关里做事，他们唯一的出路是到国内任何一个地方的中学或师范学校去教书。那些学校的校长对教员握有聘请和解聘的大权，他们几乎都与官方有这样那样的联系。其中比较开明的往往背后有个靠山，敢于延聘进步教师，传布新文化、新思想，不过这是极少数；另一种是善于应付，能左右逢源，为了自己的声誉，找几个有声望受学生欢迎的教师给他支撑门面，但有一定的限度，不要影响他的饭碗；等而下之的，是以推行反动统治、镇压进步势力为能事，若是由于一时"疏忽"请来了一个进步教师，他一经发现，就对这教师进行迫害。这三类校长"领导"下的学校，杨晦都经历过，从中懂得许多新的"儒林外史"。可是杨晦一度工作过的孔德学校则不属于以上的几种类型，由于它成立时蔡元培兼任校长，校内充满自由空气，反动势力没有立足之地，师生感情融洽如一家人。但它也有缺陷，学生培养得有如温室里的花朵，不经风雨，看不见世路的坎坷，人间的险巇。我在一九二七年大学毕业，孔德学校负责人约我到他那里去教书。这时杨晦已在他处工作，不在孔德学校，他对我说："孔德学校是个好学校，但对你没有好处，你需要认识社会，在那里你认识不了社会，你应该到艰苦，甚至黑暗的地方去，好好地锻炼锻炼。”我经过思想斗争，最后还是听从了他的话，违背自己的意愿，接受了哈尔滨一个中学的聘书，登上去东北的途程，难割难舍地离开了北京。那时整个的东北三省长期在奉系军阀愚昧而残酷的统治下，更加上日本军国主义的欺凌和侵略，人民过着暗无天日的生活，而哈尔滨的官僚买办浑浑噩噩，荒淫无耻，使这座松花江畔美丽的城市充满了金银气、酒肉腥和贫苦劳动者的血泪。我把我在哈尔滨感受的孤单与寂寞写信给北京的朋友，杨晦不断地写信给我以鼓励。这些信都早已散失了，只在我的诗集《北游及其他》的序里抄录过一封信里的几句话。这几句话对我太有意义了，我以无限珍惜的心情愿意把它们在这里再抄录一次：“人生是多艰的。你现在可以说是开始了这荆棘长途的行旅了。前途真是不但黑暗而且寒冷。要坚韧而大胆地走下去吧！一样样的事实随在都是你的究竟的试炼、证明……此后，能于人事的艰苦中多领略一点滋味，于生活的寂寞处多做点工，那是比什么都要紧、都真实的。”这样的话，我现在读着，还感到无限亲切。

人世间绝大部分人都追求幸福，但也有少数人好像是一心一意在寻找苦难。杨晦经常称道希腊神话里的普罗米修士和希伯来传说中的约伯。前者为了反对倒行逆施、背信弃义的宙斯宁愿在无止境的囚系中永不屈服；后者经受严峻的考验，遭遇极大的灾难也不丧失对于神的信心。杨晦曾把埃斯库罗斯的悲剧《被幽囚的普罗米修士》通过英译本译成中文，也计划把《旧约》里的《约伯记》加工成为一部文学作品，并拟将这两部西方的“古籍”合印在一起，他说：“这可以成为我们生活的教科书。”（可是这个计划并没有实现，只有他译的《被幽囚的普罗米修士》作为单行本出版）由于这种精神，他不只一次地向我说：“我从来不过多地夸奖你，夸奖对你没有什么好处。将来你可能遭逢不幸，受到饥寒和凌辱，甚至没有人理你，到那时看你如何对待，你若能受得住这样的考验，才会有所成就。一般庸俗的幸福生活，不应该是我们所追求的。”他说这话时，我感到的并不是凛若冰霜，而是春风般的温暖。遗憾的是，他所说的那种“不幸”，我并没有遇到过（也许在四十年后的十年浩劫中我尝过一点他所说的那种滋味吧），可是庸俗的幸福，我则从来没有追求过。

一九三〇年十月到一九三五年六月，我在德国学习，杨晦曾写信给我，说要抓紧这个机会，认真读几年书，不要沾染当时一般留学生的习气。在这些年内，我书是读了，也很少沾染一般留学生的习气，但是头脑里装的是存在主义哲学、里尔克的诗歌和梵诃的绘画，严重地脱离中国社会的实际。我在一九三五年九月回国，在上海首先见到杨晦，当天晚上，没有交谈多久，他就给我以当头棒喝：“不要做梦了，要睁开眼睛看现实，有多少人在战斗，在流血，在死亡。”这时他已起始研读马列主义著作，在上海参加党所领导的文化活动。后来我回到北京，在天津《大公报》上发表了一首诗，他读到了，立即写信给我，大意说，“你的诗在技巧上比过去成熟些了，但是你的诗里对待事物那种冷冰冰的态度，我读后很不舒服，我不希望你写这样的诗”。三十年代与二十年代不同，中国社会和革命形势以及每个人都有很大的变化，但是杨晦对于他的朋友仍然是那样热情真挚，只要他看到我有什么缺陷，他都毫不容情地给以批评。

一九三六年暑假后，我和杨晦在上海同济大学附设高级中学教书。那时的上海，每个学校甚至每个班级都是进步势力和反动势力激烈斗争的场地。同济附中除了个别国民党党棍外，一般的教员“明哲保身”，只讲授本门课程，不敢触及时事，虚与委蛇地周旋于两种势力之间。杨晦担任历史课，他在课堂上经常宣传抗日，分析时局，反对国内与国际的法西斯主义，旗帜鲜明，毫不含混，在学生中间发生日益扩大的影响，同时也招来反动分子的嫉恨。抗日战争爆发后，同济大学连同附设高级中学经过浙江金华迁移到江西赣县，在一九三八年暑假，校内校外的恶势力互相勾结，对杨晦和我进行迫害，致使杨晦离开同济附中，我也在一九三九年初挈着病妻幼女离开同济，到昆明后，转任西南联合大学教授。

我在昆明一住住了七年半，这期间杨晦先是在广东广西流离不定，随后在陕西城固西北联合大学和重庆中央大学任教。尤其是一九四三年他到重庆后，在党的直接影响下从事文艺活动和教育工作。他的论文集《文艺与社会》主要是他在这时期学习马克思主义、研究文艺理论得到的成果。在他评论中外作家和作品的文章里也含有自我批评的成分。这中间他给我的信里我记得有这样的话，“你在同济附中两年多的工作和政治态度还是可以肯定的。现在你在西南联大，这是北平和天津三个最高学府联合起来的大学，我担心有人会把‘京派’的士大夫气带到这里来。时代不同了，那种士大夫气也不会原封不动，不过你要警惕，还要保持在同济附中时的那股朝气”（大意）。

以上是从我的记忆里找出他对我说过的和写过的一些话。这类的话，我相信他对其他的朋友和一部分学生也说过不少，当然，内容是不会相同的。

新中国成立前，在不到三十年的时间内，他在十五个学校教过书，中间还有时失业；新中国成立后，他在北京大学中文系工作，直到逝世，已经超过了三十年。从这点就可以看出，像杨晦这样的知识分子在旧社会是多么颠沛流离，在新中国生活是多么安定。到一九六四年为止，我在北大西语系工作，我们都住在同一个宿舍区燕东园里，交往的机会反而稀少了。在繁忙的五十年代，他兼任中文系主任，我兼任西语系主任，彼此都有做不完的工作，很少有时间互访闲谈。他也许这样想，他的朋友们都各自在党的领导和教育下工作，用不着他来关心了。可是有两件事，我还记在心上。一件是在一九六四年暑假，北京大学党委为了贯彻当时对知识分子和教育文化估计错误的“左”的路线，曾召集党员干部在十三陵北大分校集中学习，许多人在会上检查本单位、本人的所谓右倾思想，杨晦却不随声附和，他根据一九六一年通过的《高教六十条》的精神提出异议，一时议论纷纭，与会者感到惊奇，他的发言被摘录在“简报”上，成为批判对象的材料。这是我最后一次在北大参加的会议，而且只参加了前半，这会议后来怎样结束的，我就不清楚了。另一件是一九七〇年七月，我将去干校，决定从燕东园搬出，在院子里遇见杨晦，我向他说，我要到干校去了，他语重心长地只说了三个字：“好好干”。

一九七二年，我从干校回来后，每年都到北大去看他一两次。见面时他总是向我打听过去的朋友和熟人们的情况。他先后患有比较严重的白内障和青光眼，经过两次手术治疗配好眼镜后，又能顺利阅读，有时读书直到深夜，并继续研究“中国文艺思想史”。他的坚强性格没有因为多病而减退。他坚持劳动，夜里失眠从来不服用安眠药。最近几年他则一再表示，希望能有较长的时间，和我深入地谈一谈心。姚可崑也常常提醒我，“我们去看看慧修吧”（慧修是杨晦的别号，我们在家里总是这样称呼他），但由于彼此住的地方距离太远，挤不了去北大的公共汽车，以致一再拖延，得不到适当的时间。今年四月十九日，我和可崑利用在北大开会的机会，晚饭后去看过他一次，他这次显得神情衰弱，谈话虽不像往日那样有力，但还是思路清晰，问这问那。我们认为他是晚间疲倦了，不便久坐。临分手时，可崑还说，过些时请到我们家里住几天，就可以畅谈了。不料不到一个月，他的心脏就在五月十四日停止了跳动。我和杨晦经过多次离别，临别时或别后他都给过我宝贵的赠言，可是这最后的一次，当我和可崑在他逝世前两天到医院去看他时，他已昏迷不醒，哪怕是一句极为普通的话也没有从他口里说出，这真是最大的遗憾。

这个癸亥年无言的永别，教我怎能不想起这六十年间与杨晦的交往呢？因此我不厌其详地写了些对别人也许觉得多余而自己却难以忘记的往事。但意犹未尽，我还要作个重要的补充。陈翔鹤在一九三三年写过一篇《关于“沉钟社”的过去现在及将来》，里边提到，他和陈炜谟于一九二三年底或一九二四年初，由于我的介绍认识了杨晦，他们曾邀杨晦参加浅草社，杨晦是这样回答的：“同你们做朋友我是很高兴的，不过加入团体，我觉得我自己是太不适宜了，因为我不加入则已，一加入便要彻底地负责，而负责又于我自己是很苦的。”这段话也显示出杨晦对待任何一件事都认真负责，他能够做的，只要承诺下来，就负责到底，不能做或是不愿做的，绝不轻于然诺。他对于《浅草》从不过问，连一篇作品也不曾在上边发表过。可是等到我们从一九二五年编《沉钟》周刊，一九二六年编《沉钟》半月刊，直到一九三四年《沉钟》停刊，他就全力以赴，不仅为刊物写了许多文章和创作，还给以经济支援，有时甚至独立支撑。他创作的剧本，除去一九二三年前写的一部四幕剧《来客》登载在北京《晨报副刊》外，五篇独幕剧和一部五幕历史剧《楚灵王》都是在《沉钟》半月刊里发表的。他的独幕剧以底层社会为背景，用极为精练的笔墨描绘人间的不幸和在不幸中各种各样的人们内心的活动。他善于不用过多的对话而是用气氛烘托出人生的悲剧，但也不放过旧社会制度下产生的恶习和险诈。他纯熟地使用北京和东北的方言俗语，有时也让自然界的现象起着象征作用。其中以《老树的阴凉下面》和《除夕》写得最成功，也最为感人，这五出具有独特风格的独幕剧，在二十年代陈大悲式庸俗的所谓社会剧的余风未泯时，不曾引起人们的注意，是理所当然的。但这时诗人朱湘在他一九二七年办的个人刊物《新文》月刊第二期上写过一篇评论杨晦戏剧的文章，他说杨晦的戏剧“有一种特殊的色彩，在近来的文坛上无疑的值得占有一定的位置”。他独具只眼，把杨晦与爱尔兰文艺复兴的剧作家约翰·沁孤并论（我前边提到过,杨晦当时是很欣赏约翰·沁孤的）。在列举剧中的优点和独到之处，并指出一些缺陷后，他在文章结尾处说:“我十分知道，老树阴下这出戏是绝无排演之可能的，但我们不妨把它放上一座虚无的戏台，让我们做它的开明的观众，来赏鉴它的真美。”后来这五出独幕剧于一九二九年印成单行本出版，作为“沉钟丛刊”之五，题名《除夕及其他》。书里引用的题词中有《被幽囚的普罗米修士》和《约伯记》中的名句，这也可以看出他对于这两部名著的热爱。唐弢在四十年代写的《书话》里说,在“沉钟丛刊”中,他最喜欢杨晦的《除夕及其他》,但他并不把它看作是一本戏剧集，他这样说：“各篇都用对话体写，如独幕话剧，而充满散文诗气息，深沉黯淡，令人心碎。”

历史剧《楚灵王》写于一九三三年。《楚灵王》与那五篇独幕剧不同,它规模宏大,写一个野心勃勃的楚灵王,不择手段,用暴力和欺诈侵吞陈蔡，围攻徐城，自信问鼎中原，指日可待。当他盛时，目空一切，所向无敌；一旦叛军四起，他逃亡荒野，自缢而死。这部戏典型地描绘了古今中外所有暴君胜利时癫狂的妄想和穷途末路时怯懦而凄惨的心情。剧中还穿插着悲剧性的小故事，如唐娥由于腰粗，得不到好细腰的楚王的宠爱而自杀；众叛亲离之后楚灵王被申亥收容在家里，他死后申亥还把自己两个天真无邪的女儿给他殉葬。这些故事，作者若是用他写《除夕及其他》的笔法来写，都可以独立成章。

那五篇独幕剧和《楚灵王》都发表在《沉钟》半月刊里，也可以说是为《沉钟》写的，正如他自己说的，加入一个团体，便要彻底负责。《沉钟》于一九三四年停刊后，他是否有过其他的戏剧计划，我不知道，但是他再也没有发表过戏剧创作了。他本来可以成为更有成就的戏剧作家，但是他没有这样做。

杨晦不像有些作家那样，把创作看成是自己的第二生命。他认为有比写几个剧本更重要的工作。他在课堂上讲课，像是永不枯竭的泉源，引导许多青年去懂得人生的意义和革命的道理；他帮助朋友，关怀朋友的生活思想，有时比被帮助、被关怀的人想得还多；他担任行政工作，不随声附和，独立思考，这要耗费更多的精力，如此等等，都是他更重要的工作，而不是用笔能写得出来的。但是有些话、有些事记在他的朋友和学生的心中，不断地发挥作用。所以朋友们都经常怀念他，惦记他。当年的学生，有的已是中年或接近老年，并在革命或生产战线上做出了成绩，也常常谈论他，若是从外地到北京来，往往不顾路途的遥远，都抽出时间到北大来看望他，感念他过去如何引导他们走上进步的道路。可以说，杨晦同志数十年辛勤的教育工作，比成为一个剧作家，对于革命事业的贡献是更有意义的。

一九八三年七月十二日北京

谈梁遇春

近几年来，常有研究中国现代散文的同志约我写篇文章谈谈梁遇春。我想，比较更深地了解梁遇春的朋友和同学多已去世，我和梁遇春交往虽然不久，在一九三〇年从晚春到初秋不过五六个月，却也共同度过些只有青年人才能享有的愉快的时日，我对于这个要求有义不容辞之感。但是我那时不写日记，信件也不知保存，随着岁月的流逝，当年亲切的会晤已变得模糊不清，饶有风趣的交谈也只剩下东鳞西爪。在那“忘形到尔汝”的时刻，我怎么会想到半个多世纪后要搜索枯肠，追思往事，写这样的回忆呢？

这是我答应写这篇文章时思想里直接的反应。可是经过一番考虑，想到我这不幸早年逝世的朋友，想到他的为人、他的风姿、他的文采，我不应用“搜索枯肠”来对付。我应该认真再读一遍他留给我们的两本散文集《春醪集》和《泪与笑》，以无限的怀念之情实事求是地把模糊不清的事想得清楚一些，给残存的片言只语寻得一些线索，当然，更重要的还是根据他的散文谈一谈这个年轻的思考者在他那个时代想了些什么。

这是文学史里的一种现象，有少数华年早丧的诗人，像是稀有的彗星忽然出现在天边，放射异样的光芒，不久便消逝。他们仿佛预感自己将不久于人世，迫不及待地要为人类做出一点贡献，往往当众多“大器晚成”享有高龄的作家不慌不忙地或者尚未开始写作时，他们则以惊人的才力，呕心沥血，谱写下瑰丽的诗篇。他们的思想格外活跃，感触格外锐敏，经历虽然不多，生活却显得格外灿烂，在短暂的时期内真可以说是春花怒放。我的这个看法，难免不招来唯心或宿命之讥，我自己也不认为是正确的，但例如中国的李贺、英国的济慈、德国的诺瓦利斯等人，确实是这样，他们的创作时期极为短促，论成绩则抵得住或者超过有些著名诗人几十年努力的成果。梁遇春的成就虽不能与列举的那几位短命诗人相比，但他短暂的一生中工作的勤奋却与他们很相似。他从一九二六年冬开始发表散文，到一九三二年夏他二十七岁逝世不满六年的时间内，写了三十六篇闪耀着智慧光辉、具有独特风格的散文。他拼命地阅读古今中外的书籍，翻译外国文学作品二十余种，其中英汉对照的《英国诗歌选》，有在三四十年代攻读过英国文学的大学生，在他们已将进入老年的今天，还乐于称道这本书，说从中获益匪浅。梁遇春没有创作过诗，但他有诗人的气质，他的散文洋溢着浓郁的诗情。

梁遇春在他第一本散文集《春醪集》第一篇题名《讲演》的散文里说："近来我很爱胡思乱想，但是越想越不明白一切事情的道理。"紧接着他说，他同意"作《平等阁笔记》的主笔，所谓世界中不只'无奇不有'，实在是'无有不奇'"。这段话，他写的时候不过二十二岁，却可以作为他此后六年所写的散文共同的题词。"胡思乱想"是自谦之词,实际上说明他开动脑筋，勤于思考，事事都要问个是什么、为什么。"不明白一切事情的道理"，才能促使人追根究底，把事情弄明白些。在弄明白的过程中,便会发现世界上的事不仅"无奇不有",而且"无有不奇"。这里所说的"奇"，我看有双重意义：一是"新奇"的奇，是从平凡的生活中看出"新"；一是"奇怪"的奇，是从社会上不合理而又习以为常的事物中看到"怪"。至于思想怠惰、遇事随声附和、自以为一切都明白了的人们不可能会发现什么"新"，更不会感觉到"怪"。梁遇春则是从"胡思乱想"开始，写他字里行间既新奇又奇怪的散文。但他的散文委婉自如，并不标新立异，故作惊人之笔。

梁遇春在他的散文里一再说，矛盾是宇宙的根本原理，自然界和人世间无穷无尽的矛盾是"数千年来贤哲所追求的宇宙的本质"。他还引用萧伯纳的话："天下充满了矛盾的事情，只是我们没有去思索，所以看不见了。"我们无须说，梁遇春懂得多少辩证法，可是他确实从书本上、从对于宇宙和人生的探索和观察中，领悟到一切事物内存在着矛盾，而且他很欣赏那些矛盾。

他热爱人类。他一九三〇年写的《救火夫》是他散文中最有积极意义的名篇。他看见某处失火，救火的人们争先恐后奔赴火场，把生死置之度外，他们多半素不相识，但在救火时都成为互助的同志，他们也不问失火的那家主人是好人或是坏蛋，那时他们去救的好像不是某个个人，而是“人类”。他热情颂扬救火的人们,谴责隔岸看火的旁观者。同时他认为,如今全世界，至少在中国，到处都着了火，如果见火不救，就等于对人类失职。他说他三年来的“宏愿”是想当个救火夫。但他的“宏愿”并没有实现，他直到逝世只不过是一个对人类抱有悲悯之情的旁观者。他自身内就存在着一个这样的矛盾。

他赞美光明。他认为只有深知黑暗的人才会热烈地赞美光明，同样，想知道黑暗的人最少总得有光明的心地。他列举某些著名的作家和作品，说明在黑暗中受过痛苦和考验的人最能迫切地向往光明，反过来说，若是谁的心里没有光明，也不能真正描写黑暗，像一度流行的黑幕小说，只能污染读者的心灵。

他说，希望是一服包医百病的良方。希望的来源是烦恼，因为烦恼使人不得不有希望；希望的去处应该是圆满和成功。可是圆满的地位等于死刑的宣告，成功的代价是使人感觉迟钝，不再前进。他说他喜欢读屠格涅夫的小说，由于“屠格涅夫所深恶的人是那班成功的人”，他从中推论出“值得我们可怜的绝不是一败涂地的，却是事事马到功成的所谓幸运人们”。

关于道德，他在《查理斯·兰姆评传》中说，兰姆的“道德观念却非常重。他用非常诚恳的态度采取道德观念，什么事情一定要寻根到底赤裸裸地来审察，绝不容有丝毫伪君子成分在他心中。也是因为他对道德态度是忠实，所以他又常主张我们有时应当取一种无道德态度，把道德观念撇开一边不管，自由地来品评艺术和生活”。这里说的是兰姆，其实也是梁遇春自己的意见。他最憎恶伪君子，因为“伪君子们对道德没有真情感，只有一副空架子，记着几句口头禅，无处不说他们的套语，一时不肯放松将道德存起来，这是等于做贼心虚，更用心保持他好人的外表……只有自己问心无愧的人才敢有时放了道德的严肃面孔，同大家痛快地毫无拘管地说笑”。梁遇春的散文，就给人以一种印象，作者毫无拘束地面对读者说自己心里的真话。

以上仅就梁遇春对于人类和道德的态度，对于光明与黑暗、希望与成功的这几点看法，说明他为什么认为矛盾是宇宙的本质，为什么他看世界上的事物有的是新奇，有的是奇怪。这是他散文的根本精神。废名在他给《泪与笑》写的序里说：“他的文思如星珠串天，处处闪眼，然而没有一个线索，稍纵即逝。”这句话常被梁遇春散文的评论者援引，认为说得中肯，我则认为这句话只形容了梁遇春散文的风格，至于散文中的思想，如前所述，还是有线索可寻的。

梁遇春的散文有许多非同凡响的议论，其中有的是真知灼见，有的也近于荒唐；他给读者的印象有时如历尽沧桑、看透世情的智者，有时又像是胸无城府、有奇思异想的顽皮孩子，他对于社会上因袭的习俗和时髦的风气肆意嘲讽，毫不容情，而又热爱人生，要“真真地跑到生活里面，把一切事都用宽大通达的眼光来细细咀嚼一番”。他在《“还我头来”及其他》这篇散文里表明了他的写作态度，他不能“满口只会说别人懂（？）自己不懂的话”，“我以后也只愿说几句自己确实明白了解的话”。他的散文证明，他确实说了些他自己领悟了的道理。这些领悟了的道理是从哪里来的呢？当然不是与生俱来或是到了一定年龄从脑子里冒出来的。这里我不得不提到他的另一篇散文《途中》。他在《途中》强调睁开眼睛在路上观看人生万象的重要意义。他把“行万里路”与“读万卷书”对比，他说，“读书是间接地去了解人生，走路是直接地去了解人生，一落言诠，便非真谛，所以我觉得万卷书可以搁开不念，万里路非放步走去不可。”他向往古今中外许多走过万里路的诗人和作家，他们有丰富的生活经验和深刻的体会，写下不朽的诗篇和名著。但梁遇春短短的一生走的道路不过是从福州的家到北京的学校，大学毕业后到上海的一个大学里当助教，最后又从上海回到北京，他只能把车中、船上和人行道看作是“人生博览会的三张入场券”。尽管他热爱人生，观察锐敏，勤于思考，但这三个博览会所能展出的究竟很有限，它们并不是人生的本身。说来说去，从他散文里的旁征博引就可以看出，他还是从书本里得到的更多。这也是他生活中的一个矛盾，他非常羡慕行万里路，但他只能更多地读万卷书。

他博览群书，受影响较多的，大体看来有下边的三个方面：他从英国的散文中学习到如何观察人生，从中国的诗，尤其是从宋人的诗词中学习到如何吟味人生，从俄罗斯的小说中学习到如何挖掘人生。这当然不能包括他读过的所有书籍。不管这三个范畴以内或以外，许多书中的隽语警句他在文章里经常引用，它们有的与他原来的思想相契合，有的像一把钥匙打开了他的思路，但也有时引用过多，给文章添了些不必要的累赘。

他勤于阅读，尊重知识，却又蔑视知识的“贩卖者”。他写过一篇《论知识贩卖所的伙计》，对于教师们，尤其是对大学教授很不恭敬。文章一开始就引用了威廉·詹姆士一句尖锐刺耳的话：“每门学问的天生仇敌是那门的教授。”这话说得相当偏激，但在文学这一门里，的确有些生趣盎然的作品，经大学教授一讲，便索然无味，不仅不能引起学生欣赏的兴趣，反而使学生对那些作品产生反感。我听有人对我说过，他后悔很晚才读莎士比亚，其原因就是作学生时听过莎士比亚这门课，使他长时期不想和莎士比亚的作品接近。梁遇春大半有鉴于此，他认为在课堂里听教授讲课，无异于浪费光阴，在课外还去听名人讲演，更是自寻苦恼。他惯于跟教授学者们开玩笑，唱对台戏。约在一九二四、一九二五年间，北京有些教授学者开展过一次关于人生观的论战，他则在这场论战无结果而散的两年后，写了一篇《人死观》。后来又有些教授学者郑重讨论英语里的 Gentleman 这个字怎样翻译才准确，他却撰写长文歌颂 Gentleman 对立面的人物流浪汉，说惠特曼的《草叶集》是流浪汉的圣经。他列举许多富有叛逆精神的流浪汉以极大的痛苦和快乐，写下激动人心的不朽名著，却被循规蹈矩、思想感情都僵化的教授们在课堂里讲解剖析，岂不是一个很大的笑话！

梁遇春这样蔑视听课，“诋毁”教授，可是他从一九二二年到一九二八年在北京大学上过六年学，从一九二八年到一九三二年在上海和北京的大学里当过四年助教，前前后后，他也算是在他所谓的知识贩卖所里当了十年的“伙计”。他这个伙计是怎么当的，我不清楚。但有一种情况我是清楚的，他在北大英文系的学习成绩是优良的，并且得到个别教授的赞赏。一九二八年由于政局的关系，北京大学的工作陷于停顿，北大英文系教授温源宁去上海暨南大学任教，就把刚毕业的梁遇春介绍到暨南大学当助教，一九三〇年温源宁返回北大，他也跟着回来，管理英文系的图书并兼任助教。由此可见，他这个“伙计”当得还是不错的。

梁遇春于一九二二年暑假考入北京大学预科，比我晚一年。那时北大预科在东华门内北河沿北大第三院上课，我常常看到他。由于他显得年轻聪颖，走路时头部略微向前探，有特殊的风姿，而且往往是独往独来，这都引起我的注意。我不记得什么时候才知道他的姓名，却总没有结识的机会，更不知道他的头脑里蕴蓄着那么多丰富而又新奇的思想。直到一九二七年后，才先后在《语丝》《奔流》等刊物上读到他的散文，并且在一九三〇年知道他出版了一本散文集《春醪集》。

一九三〇年从五月到九月，我和废名在北平办过一个小型周刊《骆驼草》，里边登载过几篇梁遇春（秋心）的散文，原稿最初是废名拿来的，不久我和他也渐渐熟识了。我身边没有《骆驼草》，无从查考梁遇春的哪些文章是在这刊物上发表的。我只记得他的三篇关于爱情的文章曾引起我的惊讶。这三篇散文的标题是《她走了》《苦笑》《坟》，读后的印象觉得它们既是用散文写的抒情诗，又是用诗的语言写的爱情论。这三篇每篇的首句各自以“她走了”“你走了”“你走后”开端，像是一组“走了”的三部曲，说尽了爱人走后一片错综复杂的凄苦心情，对于人生有一层又一层深入的体会。第一篇里他说，“命运的手支配着我的手写这篇文字”。第二篇是痛苦的断念。第三篇则是“叫自己不要胡用心力,因为‘想你’是罪过,可说是对你犯一种罪……然而,‘不想你’也是罪过,对自己的罪过”。在这样的矛盾中只好什么也不想,可是心里又不是空无一物,却是有了一座坟,“小影心头葬”。作者说:“我觉得这一座坟是很美的,因为天下美的东西都是使人们看着心酸的。”这最后一句话涵义很深,在当时一般文艺作品里是读不到的。

这三篇文章是用“秋心”笔名发表的。在我初读原稿以及校对清样时,已经感到惊奇,不久我又知道,他写这三篇文章时,他的妻子正住在妇产医院里。妇女分娩,是希望与痛苦并存、生的快乐与死的担心互相消长的时刻,梁遇春独自在家里的灯下写这样的文字,到底是什么意思呢?我更无从得到解答。这里所说的“她”是另一个人呢?还是象征他的妻子,认为孩子一降生,往日的爱情就会变成另一个样子?或者“她”既不是另一个人,也不是象征他的妻子,而是个抽象的人物?后来我在《春醪集》里读到两篇《寄给一个失恋人的信》,收信人的名字也叫“秋心”,我才若有所悟,原来那位虚构的收信人如今现身说法了。在那两封信里,写信人畅谈易逝的青春如何值得爱恋,“当初”是如何永远可贵(因为一般失恋者常说“既有今日,何必当初”那类的话),变更是不可抗拒的自然规律。他劝人不要羡慕得意的人们,“人生最可怕的是得意,使人精神废弛一切灰心的事情无过于不散的筵席”。写给“秋心”的两封信和署名“秋心”的三篇散文,二者写作的时间相隔两三年,却可以互相补充,表达了梁遇春的恋爱观。

我对那三篇散文虽然有过疑问，但我和遇春见面时从未问过他是怎么写出来的。后来他的妻子出院了（那时产妇住院的时间比较长些），他这样的文章也从此搁笔了。一天，我到他在北池子租赁的寓所找他，他的妻子已出满月，按照南方的习惯，煮了美味的汤圆招待我，他抱出新生的女儿给我看，同时他说：“这在‘曾是华年磨灭地’，听着婴儿的啼声，心里有一种难以形容的又苦又甜的滋味。”

我到他家里只去过一次，他到我的住处次数也不多，但是我们常常会面，我想不起我们都是怎么遇合的，只记得我们的畅谈多半是在公园的茶桌旁。我们谈人生，谈艺术，谈读书的心得，他心胸开阔，正如他所说的，“对于知己的朋友老是这么露骨地乱谈着。”那时我们有一个共同的脾气，不喜欢四平八稳、满口道德语言的正人君子，觉得这样的人不容易接近，也不必接近。我曾向他称道张岱《陶庵梦忆》里的一句话：“人无癖不可与交，以其无深情也；人无疵不可与交，以其无真气也。”人无完人，总会有这样那样的缺点，假如有个人给人以印象，一点毛病也没有，那就是遮羞盖耻的伪君子，对人不会以真诚相见，同样，一个人如果事事都不即不离，无所偏好，更谈不上对某件事锲而不舍，这样的人不可能有深厚的感情。遇春同意我的意见，他说，“宋朝有个宰相，一生官运亨通，既无深情，也无至性，告老还乡后，倒说了一句真心话：‘一辈子逢人就做笑脸，只笑得满脸都是皱纹。’你看，这是多么一副丑相！”他说时没有说出宰相的姓名，我也无从查考这句话的出处了。

我们还欣赏那时不知从哪里听来的一句诗“六朝人物晚

唐诗”。在六朝和晚唐极其混乱的时代，能产生那么多超脱成规、鄙夷礼教的人物和一往情深、沁人肺腑的诗篇，是中国历史上特殊的光彩，我们不同意有些人把他们与西方的颓废派相提并论。

我们上天下地无所不谈，但两个人好像不约而同，也有所不谈。一、不在背后议论共同的朋友和熟人。二、不谈个人的苦恼。梁遇春在《坟》里转述友人沉海的话：“诉自己的悲哀，求人们给以同情，是等于叫花子露出胸前的创伤，请过路人施舍。”我不知“沉海”是谁。我记得我也说过这类的话。三、不谈个人的家世。他的家庭情况，我一无所知。只有一次例外，我去德国前，他说他有一个叔父在德国学医，但没有告诉我他叔父在德国的住址。

我在一九三〇年九月下旬到德国后，我们通信不多，我有时在报刊上读到他新发表的文字。一九三二年夏，我在柏林读里尔克晚年的两部诗集《杜伊诺哀歌》和《致奥尔弗斯的十四行诗》，在十四行诗里读到“苦难没有认清，/爱也没有学成，/远远在死乡的事物/没有揭开了面幕”，我想起遇春的散文《人死观》里有类似的思想；在哀歌的第一首里读到“因为美无异于/我们还能担当的恐怖之开端”，又使我想起，这与《坟》里的那句“天下美的东西都是使人们看着心酸的”也有些相似。我很想把这些诗写给他，和他讨论，不料一天在国内寄来的报纸上读到梁遇春逝世的消息，这对我是怎么也意想不到的事。为了排解哀思，我到德国东海吕根岛上做了一个星期的旅行，一路上，遇春的言谈面貌总在萦绕着我，我应该用什么来纪念他呢?

一九三七年，我在上海写了《给秋心》四首诗，在一个文学杂志上发表，一九四二年我出版《十四行集》，曾把这四首诗作为杂诗附印在十四行的后边，一九四九年《十四行集》重版，我觉得这四首诗对于亡友的怀念表达得很不够，又把它们删去了。过了三十年，我从中选出两首，编入一九八〇年出版的《冯至诗选》里，诗的题目改为《给亡友梁遇春》。我在第一首里说，有些老年人好像跟死断绝了关联，反而在青年身上却潜伏着死的预感。诗的最后两行是：

你像是一个灿烂的春
沉在夜里，宁静而黑暗。

第二首大意是，我曾意外地遇见过素不相识的人，我和他们有的在树林里共同走过一段小路，有的在车中谈过一次心，有的在筵席间问过名姓，可是一转眼便各自东西，想再见也难以找到。这首诗是这样收尾的：

你可是也参入他们
生疏的队伍，让我寻找?

可是我不能再找到他了，我把他安排在一个春夜里，一个生疏的队伍里，是幻想着他仍然存在。

四十年代初，我在昆明却有一次遇见梁遇春在德国学过医的叔父。抗日战争时期，大批文化教育工作者、自由职业者退入内地。我偶然听说他的叔父在昆明行医，便去拜访他，谈到他侄子的早逝，他不胜惋惜。他身边有一幅遇春的女儿的照片，他拿出来给我看，是一个十岁左右的活泼的女孩。我端详许久，舍不得放下，我当时竟那样神不守舍，连她的名字叫什么都忘记了问一问。她如果健在,现在应该是五十多岁了,她三岁丧父，但愿父亲在一个婴儿的头脑里还留下一个亲爱的影像。

许多青年时的朋友后来都有较大的变化。遇春如不早逝，他一定也会有变化的。从他散文里的迹象看来，他也许后来摒弃了旁观者的态度，实现他那“救火夫”的宏愿，成为革命者；他在大学里工作，勤勤恳恳，最后也许成为一门学问的“天生仇敌”大学教授；他也许成长为一个优秀的评论家，因为《泪与笑》最后的一篇评论英国传记作家齐尔兹·栗董·斯特拉奇的长文，品评得失，持论透彻精辟，就是放在我们现在有关外国文学的论文中，也毫无逊色；他也许会写出更多优秀的散文，成为中国的兰姆。这些只能由我们虚无缥缈地去推测，永远不会成为事实。刘国平在为《泪与笑》写的序里引用过梁遇春的一句话，“青年时候死去，在他人的记忆里永远是年轻的。”这句话一点也不错，遇春在我的记忆里永远是年轻的。

最后，我有一句声明。我只是如实地谈一谈我所知道的梁遇春，并不是要宣扬梁遇春那样的思想。我认为，若有人下点功夫，研究一下“五四”后十几年内各种类型的青年人的思想，对于我们研究现代文学还是有用处的。

一九八三年八月二十七日写完

相濡与相忘——忆郁达夫

一九六二年，香港友人赠给我一册陆丹林编的《郁达夫诗词钞》，我读后在书的末页空白处写了一首旧体诗：

展读诗词二百篇，
两当、海涅忆华年，
寒风凛冽旧书肆，
细雨氤氲冷酒边。
浩劫中原家国毁，
投荒南岛志节坚；
晨曦将现人长螟，
彩笔难题解放天。

这首诗后半写的是郁达夫晚年不幸的遭遇，惋惜他没有看到全国的解放，他那清新俊逸的文笔也无缘描绘新中国的山水人物了。诗的前半是回忆二十年代（主要是一九二四年）在北京我和几个朋友与达夫交往的情景。

一九二一年创造社的出现、《创造》季刊的出版是中国新文学史上一个具有重大意义的事件。当时不少爱好文学的青年读到作为“创造社丛书”第一种的《女神》，都被那些气势磅礴、富有时代精神的诗篇所震动，他们顿开茅塞，预感新中国将从旧中国自焚的火焰中诞生。不久，丛书的第三种《沉沦》问世了，作者大胆地写出一个久居异国的青年精神上和生理上的忧郁和苦闷，在文艺界激起强烈的反应，它被抱有同感的青年读者所欢迎，也受到一些卫道者的诟骂，一时毁誉交加，成为一部有争议的作品。这时，周作人在《晨报副刊》上发表一篇评论《沉沦》的短文，给《沉沦》以公平的评价，并启发读者，应如何看待这部小说。此后，《采石矶》《春风沉醉的晚上》等名篇陆续发表，郁达夫读者的范围也就更扩大了。那时，住在上海的浅草社的朋友林如稷、陈翔鹤常与达夫交往，他们给我写信也有时提到他。

一九二三年下半年，北京大学经济系教授陈启修（豹隐）被学校派往苏联考察经济，他推荐郁达夫代替他讲授统计学。我听到这个消息，非常兴奋。那时我刚满十八岁，从来不曾拜访过名人，可是郁达夫，我从朋友们的信中知道，他为人如何率真，如何热情，尤其是对待爱好文学的年轻人，这使我下决心要去认识他。当时位于北京北河沿的北京大学第三院主要是政治、经济、法律三系学生上课的地方，我按照学校注册科公布的郁达夫授课的时间和地点，于十月十八日下午准时走进一座可容八九十人的课室，里边坐满了经济系的同学，我混在他们中间,我知道,我期待的心情跟他们是不一样的。上课钟响了，郁达夫走上了讲台，如今我还记得他在课堂上讲的两段话。他先说：“我们学文科和法科的一般都对数字不感兴趣，可是统计学离不开数字。”他继而说：“陈启修先生的老师也是我的老师，我们讲的是从同一个老师那里得来的，所以讲的内容不会有什么不同。”这两段话说得那样坦率，我感到惊奇，我已经念过四年中学，两年大学预科，从来没有从一位教员或教授口里听到过这类的话。这对于那些一本正经、求知若渴的经济系的同学无异于泼了一盆冷水。而且刚过了半个钟头，他就提前下课了，许多听讲者的脸上显露出失望的神情。可是我很高兴，可以早一点去找他谈话。我尾随着他走进教员休息室，向他做了自我介绍，还说陈翔鹤给我写信常常提到他。他详细地问我是哪省人，住在哪里，学什么，会哪种外国语，我也问他是不是第一次来北京，对北京有何感想等等。我们谈了大约有半个多小时。此后，我再也没有去听他的课，不知他是怎样讲授那离不开数字的统计学的。可是他下课后有时顺路来找我，因为我住在距离北大第三院很近，被称为“三斋”的宿舍里。他约我出去走走，北京的气候渐渐进入冬季，也没有多少可供玩赏的去处，我们多半是逛逛市场，逛逛旧书摊。东安市场里有十几家小书店，出售的书籍中有不少是上海扫叶山房石印的线装蓝布套的诗文集、笔记、小说等。我向达夫说，“我读了你的《采石矶》才知道黄仲则，我的《两当轩全集》就是在这里的一家书店里买的”。他笑着说，“扫叶山房的老板应该谢谢我，我的那篇小说不知给他推销了多少部本来不大有人过问的《两当轩全集》”。关于黄仲则的诗，他并没有向我谈过他在《采石矶》里引用的诗篇，以及“似此星辰非昨夜，为谁风露立中宵”等名句，他却对《焦节妇行》一诗赞叹不已，他说，“这首诗写的恐怖而又感人的梦境，中国诗里真是绝无仅有，西方的诗歌间或有这种类似的写法”。

有一次，北京刮着刺骨的寒风，我想不起是什么缘故了，我们来到宣武门内头发胡同的“小市”。这“小市”有卖旧衣、旧家具的，有卖真假古玩的，也有卖旧书的。（鲁迅在教育部任佥事时，就常路过这里买些小古董。）那天的风很大，尘沙扑面，几乎看不清对面的来人。我们走进一家旧书店，我从乱书堆里，抽出一本德文书，是两篇文章的合集，分别评论《茵梦湖》的作者施笃姆和十九世纪末期诗人利林克朗这两个人的诗。郁达夫问了问书的价钱，从衣袋里掏出六角五分钱交给书商，转过身来向我说，“这本书送给你吧，我还有约会，我先走了”。实际上那天我身边带的钱连六角五分也凑不起来。

一九二三年底（或一九二四年初），陈翔鹤从上海来到北京后，我和郁达夫见面的机会多起来了。一九二四年是我们交往比较频繁的一年。我不止一次地和陈翔鹤、陈炜谟一起到西城巡捕厅胡同他的长兄郁曼陀的家里去看他。他住在一大间（按照北京的说法是三间没有隔开的）房子里，一面墙壁摆着满架的图书，有英文的、德文的、日文的，当然也有中文的。我翻阅架上的书，在一本德文书的里页看到他用德文写的一句话，

“我读这书时写了一封信，叙述了对于结婚的意见”。这可能是他在日本留学时写的，可是我想不起来这是一本什么书。这时，他向我推荐海涅的《哈尔茨山游记》。他说，“这篇游记是我读过的最好的散文里的一篇，写得真好”。我听了他的话，就找出这本书来读，书中明畅的语言、尖锐的讽刺、对自然美景生动的描绘，把一座哈尔茨山写得活灵活现，并引起我的愿望，将来把它译成中文。我们在他那里谈外国文学、中国文学，也谈文坛上的一些琐事。他曾应翔鹤的要求，把他喜欢读的外国文学作品开列一个清单，约有二十几种，我记得的其中有斯特恩的《感伤的旅行》、王尔德的《道林·格莱的画像》、海涅的《哈尔茨山游记》、凯勒的《乡村里的罗米欧与朱丽叶》、屠格涅夫的小说等。有一次我们正谈得兴高采烈，郁曼陀从院中走过，也进来打个招呼，随即走去了。

有时郁达夫和我们不期而遇，便邀我们到任何一个小饭馆里小酌。我难以忘记的是一个晚春的夜里，断断续续地下着迷蒙小雨，他引导我们在前门外他熟识的酒馆中间，走出一家又走进一家，这样出入了三四家。酒，并没有喝多少，可是他的兴致很高，他愤世嫉俗，谈古论今，吟诵他的旧作“生死中年两不堪，生非容易死非甘……”直到子夜后，大家才各自散去。

达夫也喜欢独自漫游。那时一般人游览只懂得近则公园，远则西山，达夫则往往走到人们不常去的地方，而且有所发现。一天，大约是将放暑假的时候，他向我说，朝阳门外三四里的地方有一座荷塘，别饶风趣。我听了他的话，便和一位姓张的同学，出了朝阳门，按照达夫形容的方向走去，果然三四里外，看到一片池塘，荷花盛开。我们在池边的小亭里坐下，从附近的小饭馆买了包子和面条，也很适口。同时，不远的地方传来管弦清唱的声音。我当时想，这必定是北京本地人的常游之地，外来人不大知晓罢了。我没有打听那地方的地名，也没有再去第二次。如今那一带已是高楼大厦，那荷塘、那小亭，早已寻找不出一点遗迹了。

一九二五年二月，郁达夫去武昌师范大学任教，这年暑假把他的家属移居在北京什刹海附近，此后他往返于武昌、北京、上海、广州各处，在北京几作停留，都是时间不长，我们见面的机会也渐渐稀少了。

郁达夫有时到鲁迅新居的老虎尾巴、到周作人的苦雨斋闲谈，他跟现代评论社的一部分成员也有交往，他众中俯仰，不沾不滞，永远保持他独特的风度。

庄子的《大宗师》和《天运》里同样有这么一段话："泉涸，鱼相与处于陆，相呴以湿，相濡以沫，不若相忘于江湖。"鲁迅晚年，写文章和写信一再提到这句话前半句里的"相濡以沫"，这意味着在黑暗重重的社会里，处于困境的进步力量要互相协助，像困在陆地上的鱼吐着口沫互相湿润那样。但庄子全句的主要涵义并不在此，而是说与其这样以沫相濡，倒不如回到江湖里彼此相忘。"相濡"与"相忘"是两种迥然不同的人生态度。但是郁达夫，这两种态度则兼而有之。他对待朋友和来访的青年，无不推心置腹，坦率交谈，对穷困者乐于解囊相助，恳切之情的确像是"相濡以沫"。可是一旦分离，他则如行云流水，很少依恋故旧。我从一九二六年后，再也没有见到达夫，我们各自浮沉在人海中，除了我仍然以极大的兴趣读他的《迟桂花》《钓鱼台的春昼》等著名的小说与散文外，也就“相忘于江湖”了。

一九八四年八月二十七日写于青岛

〔附记〕

这篇短文是我受陈子善同志的嘱托，为他编辑的《郁达夫回忆录》写的。当时在青岛疗养，资料缺乏，文中所记大都是从记忆里掏出来的。写好后就寄给陈子善同志编审付印，并在《散文世界》一九八五年第一期发表过一次。后来杨铸同志给我送来他父亲杨晦同志保存的我在二十年代写给他的信数封，其中有一信记有顺治门（即宣武门）小市买书事，与文中所记颇有出入。但文已发表，不便改动，仅将信里的话抄在下边，作为更正。由此可见，人的记忆是多么靠不住。

摘录一九二四年十一月三十日自北京中老胡同23号寄给杨晦的信：“……今天午后（也是狂风后）我一个人跑到顺治门小市去看旧书。遇见达夫披着日本的幔斗也在那儿盘桓。他说他要写一篇明末的长篇历史小说。我随便买了一本Liliencron的小说。他约我到他家喝了一点白干。归来已是斜阳淡染林梢，新月如眉，醉酥欲醉了。”

一九八六年五月二日补记

《骆驼草》影印本序

一九三〇年春，废名（冯文炳）跟我商量，想办一个小型周刊，我也同意。经过短期筹备，这刊物的第一期就在这年五月十二日出版了。周刊定名为《骆驼草》，是废名想出来的。刊名的涵义是：骆驼在沙漠上行走，任重道远，有些人的工作也像骆驼那样辛苦，我们力量薄弱，不能当“骆驼”，只能充作沙漠地区生长的骆驼草，给过路的骆驼提供一点饲料。刊头“骆驼草”三个字是请沈尹默先生写的。刊物的经费是几个朋友拼凑的，我们用费不多，因为在那上边发表文章，一概不付稿酬，唯一的开销是每期的印刷费。订购处北平米粮库 18 号是杨晦的住所，可是那时杨晦并不在北平。编辑、校对，以及发行，几乎都由废名和我办理。九月十二日，我离开了北平，以后的几期，主要是废名独力支撑的。

《骆驼草》创刊的本意，可以说是要继承《语丝》的传统。作者自由发表意见，不求一致。记得第一期出版前，废名写过一张广告，贴在当时位于沙滩汉花园的北京大学第一院门前。广告大意说：《语丝》于一九二七年冬被迫迁沪，近来又听说业已停刊，北平的空气真是沉浊闷人，为了冲破沉闷的空气，我们将发行《骆驼草》周刊，像过去《语丝》那样跟读者们见面。我们创办时虽有此意图，但时势已不同往日，《骆驼草》并没有体现出《语丝》"要催促新的产生，对于有害于新的旧物，则竭力加以排击"（见鲁迅《我和语丝的始终》）的批判精神。因为撰稿人（不管是过去在《语丝》上发表过或未发表过文章的人）在中国革命还处于低潮、北平的政治与文化生活十分混乱的情况下，他们大都思想消极，不仅未能"催促新的产生"，反而有人在闲情逸致中苟且偷生，欣赏"旧物"，对新的产生起阻碍作用。鲁迅在上海看到《骆驼草》第一期，就写信给章廷谦说："以全体而论，也没有《语丝》开始时候那么活泼。"

虽然如此，《骆驼草》还是登载过一些值得一读的作品，如岂明（周作人）、俞平伯、玄玄（朱自清）、秋心（梁遇春）的散文，废名的小说等。至于我在那上边发表的散文和诗，内容庸俗，情绪低沉，无甚可取，我后来编选我的诗集和散文集，除个别篇章外，都没有收入。

上海书店出版部影印《骆驼草》共二十六期，合订成册，约我写序。我自己留存的《骆驼草》都已散失，无从参考，仅就人的记忆和我现在对《骆驼草》的看法，写出这篇短小的序文，也算是一个说明。

一九八四年十月十五日北京

回忆《沉钟》——影印《沉钟》半月刊序言

上海书店在影印了《浅草》季刊之后，又将影印《沉钟》半月刊，委托我为此写一篇序言。上海书局影印这类如今不容易找到的文学刊物，为的是给中国现代文学研究者提供资料，那么，我这篇序言也只能是写点事实作为资料，以供参考。

一、“沉钟社”与浅草社的关系

有人说，“浅草是沉钟的前身”。这句话有一定的根据，但也不完全符合事实。

一九二二年，林如稷会同上海和北京一些爱好文学的朋友和同学组织了浅草社这个文学团体，在上海于一九二三年出版了三期《浅草》季刊，第四期本来也按期编好，但在承担出版发行的泰东书局积压了一年多，到一九二五年二月才印出来。浅草社由于林如稷善于联系，社员人数较多，他们彼此之间并不都很熟识，后来林如稷于一九二三年秋去法国留学，浅草社人员渐趋涣散，当季刊第四期出版时，这社团几乎是停止了活动。

至于一九二五年十月起始出版的《沉钟》周刊，一九二六年八月起始出版的《沉钟》半月刊，则只是由杨晦、陈翔鹤、陈炜谟、冯至四个人编辑的。陈翔鹤、陈炜谟原是浅草社的主要社员，冯至在《浅草》出了两期以后即一九二三年夏才加入，杨晦是冯至长兄一般的好友，他从未参加浅草社，也没有在季刊上发表过作品。可以说，若是没有浅草社，陈翔鹤、陈炜谟、冯至就不会彼此认识，成为朋友，二陈也不会由于冯至的介绍与杨晦结交。浅草社其他的社员人各一方，音讯渐疏，只有罗石君（罗青留）以他的诗，莎子（韩君格）以他的童话给《沉钟》丰富内容，但他们很少过问《沉钟》编辑出版等方面的具体事务。

浅草社一开始，就以文艺社团的姿态出现，《沉钟》的编辑者却仅仅四人，他们从来没有组织什么社团的打算。他们结合的基础是亲密无间的友谊，他们只想通过这个刊物发表自己的创作和翻译，为新文艺做些微薄的贡献。后来这个刊物与读者见面了，不知从什么时候起始，文艺界给了他们一个"沉钟社"的称呼，他们也未予否认，就把这个称号接受下来了。可是"沉钟社"的成员仍然是四个人，并没有因为是"社"了而有所扩大，只是在三十年代初期，林如稷从法国回来后，他参与了复刊《沉钟》半月刊的工作。

关于刊物的内容，《沉钟》与《浅草》最显著的不同是《浅草》

只发表创作,《沉钟》则创作与翻译并重。那时《沉钟》的编辑者都在学习外语，阅读外国文学作品，有时自己认为略有体会，思想感情上发生共鸣，有时也遇到比较艰深的文字，难以索解，经过反复钻研才能有所领悟。这两种情况都曾使他们内心里感到愉快，愿与人共享，便翻译一些诗文，在《沉钟》上发表。在创作方面也比《浅草》要求较严，虽然《沉钟》里也没有多少可读的“佳作”。

以上是“沉钟社”与浅草社的关系。从人的关系来看，可以说浅草是沉钟的前身，因为若没有浅草社这个组织，就不会有沉钟社的形成。可是刊物的内容和形式,《沉钟》和《浅草》则有相当多的不同之处。

二、刊物为什么命名《沉钟》

《沉钟》的四个编辑者思想不尽相同，性格更为悬殊，写作的风格也不一样，但是他们有一个共同看法，即艺术理想与现实生活之间存在着不能调和的矛盾。他们把艺术看作是至高无上的，社会现实则与文艺为敌，处处给文学艺术布置障碍。这显然是一种偏见。那时他们不知道现实生活是文学艺术的源泉，也不懂得中国半封建、半殖民地社会的实质，眼前只是一片漆黑，不合理的现象处处可见。西方十九世纪末、二十世纪初的文学里有不少与他们观点相类似的作品，实际上他们这种观点的形成多半是受了这类作品的影响。德国戏剧家霍普特曼在一八九六年写的童话象征剧《沉钟》就是表现艺术与现实生活相矛盾比较突出的一部。铸钟师亨利以极大的努力铸造成一口钟，在运往山上教堂的途中被狡狯的林魔把钟推入湖底。亨利沮丧而绝望地离开他的妻子，走到山上，与（象征艺术的）林中仙女罗登德兰相爱，他恢复勇气，决心另铸一座新钟。但他想念家中的妻子，下山探视，却遭受世俗的嘲弄。他再回到山上时，一切都发生了变化，罗登德兰已因喝了魔浆被水怪俘获在井中，亨利也在喝了魔浆后死去。

这部用象征手法写的艺术家的悲剧，如今无论在西方或是在中国都很少有人提及了。但是在六十年前，《沉钟》还享有盛名，有一位西方的评论家从亨利的悲剧中得出积极的论断："艺术家若要完成他的理想，必须献出整个的生命，忘怀家庭与世俗的生活，要有足够的勇气独行其是。那些不敢这样做的人，就不能攀登艺术的高峰（大意）。"他们四个人常常谈到《沉钟》，同情亨利的命运，更为赞赏那位评论家的言论。

一九二五年夏，北京的北海公园首次开放，一天傍晚，他们四人坐在北海公园的水边，谈论办刊物的计划，也讨论刊物的名称问题。这时暮色苍茫，天际有一颗巨大的流星滑过，随后不知从什么地方传来几响钟声。冯至好像受到钟声的启示，他说，叫做"沉钟"好不好？因为想不出更为合适的名称，最后都同意了这个建议。

他们采用"沉钟"这个名称，用意并不是说，刊物将要像亨利所铸的钟那样，刚一完成就沉入湖底，刊物的编辑者将与亨利同命运。而是认为，正如那位评论家所说的，从事文艺工作，必须在生活上有所放弃，有所牺牲，要努力把沉入湖底的钟撞响，若是撞不响需要另铸新钟时，要从亨利的失败里吸取教训。所以《沉钟》周刊第一期的刊头上就用英国作家吉辛的一句话作为“题词”：

而且我要你们一齐都证实……

我要工作啊，一直到我死之一日。

从古今中外作家和思想家的著作中摘取简短的名言警句印在刊头或首页上，以表示编辑者的主张和态度，成为《沉钟》周刊和半月刊的常例，从周刊的第一期到半月刊的末期都没间断过。题词的内容不外乎是说生活如何艰难，世路多么坎坷，人应该怎样克服困难，为崇高的理想而严肃工作。可是他们当时所谓的理想和工作，不外乎是写出自己认为满意的诗文，翻译自己喜爱的外国作品而已。

三、《沉钟》半月刊出版的期数和撰稿人

前两节由于叙述的需要都谈到《沉钟》周刊，这一节因为影印的只是《沉钟》半月刊，也就只限于谈半月刊了。

《沉钟》半月刊共出版三十四期。从一九二六年八月十日至一九二七年一月二十六日，出版了十二期，附“特号”一期，这是前期；一九三二年十月十五日至一九三四年二月二十五日出版了二十二期，是后期。中间停刊了四年零十个月。前期停刊，主要是因为当时北京在奉系军阀白色恐怖的统治下，文化

人纷纷离京，负责出版《沉钟》的北新书局也把营业中心迁移上海。在这种情况下，半月刊难以继续下去，便宣告停刊了。一九二七年暑假后，陈炜谟、冯至在北京大学毕业，到外地去教书，杨晦、陈翔鹤留在北京。一九二八年夏，陈炜谟、冯至返回北京，陈翔鹤又去济南，四个人很少有聚在一起的时机，重办刊物的事也就无从谈起。但是从一九二八年下半年起，杨晦曾短期编辑《新中华报副刊》，后又有较长时期编辑《华北日报副刊》，他们的创作和翻译又有了发表的园地。

《沉钟》半月刊的后期，基本上是由杨晦主编，自费维持，林如稷从旁协助。那时冯至在德国，陈翔鹤有时在北平，有时在外地，陈炜谟回到四川家乡养病去了。复刊后的半月刊，无论内容和形式与前期都没有什么两样。

关于前后两期半月刊的撰稿人，下边做一些必要的说明。

从前期半月刊每期的目录里可以看出，那四个编辑者也是主要撰稿人，他们署名一般都用真名真姓，但有时为了避免一个名字在同一期内重复出现，也用过临时性的笔名。笔名中“楣”和“晦”是杨晦，“有熊”是陈炜谟，“君培”和“非非”是冯至，陈翔鹤没有用过别名。罗石君即罗青留，莎子即韩君格，他们都在《浅草》季刊发表过较多的作品，是林如稷在北京师范大学附中读书时的同学。前者后来学习法律，专攻劳动法，新中国成立后在重庆西南政法学院任教，约于一九七九年逝世；后者擅长音乐，研究农业经济，北京农业大学教授。南冠即蔡仪，当时在北京大学学日语，现为著名的美学家。张定璜即张凤举，北京大学教授，从《沉钟》创刊起他就给以支持和鼓励，现在美国。杨丙辰又名杨震文，北京大学德文教授，已逝世。葛茅即顾随，是冯至的好友，他填词作曲，后来在北京和天津不同的高等院校里讲授词曲，于一九六〇年逝世。姚蓬子曾短期来北京，把几篇翻译交给陈翔鹤在《沉钟》上发表。流沙原名张皓，是北大同学，听说在抗日战争时死去。

后期的半月刊使人最感遗憾的是，人们在这刊物里读不到陈炜谟的小说和翻译了。陈炜谟在家乡长期养病，不能写作，等到他恢复了健康又拿起笔来时，半月刊早已停刊了。如前所述，后期的刊物工作，主要由杨晦担任，林如稷协助，至于具体情况，我因不在北平，就不知其详了。前期撰稿人中，杨晦继续发表剧本和翻译，陈翔鹤发表小说，冯至从德国、蔡仪从日本经常寄来一些稿子，虽然为数不多，却没有间断过。其他的撰稿人在前期半月刊都没有发表过文章。那时林如稷在中法大学教书，他的稿子主要是翻译和散文。北京大学中文系毕业的修古藩、英文系毕业的顾绥昌、左浴兰分别以小说和翻译充实半月刊的内容。现在修古藩在北京师范学院、顾绥昌在广州中山大学任教，左浴兰后来的情况如何，就不知道了。不幸早逝的散文作家缪崇群在半月刊发表他早期的作品。鹤西即程侃声，后为农业专家在昆明农业研究所从事研究工作。周作人（启明）、穆木天也在半月刊上发表过极少量的散文和翻译。

我个人收藏的《沉钟》半月刊都已散失，这里谈的撰稿人是根据《中国现代文艺资料丛刊》第四辑（上海文艺出版社）中佳风同志辑录的《沉钟半月刊总目》所列的各期的目录。可能有一两位撰稿人被遗漏，因为《总目》中缺少第三十二期的目录，这一期的撰稿人是谁，我目前无从查考。

这是数目的凑巧，前期与后期的撰稿人各有十二三人左右。前后两期互见的只有杨晦、陈翔鹤、蔡仪、冯至，前期没有林如稷，后期缺少陈炜谟。撰稿人中，有的始终没有离开文学工作，有的后来与文学告辞，研究社会科学或自然科学，有的如今还健在，有的已去世，除去个别人外，绝大多数都各自在不同的岗位上曾经或仍然辛勤地工作着，这是使人足以自慰的。

写于一九八五年七月二十一日

记徐诗荃——海德贝格纪事之二

一九三〇年九月十二日，我从北平起身，经过我在《北游》里写过的哈尔滨，经过广袤的西伯利亚，经过正在进行第一个五年计划的莫斯科，在柏林住了几天，乘夜车到了海德贝格。海德贝格晨雾初散，只见两山对峙，涅卡河一水横流，我觉得很新鲜，又很生疏。我心里想，这就是我的终点站，要在这里住下去吗？山和水都沉默无言，显出不拒绝也不欢迎的样子。

当天上午我在一个小学教员的家里租了一间有家具设备的房屋。出乎意料地凑巧，这里还住着一个姓戴的中国学生，约十七八岁，正在读中学。他告诉我说，海德贝格中国人很少，他只知道在大学里学习的有两位同胞，一个学文的姓徐，一个姓蒋的学医，此外就没有了。我听了他的介绍，中国人如此稀少，并不觉得惊奇，因为我在国内时，很少听人谈到过海德贝格，我是听从了一个德国友人的建议才到这里来的。那个德国朋友向我说，若去德国学习，不要到大城市。大城市太热闹，人也忙，谁也顾不了谁，同学之间，师生之间，不容易接近。在较小的城市，尤其是在所谓大学城里，除了大学外，没有其他重要的机构，整个城市都围着大学转，人们容易很快就熟悉起来，这对于提高语言能力，增进知识，了解社会生活都有好处。他帮助我选择了海德贝格。理由是海德贝格大学是德国境内最古老的大学，已有五百五十年的历史，有著名的教授，若学文，享有盛名的宫多尔夫教授正在那里讲学。这番道理，那时人们知道得还不多，所以在海德贝格的中国留学生寥寥无几。

第二天下午，我到涅卡河南岸的一个小巷里拜访了学文学的徐君。我的突然来访，主人并不觉得惊奇，我们互相报了姓名，好像一见如故，虽然二人都有些矜持。他来德国已经一年多，向我介绍了海德贝格大学的情形，我也跟他谈了些国内的近况。我看见他的书桌上摆着一幅鲁迅的照片，又看见书架上德文书中间夹杂着些中文书刊，我心里想，今年春天，我在《萌芽》月刊里读到过一篇从德国寄给鲁迅的通信，署名季海，莫非就是这个人吗？但我没有向他说明，因为他告诉我他姓徐名琥。那时大学还没有开学，他带我熟悉海德贝格的某些名胜古迹，以及与大学有关的机构，如图书馆、报刊阅览室等。渐渐熟了，谈话的内容也渐渐丰富而深入了。他在上海复旦大学学习过，一九二八年五月，鲁迅在复旦实验中学讲演，他作了记录寄给鲁迅，后又在《语丝》上发表了《谈谈复旦大学》一文，揭露复旦大学当时的腐败现象，惹起复旦当局的不满与复旦校友们的非议。也许就是这个缘故，他不愿在复旦呆下去了，他到了德国。他少年气盛，谈世事谈到愤慨时，便朗诵清代诗人王仲瞿祭西楚霸王的诗句 :“如我文章遭鬼击，磋渠身手竟天亡。”他也欣赏南社诗人高天梅拟作的“石达开遗诗”，如“我志未酬人亦苦，东南到处有啼痕”“只觉苍天方愦愦，莫凭赤手拯元元”，这有多么沉痛！他不仅古典文学知识渊博，也常常和我谈起他湖南家乡的王湘绮、杨皙子等人物。

大学开学后，我主要选修文学史课程，徐琥则用更多的时间研究美术史，并练习木刻，他室内挂着一大幅他自制的高尔基木刻像。日子久了，我们也就无所不谈。一天，他笑着对我说，我们首次会晤后，他曾写信给鲁迅先生，里边有这样一句话，“今日下午有某诗人来访”，但没有说出我的姓名。后来他收到鲁迅的回信，信里说到“某诗人”时，也没有提名道姓，只在文字中间画了一个小小的骆驼。不言而喻，这指的是我于一九三〇年夏在北平和废名共同编的一个小型刊物《骆驼草》。关于《骆驼草》我不只一次地说过，“我在这里边发表的散文和诗，有的内容庸俗，情绪低沉，反映我的思想和创作在这时都陷入危机。”从信里画的小骆驼也可以看出，鲁迅对这刊物是不以为然的。

从此我知道，徐琥经常和鲁迅通信。徐琥有不同的别名和笔名，如冯珧、季海、诗荃等，鲁迅则对他以诗荃相称。如今翻阅鲁迅的日记，从“一九二九年八月二十日徐诗荃赴德来别”到“一九三二年八月三十日夜诗荃来自柏林”三年零十天（即徐琥在德国的时期）的日记里，提到诗荃有一百五十四处之多，内容都是书信来往。徐琥在德国为鲁迅搜集图书画册以及报纸杂志，鲁迅也把国内的出版物寄给他。鲁迅日记里提到的“寄诗荃以《梅花喜神谱》一部”“为诗荃买《贯休罗汉像》一本……”以及“小报”，我在徐琥那里都见到过；所谓“小报”是上海低级趣味的《晶报》，从这里也可以看出鲁迅的用心，要使海外的游子，不要忘记国内仍然有这样下流的东西在流行。一九三一年七月六日的日记“得诗荃信，上月十八日发，附冯至所与信二种”，这两纸信里我写的是什么，如今我怎么想也回想不起来了。有一件事在鲁迅的日记里没有提到。那时曹靖华在列宁格勒（圣彼得堡），翻译绥拉非摩维奇的《铁流》，他把译稿用复写纸抄成两份，一份直接寄给鲁迅，一份寄给徐琥，由他转寄。这是因为从苏联寄给国内的邮件，常被国民党审查机关扣留，为了安全起见，再从德国寄去一份，比较保险。不知鲁迅收到的《铁流》译稿最后是一份呢还是两份？徐琥向我谈及此事时，还把他收到译稿后写给曹靖华的短信背给我听，是用文言写的，很古雅。他和鲁迅通信也常用深奥的古文，鲁迅在回复他的信中有时还穿插几句骈体。遗憾的是鲁迅给他的信（这该是多么宝贵的一笔遗产！）在抗日战争时期散失了。

徐琥回国后，由鲁迅介绍他在《申报·自由谈》上用不同的笔名撰写杂文，也是由鲁迅介绍，他翻译尼采的《苏鲁支语录》

和《自传》得以出版，署名徐梵澄。徐琥用过许多笔名，恐怕他自己也难以胜数，正如众流归大海一般，徐梵澄这个名字算是最后定下来了，一直沿用到现在。他在德国时期，梵澄二字还在虚无缥缈间，因为鲁迅的日记里称他为诗荃，所以我把“记徐诗荃”作为这一段的小标题。

一九八七年八月

记梁宗岱——海德贝格纪事之五

大约在一九三一年二月底或三月初，一天我正在早餐，来了一个客人，他递给一封介绍信，是柏林一个朋友写的。我读了信，知道他是梁宗岱。梁宗岱这个名字，我那时并不熟悉，只记得在二十年代前期他出过一本诗集《晚祷》，我没有仔细读过。他打算在海德贝格待两三个月，我首先是陪他去找房子租住。梁宗岱胸怀坦率，在找房子的路上他不住口地对我作了详细的自我介绍。他精通英语、法语，他是法国著名诗人瓦莱里（他用广东语音把这名字译为梵乐希）的弟子，在一九二七年他就翻译了瓦莱里的名篇《水仙辞》。他能用法语写诗，把王维、陶渊明的诗译成法文，出版了一部豪华本的《陶潜诗选》，瓦莱里给他写了序。他还谈到罗曼·罗兰和纪德，谈到国内的徐志摩，也谈到里尔克，他从法文译本转译过里尔克的《罗丹论》。我说，里尔克也翻译过《水仙辞》，是一九二六年他逝世的那年译的。直到在涅卡河北岸山腰上一家住宅里租到了一间房子后，他的自我介绍才暂告结束。

我帮助他把住房安排好了以后，独自走回来，一路上我想，在北平时局限在沉钟社几个朋友的圈子里，自以为懂得文学、献身艺术的只有我们几个，好像我们一辈子就可以这样互相依存地生活下去。我每逢感到孤独寂寞，便自言自语，“北平有我的朋友”，用以自慰。殊不知山外有山，天外有天，能人背后有能人。徐琥的聪明才智已经使我惊讶，如今又遇见梁宗岱，也是才气纵横；一个是鲁迅的学生，一个是瓦莱里的弟子。鲁迅和瓦莱里，一东一西，二十世纪前期的这两个伟大人物，他们的切身经历、文艺思想，没有共同之点，但是他们的创作历程，却有些相似。瓦莱里在十九世纪九十年代中期发表了他早年的诗作后，有过长期的沉默，到了一九一七年才以《年轻的运命女神》问世，一鸣惊人，此后就不断地写出他那宁静、纯洁、富有透明的理性的诗和散文。鲁迅青年时留学日本，撰写具有革命精神的文艺论文，译介欧洲当代的短篇小说，随后也是经历了将及十年的沉默，直到一九一八年，发表《狂人日记》，震撼了中国古老的封建社会，从此用他所向披靡的笔锋跟腐朽的、反动的恶势力战斗，永未停息。这两个人的气质完全不同。我在二十年代，聆受过鲁迅的教诲，所以与徐琥的友谊有一定的基础。如今接触到以里尔克为代表的西方最纯熟、最精湛的一派诗风，与梁宗岱也不是没有共同的语言。

梁宗岱在海德贝格度过了这里最美好的季节，春天。他在三月二十一日写完了给徐志摩的一封长信《论诗》。这是一篇全面论诗的散文（我不说是论文），它涉及诗各方面的问题，显示出作者对古今中外的诗歌有较深的修养，并提出自己的见解。他的态度既严格而又宽容，既骄傲而又谦虚，以至诚的心情希望中国新诗能有健康的发展。他在写作过程中，遇到某些问题曾和我商讨，并把我从国内带来的几部线装书如李商隐的诗集、姜夔的《白石道人四种》等借去参考。我很惭愧，我对于诗不像他那样考虑得深远。

他从德语文学里翻译歌德、尼采、里尔克简短的抒情诗，都很成功。但我感到难以卒读的却是他极力称颂的瓦莱里《水仙辞》的译文。一来是原诗的难度大，不容易译；二来是这篇晶莹而清澈的纯诗，译者用了些不适当的华丽词藻，而且为了押韵，有些词句显得勉强、不自然。我不懂法语，我读里尔克的德译，觉得比读梁宗岱的中译更容易懂些。

我把我一九三〇年在《骆驼草》上发表过的八首诗给他看。他读后很坦率地对我说，这些诗格调不高，他只肯定其中的一首《等待》。他的评语对我发生了影响，后来我编选诗集，从发表在《骆驼草》上的诗里只选了一首《等待》，其他的都没有选入。

抗日战争时期，他在重庆，我在昆明。一九四一年，我把我写的几首十四行诗寄给他。他回信仍然是那样坦率，他说，他不同意我用变体写十四行，他自然是严格的“形式主义者”。但是他严格遵守格律写的十四行诗，我读后总觉得语调不够自然，缺乏生气，虽然他论诗的文章写得很深刻，很认真，我从中得到不少的教益和启发。

一九八七年八月

“但开风气不为师”——记我在北大受到的教育

我于一九二一年至一九二七年在北京大学过了六年的学生生活，又从一九四六年到一九六四年在北大过了十八年的教员生活，若是把在昆明西南联合大学七年的教学也算在内，则共二十五年，因为在组成西南联大的清华、南开、北大三校中，我是属于北大编制的。论时间，我做教员的时期比当学生的时期多三倍甚至四倍；论地点，当年在闹市中不相连接的北大一院、二院、三院，更不能与盛称湖光塔影、饶有园林之美的如今的北大相比。但我经常怀念的是在简陋的校舍里学习的那六年。因为那时，在北大独特的风格与民主气氛的熏陶下，我的思想渐渐有了雏形，并且从那里起始了我一生所走的道路。雏形也许是不健全的，道路也许是错误的，但我却从来没有后悔过，只要提起北大的彼时彼地，便好像感到一种回味无穷的“乡愁”。

人们常说，北大有光荣的历史，实际上北大早期的历史（即京师大学堂时与改称北京大学后的初期）并不光荣，而是很腐败的。学校里不知学术为何物，学生到这里来只为取得将来做官的资格。当时北京前门外的酒楼妓院盛传它们主要的顾客多来自“两院一堂”，“两院”是参议院、众议院，“一堂”是社会上还沿用“大学堂”名称的北京大学，其腐败的情况可想而知了。至于北大发生质变，成为“五四”运动的发源地，成为新文化运动的先驱，则是从一九一七年蔡元培来北大任校长起始的。读蔡元培晚年写的《我在北京大学的经历》和《我在教育界的经验》二文，便会知道，蔡元培是怎样以坚决的气魄按照自己的教育理想，改造北京大学的。他来到北大，一步也不放松，采取一系列对症下药的措施进行改革，北大也日新月异，逐渐显示出新的风貌。蔡元培的为人则蔼然可亲，从容不迫，从来不表现他有什么赫赫之功。他延聘的教师，有的革新，有的守旧，有的反对旧礼教，有的维护儒家正统，只要他们言之成理，持之有故，都听凭他们在课堂上讲授，何去何从，让学生判断，自由选择。不同主张的教师们尽管争辩得不可开交，甚至水火不能相容，可是对于蔡元培，都是尊敬的。作为一个校长，这是一种多么感人的力量！所以不到两三年，北大便从一个培养官僚的腐朽机构一变而为全国许多进步青年仰望的学府。我并不怎么进步，却也怀着仰望的心情走进北大的校门。

我不记得胡适在什么地方引用过龚自珍《己亥杂诗》里的一句诗“但开风气不为师”，表示他自己的主张，但在某种意义上这句诗也可以看作是当时北大的校风。龚自珍写《己亥杂诗》时，正当鸦片战争的前夕。他看到国是日非，读书人只一味地学讲师承，文宗流派，这都无益于国计民生，更重要的是唤人觉醒，打破万马齐喑的局面。辛亥革命后的六七年内，跟龚自珍的时期有些相似。反动的封建势力步步不肯退让，接连不断地演出袁世凯称帝、张勋复辟的丑剧。人们的思想窒息，生活麻木，在阴暗而闭塞的屋子里，迫切需要打开窗子放进新鲜的空气。北京大学的变革对当时的中国社会的确起了开风气的作用。

我刚到北大时，首先感到惊讶的是，我一向对《新青年》《新潮》《少年中国》等著名刊物的撰稿者都很钦佩，如今其中有不少人名列在北大教师的队伍中。我顿时觉得北大真是气象万千，别有天地，从此可以亲聆那些人的教诲了。但事实并不是我想象的那样。日子久了，我很少看到一个教授或讲师对学生耳提面命，更没有听到过有什么学生程门立雪，表示求教的虔诚。我个人在北大六年，也从来不曾想过，认谁为业师，更谈不上我是谁的及门弟子。那么，我所得到的一知半解都是从哪里来的呢？回答说，是北大开放了的风气给我的。

我说一知半解，不是自谦之词，因为我北大毕业时，回顾自己的学业，并没有掌握了什么万能的治学方法，占有多少研究资料，只不过在课堂内或课堂外，关于怎样做人，怎样作文得到过一些启发，而做人与作文又不是能够截然分开的。

蔡元培认为大学里应培养通才，学文史哲与社会科学的要有自然科学知识，学自然科学的要有文史知识，这样不至于囿于一隅。当时北大的预科分文理两部，课程就是根据这个精神安排的。后来我入本科德文系，同时也选修国文系的课程，得以中西比较，互相参照。蔡元培提倡美育，在学校里建立画法研究会、书法研究会、音乐会，我有时听音乐演奏，参观书画展览，开拓了眼界。懂得一点艺术，接受一点审美教育，对于学习文学是有所裨益的。

我是德文系学生，在那里主要是学德语和德语文学知识。在思想上给我影响较多的是国文系的教师，鲁迅在北大国文系，每星期只上一节课，讲“中国小说史”。后来利用这一节的时间讲他翻译的厨川白村的《苦闷的象征》。关于鲁迅上课时的盛况，以及我从中得到的启发和教益,我在《笑谈虎尾记犹新》和《鲁迅与沉钟社》两篇回忆文章里有较详细的记载，不再重复了。但是我不能不从中抄录一句：“他讲课时，态度冷静而又充满热情，语言朴素而又娓娓动听，无论是评论历史，或是分析社会，都能入木三分，他的言论是当时在旁的地方难以听到的。”我还记得鲁迅讲《苦闷的象征》，讲到莫泊桑的小说《项链》时，他用沉重的声调读小说里重要的段落，不加任何评语，全教室屏息无声，等读到那条失去的项链是假项链时，我好像是在阴云密布的寂静中忽然听到一声惊雷。

我喜欢诗，常去听讲诗的课。沈尹默擅长书法，也是诗人，我听他讲唐诗，他有时离开唐诗本文，谈他个人写诗的体验。有一次他谈青年时写诗，很像辛稼轩一首《采桑子》里所说的“爱上层楼，为赋新词强说愁”，并不知道愁是什么滋味。我听了这话，不禁反思，我曾在晚秋时跑到陶然亭，春雨中登上动物园的畅观楼，寻词觅句，说愁诉苦，我又何尝懂得人世间真正的愁苦！想到这里，我对于我本来就很幼稚的诗产生了怀疑。我也听过黄晦闻讲汉魏乐府和六朝诗。黄晦闻是反对新文学的，但他治学严谨，为人耿介，他在他的《阮步兵咏怀诗注》的“自叙”里说，“余职在说诗，欲使学者由诗以明志而理其性情。”一天上课，讲到鲍照的《代放歌行》，这诗为首的两句“寥虫避葵堇，习苦不言非”，我不记得他是怎样讲解的了，我那时却很受感动。尽管有的注释家说寥虫指的是小人，不理解旷士的“甜味”，我则宁愿为了自己所要做的工作，像渺小的寥虫那样，不品尝人间的“葵堇”，去过清苦的生活。

我读大学的时期，军阀混战连年不断，北京时而死气沉沉，时而群魔乱舞，可是北大所在的沙滩、北河沿一带，则朝气蓬勃，另是一番景象。尤其是一九二四年至一九二六年，《语丝》《现代评论》《猛进》等周刊相继问世，极一时之盛。每逢星期日早晨起来，便听见报童们在街上奔跑叫卖，花两三个铜板买来一份周刊，就能很有心得地度过一个上午。因为这些小型刊物的撰稿人主要是北大的教师和个别学生，他们通过这些刊物跟读者见面，无拘无束发表各种各样的意见和感想，生动活泼，读起来很亲切。其中不少文章，提倡改革，无所忌惮地批评中国的社会和国民性。周作人介绍英国蔼理斯《性的心理研究》，分析道学家们的肮脏心理。鲁迅对现代评论派的斗争揭开了“正人君子”的本来面目。我从正反两面读这些刊物，进一步体会着道貌岸然的道德家与装腔作势的学者往往是靠不住的人物。可以说，不只是在教室内，更重要的是在教室外，构成了我思想的雏形，培育了我做人的态度和作文的风格。

除个别教师外，我很少听了某教师的课以后还登门请教。至于蔡元培，我在北大学习的六年内，他长期在国外，只有一年零四个月在校办事，其余的时间都由蒋梦麟代行校长职务。我一个普通学生和他更无缘相见，可是我无形中从他那里得到的感召和教益，如前所述，是终生难忘的。

另一方面，我在北大结识了几个朋友，我们志趣相投，哀乐与共，互相砥砺，交流读书心得，共同创办了一个文艺刊物《沉钟》。这刊物在当时热闹的文坛上默默无闻，却得到讲授“文学概论”的张凤举的支持，受到鲁迅的称赞。我从事文学工作，可以说是从这里起步的。近来阅读鲁迅的《华盖集》，在一篇题为《导师》的短文中有这样一段话：“青年又何须寻那挂着金字招牌的导师呢？不如寻朋友，联合起来，同向着似乎可以生存的方向走。”回想那时我们朋友之间的情况，跟鲁迅的教导是相符合的。

限于字数，这里可以结束了。关于我的教师生活，不属于这篇文的范围，但我也想附带着说两句话。在我当教员超过四分之一世纪的时期内，我常常想到孟轲说过“人之患在好为人师”。这句话见于《孟子·离娄章句上》，与上下文毫无联系，不知孟轲为什么冒出来那么一句。后来在《尽心章句下》里又读到“贤者以其昭昭使人昭昭，今以其昏昏使人昭昭”，才恍然大悟，这句话正好是那句话的说明。因此我也告诫自己，我自知赶不上贤者的昭昭，但也不要强不知以为知，“以其昏昏使人昭昭”。

写于一九八八年一月十一日

时为蔡元培诞生一百二十周年纪念日

怀念羡季

今天，顾随先生的生前友好和他的家属在这里聚会，纪念他逝世三十周年。我不能参加，却有一些话想用书面形式向大家谈一谈。顾随字羡季，请允许我，下边的话我都直称羡季。羡季教学兼写作的生涯是从本世纪二十年代初开始的，他那时交往的朋友如今多已不在人间，我不自量，我或许可以说是他老朋友中的一个仅存者。今天参加这个会的同志们可能都是三十年代至五十年代与羡季结交或受过他的教益的友人和学生，了解羡季会比我更多，但羡季早期的生活和创作，或许知道较少。我想在这方面略作介绍，也涉及一些我个人的看法。

羡季于一九二〇年北京大学英文系毕业，曾有一小段时间在山东青州某中学教书，后来去济南省立女子第一中学任国文教员，将及四年之久。我不清楚，是在青州还是在济南，羡季与卢伯屏先生同事，二人很快就成为好友，结下深厚的友谊。

羡季写过不少诗词赠送给伯屏，尊伯屏为兄长。例如诗集里有“只君待我弟兄亲”“预期来世为兄弟”等句。抗日战争时期，伯屏约于一九四〇年在四川逝世，羡季在北平闻讯后，一再填词哀悼，又提到“便教来世为兄弟，话到今生已惘然”。尤其是六首《定风波》，作者心潮起伏，好像永远不得安宁，感叹“廿载交游今已矣，来世，来生缥缈更难期”。伯屏不常写诗，但他出于真情至性，在他们结交不久时，写过一首五言绝句给羡季：“百日交非浅，一别情更深。知君具慧眼，识我有良心。”这完全是肺腑之言。这首诗我四十年前偶然在伯屏的案头读到，至今不曾忘却。

卢伯屏是我的涿县同乡、北大同学卢季韶的长兄。他是一位名副其实的忠厚长者，他爱护他的弟弟，情如父子，远远超过一般的兄弟关系，他看待他弟弟的朋友也好像自己的朋友。他介绍我和季韶于一九二二年起始跟羡季通信。饮水思源，若没有伯屏的热心介绍，我当时也许甚至永远不知道羡季其人。所以我不惜笔墨，在谈我和羡季的友情之前，先提到伯屏，并向他表示敬意和感谢。

那时像我们这样的青年，大都不求人知，但对于知心好友，则唯恐彼此知之不尽，尽量把心里想的、眼前看的、读书得获的告诉对方，对方也以此相报。我和羡季由于对伯屏的信赖，很快就开始了频繁的书信交往。我们写的信如泉水喷涌，又如细水长流，延续了六七年之久。我们信里写的，往往有纵使晤面也未必能说得清楚的内容。我收到羡季的信，不据为己有，常给北京的个别朋友传阅。我写的信，羡季也不仅自己读，还在教室里读给他的学生们听。《新文学史料》一九八四年第二期载有阎德纯写的《沉樱及其创作和翻译》一文，其中有一段提到与之有关的情况 ：“一个人的道路、爱好和成就，往往同别人的影响有关。在山东省立第一女子中学，沉樱遇到了一位毕业于北京大学哲学系（‘英文系’之误）、影响她一生的国文老师顾献（‘羡’之误）季。这位老师文才出众，不仅给学生讲解诗词歌赋，尤其拥护新文学，一有机会就给学生讲解‘五四’运动后涌现的新作家及其作品，给大家朗读他的朋友——诗人冯至给他的书信及其诗作，还给学生讲解英文小说。”羡季是国文教员，由于他熟悉英语，又喜读鲁迅小说和周作人当时的散文，所以在课堂上古今中外旁征博引，很能开拓学生的眼界，受到学生们的欢迎，因此也受到某些教师（尤其是英文教师）的嫉妒。

在通过书信互相了解的基础上，羡季有时在暑假寒假回家探亲之前，绕道北京和我与卢氏兄弟会晤，如夏日冒雨出游，冬夜围炉絮话，都写入他的诗词，其中一片深情仿佛还延续着二千五百年前《诗经·小雅》里“嘤其鸣矣，求其友声”的歌唱。

一九二四年夏，羡季辞去济南女一中的教职，接受青岛新成立的胶澳中学的聘请。他邀我先到济南然后一起去青岛度夏。我约在六月二十二日到了济南。那时济南还是家家泉水，户户垂杨，《老残游记》里描绘的风貌还没有多大改变。我和羡季几次大明湖上泛舟，历下亭前赏雨，品尝鲜嫩的蒲笋和某饭馆（吉元楼？）院内活水养育的鲜鱼，至今记忆犹新。我们于七月初到青岛。我们这两个土生土长的燕南赵北人第一次看见海，非常兴奋。无论是海，是山，是花木园林，还是一些建筑，无处不是新鲜的。胶澳中学建在欧战前德国兵营旧址，坐落在如今的湛江大路，到海滨浴场要越过一座林木郁郁葱葱的小山。晴日我们去海滨游泳，雨时在室内读书谈天。羡季从前写诗，这时致力填词，也读西方的小说诗歌；我则写诗，写散文，写不像戏剧的戏剧，杂乱无章，想到什么就写什么。有时也沾染旧文人的习气，我们出游到太平山顶，在石壁上题诗，致使一年后羡季在一首《蝶恋花》前半阕里写“一自故人从此去，诗酒登临都觉无情趣。怕见太平山上路，苍苔蚀遍题诗处。”我题的是什么诗，早已忘记，但我后来每逢想到羡季的这首词，便暗自称幸，幸亏一年后苍苔便把它埋没了，以免在青天碧海之间继续丢丑。

那正是中国社会黑暗重重、许多青年人感到前途茫茫的时代。我们一方面沉浸于祖国诗词里优美而又忧伤的名句，一方面又像鲁迅所说的“摄取来的异域的营养又是世纪末的果汁”。诚然，那时羡季阅读的西方作家，也正是鲁迅在这句话后边列举的那几个名字：王尔德、波特莱尔、安特列夫。一些互相矛盾的思想交错在头脑里，难以排解，更加上个人生活上遇到的闲是闲非，也增添烦恼。眼前暗淡无光，有时也鼓起勇气，说几句豪迈的壮语，既鼓励朋友，也聊以自慰。羡季早期的词里有不少处反映着这种心态。

我是八月中旬离开青岛的。我们朝夕相处，过了四十多天，我对于羡季有了进一步的了解。他在众人中间，从来不表露自己，显示才能，正如他后来在一首词里所说的“处处追求寂寞，时时厌恶聪明”。但是对朋友对他得意的学生，则敞开胸怀，无话不谈。我表示一点意见，写出一点儿东西，他若认为可取，就热情称赞，他若不同意，就不置一词，这沉默我最初不大理解，经过几次，我觉得这沉默比批评还有分量。谈到鲁迅的小说，他都仔细阅读，认真分析，其中的每个段落，甚至一句话也不轻易放过。可是有一次我提到某诗人的诗集，说我写新诗受过他的影响，他一句话也没有回答，我立即明白那诗人在他心目中占的是什么地位。

我回到北京后，我们继续书信来往，他的信里常附有赠给我的词。一首《定风波》有这样一句："那里友人情绪好，常道，风中乞丐雨中花。"读者或许会觉得乞丐与花并列，似乎不伦不类。这是我在一九二五年或一九二六年寄给羡季一首绝句（前两句我想不起来了），后两句是"春去与谁堪共语，风中乞丐雨中花"。那时在北京街头我最受感动的是狂风里缺衣少食的乞丐和淫雨中的落花。

羡季这时也写小说，在《浅草》季刊、《沉钟》半月刊上发表，有时署名"葛茅"。后来这两个刊物相继停刊，他的小说创作也停止了。可是二十年后，他于一九四七年忽然以惊人之笔写出长达三万余言的《乡村传奇·晚清时代牛店子的故事》，语言泼辣，情节离奇，辛亥革命前北方一个农村里的众生相，好像跟鲁迅笔下未庄里的人物遥相呼应。

羡季于一九二六年九月来天津，在女子师范学院教书。那时天津是一个军阀统治下酒肉争逐、民不聊生的城市。羡季年已三十，更多地看见社会的阴暗，体会人世的艰辛，回想大明湖的春色，海上的风光，都不可再得，只是在一首词里说："错把夕阳蝙蝠，当他燕子归来。”他的词风发生一定的变化。我们读到《鹤鸪天》:“向晓阴阴向晚晴，又来此地过清明。黄云都带金银气，白雨还浮酒肉腥。词不就，句难成，诗人莫怪少诗情。紫泥涨入桃花水，流过红桥不做声。”又如《御街行》的下半阕：“楼台车马知何似？似穷塞，非人世。明驼迤逦渡平沙，衰草寒烟无际。黑山列帐，黄昏吹角，夕照苍茫里。”前词形容混浊，后词比喻荒凉，正如后来他在《驼庵诗话》里所说的“一个文人要能用别人不敢用的字句”。此后他的词更多地摆脱前人的窠臼，形成自己的风格，开辟了新境界，表达出现代人的思想感情。

一九二七年初夏，我们商量印行词集。羡季在天津编出上中下三卷，命名“无病”。他把词稿寄给我，我交给北京大学红楼地下室的印刷所排印。我尽我当时审美的水平，设计装帧，宣纸线装，书页上下两端留有较多的空白。羡季从词集里摘取两句能概括全书内容的作为题词，朱印在扉页上，这做法在过去的旧体诗集词集是不曾有过的。他后来印行的诗集、词集都采用这种装帧形式，只是北平沦陷时期他印的词曲集，限于条件，就因陋就简了。书成后，他叫我给词集题签。羡季长于书法，朋友们公认他写的字苍劲有力，挺拔出众，我只在学童时临摹过欧体，此后毫无长进，而他自己不写，却教我写，我也毫不推辞，提笔写了“无病词”三个字。这中间没有别的话可说，只是由于彼此间真挚的友情。不料将及六十年后，他的女儿和学生合编《顾随文集》，又找我题签。我久不用毛笔写字，比当年更为荒疏，羡季晚年的友好中间颇不乏著名的书法家，他们的字能使封面更为生色。编者不找别人，却找到我，我十分感动，我仍然未敢推辞，就此用这四字题签来纪念我结交四十寒暑的老友。羡季著作中，最早的一部词集和迄今为止最后的一部文集都由我题签，我感到一种非语言所能表达的欣慰。

关于二十年代以后的事，我本来还有许多话要说，但想到纪念会的时间有限，为了不耽搁大家的时间，就此结束。结束前，我再补充几句话，并连带谈一个故事。羡季多才多艺，写诗、填词、作曲，都创有新的境界；小说、信札，也独具风格；教学、研究、书法，无一不取得优越的成就，只是他有一时期说禅论道，我与此无缘，不敢妄置一词。除此以外，他偶尔也写点儿幽默文字、调侃词章，既讽世，也自嘲。记得在二十年代，他有一次生病，病重时他曾自拟挽联，上联是“昔为书生，今为书死”，下联是“人恨才少，我恨才多”。他把这“挽联”写给朋友们看，带有开玩笑的性质，人们也觉得羡季自命不凡，有点儿“狂气”。如今平心而论，用这副自拟挽联概括羡季一生的才智，也未为不可。只是我认为，无论“才多”或“才少”，都不必“恨”，这个“恨”字写在这里，显得太重了一些。我真希望能有一次“故人入我梦”，我在梦里跟他商量商量，能否把这个“恨”字改换成另一个字？

一九九〇年八月十八日

刻苦耕耘　尽瘁终生

我过去只是久仰唐弢同志的文名，并不相识。六十年代初期，我和唐弢同志在中宣部与教育部的领导下，编写高等院校文科教材，工作中互相切磋，建立了友谊。此后唐弢同志每出一书，都签名惠赠。我展读他的著作，多次被他的学识和文笔所感动。去年，唐弢同志卧病医院，有一天张晓萃同志来访，说今年三月三日是唐弢同志八十寿辰，文学研究所计划在这天召开唐弢学术讨论会。那时我暗自祝祷，希望唐弢同志能恢复健康，亲自参加这次会议。不料他于一月四日逝世，这真是最大的不幸，使这次学术讨论会笼罩上一层难以排解的哀思。

唐弢在《书林》的《序》里说："我是一个和文字结了缘的人。"结了缘，就意味着不能分手。他从一九三三年二十岁时开始写作，经过大大小小个人的和民族的灾难，从未放下过他的那支笔。他在一九四六年写的一篇短文《锲而不舍》是他为人和为文的自白。他的朋友周木斋批评他说“总爱做一些吃力的工作”，他也首肯。以“锲而不舍”的精神面对“吃力的工作”，六十年内孜孜不息写下了那么多凝练锋利的杂文、情深意重的散文、精辟深刻的论文——尤其是关于鲁迅多方面的研究。

说到这里，唐弢同志的逝世是文学界一个重大的损失。我说“损失”，不是一般报道某人逝世常用的一句空话，而是有具体内容，深感切肤之痛。我们曾等待唐弢同志能早日完成“鲁迅传”，唐弢本人也把这部著作视为他最主要的使命。我们都认为，唐弢最具有写一部权威性的“鲁迅传”的条件，因为他聆受过鲁迅先生的教诲，理解鲁迅的为人，他对于鲁迅的作品不断进行深入的研究和阐释，他自己有写杂文的实践，他最初在《申报·自由谈》发表杂文时，曾有人疑心“唐弢”二字是鲁迅的化名。如今听说“鲁迅传”只写出一部分，其他大部分尽管有计划，却是不能实现了。

此外，我认为唐弢同志最适合于写一部完整的“中国现代文学史”。他虽然主编过《中国现代文学史》，但那是为高等院校教学使用，又是集体合编，有相当大的局限性，不能发挥他独特的专长。我个人曾经想过，他若能亲自动笔写一部“中国现代文学史”该有多么好呢。我这样想，是由于以下的原因：一、他曾广泛地搜集文献，掌握大量的第一手资料；二、他跟文学界现实有多方面的接触；三、他对于如何编写文学史有自成体系的见解；最后，他的文笔生动，可以把文学史写活。我记得，我曾把这意见向他当面谈过。

一个是大家共同的期待，一个是我个人的希望，这些都随着唐弢同志的逝世而消失了，真是文学界的一个重大损失！

一九八一年，唐弢在一篇悼念茅盾的文章里写到三十年代鲁迅和茅盾如何互相配合进行斗争时，他说："对于像我那样一个普通青年来说，我的感激，我的兴奋，我的愿意为文学事业刻苦耕耘，尽瘁终生，也就不言而喻了。"唐弢同志的确做到"刻苦耕耘，尽瘁终生"，他在他的文学事业中已经完成的，供我们欣赏、研究、学习，那未完成的部分，让我们设想、惋惜，并且更重要的是整理他的遗著，尽可能弥补这个损失于万一。

一九九二年三月二日

两段回忆

今年三月一日，早晨散步时遇见王平凡同志，他向我说，蔡仪同志于二月二十八日逝世了。我突然听到这个消息，感到难以遏制的悲怆，不自觉地流下泪来。随即与平凡同志去看望乔象钟同志，表示哀悼和慰问。回来后，心潮起伏，许久不得平静。十几年来，我经历过多次友人和同事的死亡，虽也或深或浅地感到难过和不安，但不曾有像今天反应得那样沉痛。这是什么缘故呢？事后我自我分析，得出以下的回答。

蔡仪比我小一岁，他的身体和精神却好像比我年轻十几年。我腿脚不灵，步履维艰，每天只能在住房的附近行动，蔡仪则行走自如，我常见他从远处走来，体态跟二三十年前没有两样；我自觉年老，不求上进，只能就性之所近写点儿小文章，蔡仪则老当益壮，努力完成他的《新美学》巨著，去年他曾把新出版的《新美学》改写本第二卷送给我，第三卷当时也在进行，我对他的奋勉非常钦佩。我一向认为，他的身体是健康的，精神是旺盛的。这样一位好同志怎么能先我而去呢？所以我听到这不幸消息后，情不自禁地悲怆泪下也就可以理解了。同时，我还想到我们青年时期的交往。从二十年代中期到三十年代初，我和几个爱好文学的朋友办过一份刊物《沉钟》，蔡仪同志在那上边发表过几篇很有分量的作品。那刊物的撰稿人大都与世长辞，只剩下我和蔡仪还常见面，偶尔谈一谈当年的往事。如今蔡仪也去世了，我不由得想起鲁迅《哭范爱农》诗中的两句"旧朋云散尽，余亦等轻尘"。继而想，鲁迅写那首诗时，不过三十二岁，而我年已八十有七，因而觉得这两句诗里含蓄的情怀更难以排遣了。

一九二五年，北京大学计划建立日本语言文学系，蔡仪考入北大预科，学习日语，准备将来入本科日语系。由于他学习优良，课余还从事创作，他的老师张凤举教授介绍他与我们相识。我还记得我与陈炜谟到他宿舍去找他时的情形，他沉默寡言，待人十分诚恳，我们把已经出版的几期《沉钟》半月刊赠送给他。不久，他送来一篇小说《夜渔》，写他儿时跟一个邻家的长工在春节后元宵前的一个夜里捕鱼的情景，写夜色，写人物，都相当生动，我们把它在《沉钟》第七期中发表了。朋友们读到这篇小说，非常高兴，欣幸《沉钟》半月刊来了一个新朋友。经过几次交往后，一天，他写来一封简短的信，说他要到一个比较清静的地方去写作。我们并不知道，这时他参加了共产主义青年团，另有任务。一九二七年，《沉钟》停刊，我和陈炜谟在北京大学毕业，北京在奉系军阀统治下，笼罩着白色恐怖，蔡仪回到湖南家乡，我们彼此也就断了音讯。

《沉钟》停刊五年多，于一九三二年恢复出版，那时朋友们分散四方，刊物全仗杨晦在北平独力支撑。他听说蔡仪留学日本，辗转取得联系。蔡仪在一年多的时间内寄来四篇小说在《沉钟》上发表。这几篇小说与前边提到的《夜渔》相比，语言更为纯熟，结构更为完整，字里行间都显示出作者的匠心和功力，而且每篇的内容不属于一个范畴，写法也不一样，一篇有一篇的特点。如小说《绿翘之死》写唐代女诗人鱼玄机由猜疑而嫉妒，以致把天真无邪的女童绿翘处死，心理描述精细入微；又如《旅人芭蕉》写日本俳谐诗人松尾芭蕉摒弃俗缘，遵守行脚戒条，在大自然中修业，可是路上遇见一个七八岁的小女孩，因而想起十年前的一段恋情，全篇文笔潇洒，洋溢着诗情画意。别开生面的是一篇标题《混合物的写生》的小说，写湖南农民运动过后，在一个地主家庭里聚集着一小撮男女老少，他们的言谈动作，各自表露出自己的身份。作者把这些人叫做“混合物”，他像画家一样勾画着他们的嘴脸。蔡仪同志后来专心研究文学美学理论，不以作家见称，但是我认为，这几篇小说若列入三十年代著名的小说选中，也毫无逊色。

一九三七年，蔡仪同志回国从事抗日救亡工作，他大部分时间在重庆，我在昆明，只是间或从杨晦的信中得知他的一些情况。我们重新相晤，则是他回到北京参加文学研究所工作以后。值得纪念的是从一九六一年起始我们在周扬同志领导下编写高等院校文科教材的那段时期。一九五八年后，“左”倾错误路线严重泛滥，学校里提出许多不切实际，甚至近于荒唐的口号和措施，大大影响教学的质量。到了一九六一年，中宣部、教育部为了纠正这种偏差，组织教学和研究人员等编写高等院校文科教材，号召大家解放思想，实事求是，强调教材要有三性，即科学性、知识性、稳定性。蔡仪同志担任《文学概论》主编，组成老中青三结合的编写小组。

那时人们思想相当混乱，在编写过程中，组内组外有许多不同甚至相反的意见，蔡仪虚心听取，认真思考，不辞劳苦，克服了许多矛盾和困难。先是写出一本详细的文学概论提纲，然后以提纲为基础反复讨论，深入研究重要问题，并广泛征求专家们的意见。写成正文后，又经过多次修改，才完成一部以马克思主义为指导的《文学概论》，供高等院校教学使用。

我和蔡仪同志从相识到现在已有六十六年，共同工作的时间不多，仅就以上提到的两段回忆来看，他是无论做什么工作都一丝不苟，事事认真，待人诚恳。近二十年，我和蔡仪同住在一个宿舍区，交往的次数多了一些，我们彼此关心，互相尊重，见面时常常谈些心里的话。但由于我对于美学是外行，故很少谈到他专心致力的美学研究。

一九九二年六月八日

第三辑

里尔克——为十周年祭日作

一九二六年的秋天，我第一次知道里尔克（Rilke，一八七五年十二月四日至一九二六年十二月二十九日）的名字，读到他早期的作品《旗手》（Cornett）。这篇现在已有两种中文译本的散文诗，在那时于我是一种意外的、奇异的得获。色彩的绚烂，音调的铿锵，从头到尾被一种幽郁而神秘的情调支配着，像一阵深山中的骤雨，又像一片秋夜里的铁马风声：这是一部神助的作品，我当时想；但哪里知道，它是在一个风吹云涌的夜间，那青年诗人倚着窗，凝神望着夜的变化，一气呵成的呢？

随后我再也无缘读到里尔克其他的作品，只以为他不过是一个新浪漫派的、充满了北方气味的神秘诗人；却不知他在那时已经观察遍世上的真实，体味尽人与物的悲欢，后来竟达到了与天地精灵相往还的境地，而于当年除夕的前两天逝世了。

至于读到他的《祈祷书》(一九○五)、他的《新诗》(一九○七)、他的《布里格随笔》(一九一○),他晚年的《杜伊诺哀歌》(一九二三)和十四行诗，还有那写不尽也读不完的娓娓动人的书简，却是最近五年的事。在《祈祷书》里处处洋溢着北欧人的宗教情绪，那是无穷的音乐，那是永久的感情泛滥。在这无穷的音乐与永久的感情泛滥中德国十八世纪末期的浪漫派诗人们（他们撇开了歌德）已经演了一番无可奈何的悲剧。他们只有青春，并没有成年，更不用说白发的完成了。但是里尔克并不如此，他内心里虽然也遭逢过那样的命运，可是他克制了它。在诺瓦利斯（Novalis）死去、荷尔德林（Ho1derlin）渐趋于疯狂的年龄，也就是在从青春走入中年的路程中，里尔克却有一种新的意志产生。他使音乐的变为雕刻的，流动的变为结晶的，从浩无涯涘的海洋转向凝重的山岳。他到了巴黎，从他倾心崇拜的大师罗丹那里学会了一件事：工作——工匠般地工作。

他开始观看，他怀着纯洁的爱观看宇宙间的万物。他观看玫瑰花瓣、罂粟花；豹、犀、天鹅、红鹤、黑猫；他观看囚犯、病后的与成熟的妇女、娼妓、疯人、乞丐、老妇、盲人;他观看镜、美丽的花边、女子的命运、童年。他虚心侍奉他们，静听他们的有声或无语，分担他们人们都漠然视之的命运。一件件的事物在他周围，都像刚刚从上帝手里做成；他呢，赤裸裸地脱去文化的衣裳，用原始的眼睛来观看。这时他深深感到，人类有史以来几千年是过于浪费了，他这样问：“我们到底是发现了些什么呢？围绕我们的一切不都几乎像是不曾说过，多半甚至于不曾见过吗？对着每个我们真实观看的物体，我们不是第一个人吗。”直到他的晚年，还写过这样的诗句：

苦难没有认清，
爱也没有学成，
远远在死乡的事物
没有揭开了面目。

里尔克就这样小心翼翼地发现许多物体的灵魂，见到许多物体的姿态；他要把他所把握住的这一些自有生以来、从未被人注意到的事物在文字里表现出来，文字对于他，也就成为不是过于雕琢，便是从来还没有雕琢过的石与玉了。

罗丹怎样从生硬的石中雕琢出他生动的雕像，里尔克便怎样从文字中锻炼他的《新诗》里边的诗。我每逢展开这本《新诗》，便想到巴黎的罗丹博物馆。这集子里多半是咏物诗，其中再也看不见诗人在叙说他自己，抒写个人的哀愁；只见万物各自有它自己的世界，共同组成一个真实、严肃、生存着的共和国。

美和丑、善和恶、贵和贱已经不是他取材的标准；他唯一的标准却是：真实与虚伪、生存与游离、严肃与滑稽。他在他的《布里格随笔》里提到波特莱尔的《腐尸》（Une Charogne）：“你记得波特莱尔的那首不可思议的诗《腐尸》吗？那是可能的，我现在了解它了。……那是他的使命，在这种恐怖的、表面上只是引人反感的事物里看出存在者，它生存在一切存在者的中间。没有选择和拒绝。……我时常惊讶，我是怎样情愿为了实物放弃我所期待的一切，纵使那实物是恶的。”

“选择和拒绝”是许多诗人的态度，我们常听人说，这不是诗的材料，这不能入诗，但是里尔克回答，没有一事一物不能入诗，只要它是真实的存在者；一般人说，诗需要的是情感，但是里尔克说，情感是我们早已有了的，我们需要的是经验：这样的经验，像是佛家弟子，化身万物，尝遍众生的苦恼一般。他在《随笔》里说：“我们必须观看许多城市，观看人和物，我们必须认识动物，我们必须去感觉鸟是怎样飞翔，知道小小的花朵在早晨开放时的姿态。我们必须能够回想：异乡的路途、不期的相遇、逐渐临近的别离；——回想那还不清楚的童年的岁月；……想到儿童的疾病……想到寂静、沉闷的小屋内的白昼和海滨的早晨，想到海的一般，想到许多的海，想到旅途之夜，在这些夜里万籁齐鸣，群星飞舞——可是这还不够，如果这一切都能想得到。我们必须回忆许多爱情的夜，一夜与一夜不同，要记住分娩者痛苦的呼喊，和轻轻睡眠着、翕止了的白衣产妇。但是我们还要陪伴过临死的人，坐在死者的身边，在窗子开着的小屋里有些突如其来的声息。……等到它们成为我们身内的血，我们的目光和姿态，无名地和我们自己再也不能区分，那才能以实现，在一个很稀有的时刻有一行诗的第一个字在它们的中心形成，脱颖而出。”——这是里尔克的诗的自白，同时他也这样生活着。

关于《布里格随笔》那部奇书的内容，我不能在这里叙述（我希望将来能有另一个机会来讲它）。在《新诗》前后两集相继出版、《随笔》告成了以后，整整十几年，里尔克陷入一种停滞、枯涩、没有创造的状态中，这中间他忍受了那对他而言是不能忍受的、残酷的灭绝人性的世界大战。

经过长时期的沉默，忽然灵感充溢，于一九二二年在几日之内，在瑞士西南部一座从十三世纪遗留下来的古宫中（那古旧的宫墙里只种着玫瑰），一气完成在战前已经开端、经过长期停顿的十首长篇的《杜伊诺哀歌》，同时还附带着写出几十首十四行诗。这时，那《新诗》中一座座的石刻又融汇成汪洋的大海，诗人好似海夜的歌人，独自望着万象的变化，对着无穷无尽的生命之流，发出沉毅的歌声：赞美，赞美，赞美……

这样他完成了他的使命。

就他晚年的诗歌看来，他是可以和辽远的古希腊的宾达（Pindar）列在一起的。但若是读起最近出版的他的书简，我们会感到他比我们任何一个最亲切的朋友还要亲切。我们会跟随着他到俄国去拜访托尔斯泰，到巴黎谒见罗丹，经过丹麦怀念雅各布孙（Jacobsen）和基尔克郭尔（Kierkegaard），在罗马欣赏米开朗琪罗设计的喷水池，随后到埃及和西班牙旅行……最后是在哀歌和十四行诗完成后，他在夜半向他的远方友人发出幸福的高歌。

里尔克是一个稀有的书简家，他一生在行旅中，在寂寞中，无时不和他的朋友们讲着最亲密的话——不但是和他的朋友们，也和许多青年：年轻的母亲、失业的工人、试笔的作家、监狱里的革命者，都爱把他们无处申诉的痛苦写给他，他都诚恳地答复。——几年来，这几册书简每每是我最寂寞、最彷徨时候的伴侣。

一九三六年

谈读尼采

你因为学医已经读了几年德文。你正在青年，你内心的发展使你不满于只读德文的解剖学课本，渐渐开始读一些德国文学和哲学的书。最近你来信说，怀着无限的热情在读尼采，时时刻刻都离不开他。我听了，我为你欢喜，又为你担心：欢喜的是你能够把海涅和叔本华放在一边，而和这近百年来德国最伟大的思想家接近，我们只要翻开他的任何一部著作，便会感到一种新的刺激，新的启发，新的战栗。这种刺激、启发、战栗，在我们有史以来，算起来，并没有多少次。担心的是，怕你把尼采当作教主，看成先知，将他所说的话记在日记簿上作为你思想上的根据，那你就将要永久迷惑，找不到出路。

近几十年，在德国被人引用最多而最滥的，莫过于尼采了。他的话出现于各党各派所著的书上，被人用为书前的题词，被人作为行文的引证。在社会主义者的宣传册上，法西斯党人的演说词中，在无神论者和天主教学者的论文里，都能发现尼采的话。他的全集几乎成了格言宝库，尽量供给各党各派的掠取。尼采自己也说过："最坏的读者像是掠人财物的兵：他们拿去一些他们所能用的，污毁了，搅乱了那些剩余的，冒渎了整体。"而偏偏是尼采遭遇这样的"兵士"最多。至于这种遭遇的原因，就是他著作中充满了相反的意见。因此一部分被人"拿去"，一部分被人"污毁"，而整个的尼采遭了"冒渎"。当你想引证尼采的一句话时，你就要提防他在另一部或另一页的书上有一句意义相反的话在等待你的反对者来引用。——所以我们读完一段，不管它那有力量的文字是怎样感动我们，千万不要立刻就把它当作真理。最好是把他对于某一问题所发表的意见，聚集起，把不同的来比较，追溯这些意见不同的原因，同时不要忘却整体。尼采曾经受过严格的语文学的训练，他这样赞美语文学："它教给我们读书，那就是慢慢地，深深地，瞻前，顾后，怀着沉思，打开坦荡的门，用精细的手指和眼去读。"我们读尼采正应当这样读，不要把他的著作任意割裂。

再进一步，尼采不希望读者成为他的信徒。凡是先知先觉，都是教大众信仰他。如果尼采也是先知，那么他只让大家信仰一句话：认识自己的路。他说："你只要忠实地跟随你自己吧：——那你就是随从我了。""这就是我的路——哪里是你们的呢？——我这样回答那些向我问路的人。"他不但让我们走我们自己的路，而且教我们在读尼采的时候处处要防备他：“我要唤起对我最深的猜疑。”“一个大师的天职是要让他的学生防备他自己。”尼采觉得一切意见，一切真实，都要自己亲身体验，亲手去取，绝不是一件物品或是一种技术似的可以互相传授。尼采不要求信徒，他最怕有一天被人称为圣者。——你一定要问，在萨拉图斯特拉的口调里不是充满了说教的语气，而尼采，尼采只不过是写《萨拉图斯特拉》的人。

上边两点是一般尼采读者最容易犯的毛病。但是我们应当取什么态度呢？我们要了解他的书，不能不顾及他的生活。他的生活是怎样呢？没有家，没有职业，没有团体，只是在瑞士的山上，意大利的海滨，从这里迁到那里，从那里迁到这里，他是一个永久的漫游人，在人生万象中他是一个旁观者：人类的问题几乎没有一件不映入他明朗的眼中。他常常患病，病使他的思考深沉。他对于人生下犀利的批评，有独到的解释。在这不断的批评，不断的解释中，他分析支配欧洲文化有十几世纪之久的基督教是奴隶道德的产品，认为自从欧洲中古直到十九世纪中叶许多哲学家所创造的哲学系统只是对于现实的规避（关于哲学系统，那位和尼采很相似，比他早生半个世纪的丹麦的思想家基尔克郭尔说过这样有意味的话：创造系统的哲学家好像是一个人建筑了华丽的宫殿，自己却只能住在旁边的木板房里）他面前的世界是隐蔽在道德、宗教、种种传统的面具下活动，而这些面具都是空虚。无怪他立在高山上，俯视尘囊，想到他所处的时代，有置身废墟之感！所以他在他的自传中，一再致意，说他是颓废时代里产生的儿子。可是这个儿子渴望新生，正如人在病中渴望健康一样。他在病里观察，健康却是一个远方的憧憬：什么“超人”呀，“向力的意志”呀，便在他的憧憬中闪烁着。

他对于人生的一切批评和解释是从什么地方出发呢？当尼采把许多道德观念重新估量而加以否定时，他却认定一种道德基本是确凿不可移的：正直（Redlichkeit）。在他看来，我们只需要纯洁，不管是哲人也好，或是一个舞台上的小丑也好。这种对于纯洁的需求，便是尼采所谓的正直。只有心怀正直的人，才能放开眼光，广看万象，而万象也赤裸地映入他的眼中。他说：“不是在你们的眼停止认识的地方，却是在你们的正直停止的地方，你们的眼才毫无所见。”可是这种对于纯洁的需求，在人生中不但被虚伪所骗，并且也常常被“善”所蒙；我们应该立在善恶的彼岸，养成能以感受这个字的力量，然后方可以渐渐和尼采接近。

另一方面，我们要忌讳执著，我们知道尼采在希腊文化里发现了酒神的精神，而为舞蹈唱过赞歌。舞蹈在他是一个比喻，比喻我们流动的人生。安息或停滞的地方，便是虚无，枯僵；人们时时要努力从虚无或枯僵里跳出来。人生如此；他的书，也无处不在流动：我们读它，像是置身于春夏之交的时候，那无常的风雨，冷暖的变化，使我们无时不有新的感受；

又像是投影于一条涓涓不断的河流，我们的影子和我们的周围随着水纹波动……我们去随着他想，随着他动，但是不要模仿他。

再用一个比喻来说，尼采是一片奇异的“山水”，一夜的风雨，启发我们，警醒我们，而不是一条道路引我们到一座圣地。

到这里，这封信可以结束了。信里的话，一半是我前几年在海岱山读尼采时那里的雅斯贝斯教授所警戒我的话，一半是我自己的体验，现在写给你供你参考。

一九三九年四月一日

尼采对于将来的推测

翻开《辩证法唯物论辞典》，在“尼采”这一条目下写着：“尼采是一般革命运动和劳工运动的明目张胆的反对者。他尤其反对社会主义运动，尼采反映出前世纪七八十年代德国的特殊社会条件。当时产业资本主义虽已很发达，但权力仍为贵族所掌握，因此仍不失其对于德意志能够支配世界，以及能够弹压欣欣向荣的无产阶级运动的自信。尼采就是这部分贵族阶级的意识形态的代表人物。”

这里边所说的七八十年代的德国情形，是正确的；但是说尼采是这种意识形态的代表人物，则未免失当。

尼采这个近代少有的文化批评者，因为他所论到的方面的广泛，著作的缺乏系统，文笔的犀利，受尽了后人的崇拜和攻讦。二十世纪初期，欧洲许多思想家与诗人都受到过他的启发，同时他的言论也有不少地方，被希特勒与墨索里尼所利用。在中国，提起尼采这个名字，人们总认为他是一个法西斯的代言者，而对于他本身是怎样一个人，以及他给予后人的积极的影响，则很少顾及，更何况那部通俗的辞典里用断然的语气写着，他是一般革命运动的明目张胆的反对者呢。

我在这里并不要充作尼采的辩护人，我只因为近来读到一本雅斯培斯论尼采的著作，里边有一章论尼采对于将来的推测，感到很大的兴趣，我觉得把这些推测介绍给国人，不是没有意义的。因为此后的世界将要怎样演变，是每个有心人的头脑里都会发生的问题。另一方面，由此我们也可以知道一些尼采是怎样的一个人。

最先要把时间弄清楚，尼采生于一八四四年，死于一九〇〇年。他的著作生涯始于一八七〇年，结束于一八八八年，至于雅斯贝斯论尼采的书，则出版于一九三六年。我写出尼采的年代，并不是说尼采是个预言家，能够预言将来的世界，相反的我却要说明，时隔半个世纪以上，有些推测当然可能是错误的。

尼采是一个人类的关心者，他的著作中几乎没有一段不涉及人的问题，所以对于人的将来他也寄予无限的想象与希望。将来的问题里他所考虑到的第一个问题就是“德谟克拉西（民主）的道路”。

据尼采看，德谟克拉西在将来的世界有三种不同的可能性：第一个可能性是一个有秩序的、分配均匀的世界，各国家组成一个“国际联盟”。尼采承认，在他的时代里已经“有些意识明确而坦白地为德谟克拉西的将来”而工作的人们。这些人也许还幼稚而简单，但“那是可能的，后世想起过去几代德谟克拉西的工作，正如我们想到石堤与壁垒的建筑一般……欧洲的德谟克拉西化好像是那一套预防方法里的一条，人们用这些方法脱离中古时代”。他紧接着说：“现在才是巨大建筑的时代！最后是基础的安稳，俾使将来能够毫无危险地建设！”这基础用什么砌成呢？是精神的工作、知识的获得和社会的设施。因为这种种都能战胜黑暗与混沌，在这个基础上他甚至觉得有实际的和平，这和平的初步是一个欧洲的国际联盟（尼采因为时代的关系，他的眼光还多半局限在欧洲的范围内）。在这联盟里一切问题都将要按照理性的原则解决。将来的外交家“必须同时是文化研究者、农业家、交通专家，并有军队做他的后盾”。财产的分配要加以调整，不劳而获的“贸易大亨”要不容存在。到这时社会主义的名称已经被人忘却，这个将来的德谟克拉西“要尽其可能地创造人格的独立”，并且使世上没有与人格的独立为敌的事：贫穷、富有、政党。

第二个可能性与前者正相反，就是社会主义征服了国家。如果这样，社会主义就要努力于“国家势力的丰满”与“形式上的个人的消灭”。至于第三个可能性尼采说得很模糊，他只说若是人类由于德谟克拉西没有走上理性的国际联盟的道路，也可能由此而消灭国家的组织。可是他并没有解释国家怎样会消灭，他只反过来说：“我们相信，现在国家还要存在一段时期，过早的破坏国家的尝试是要被摒除的！”

尼采对于将来想到的第二个问题，是“各国民族在世界政治上的发展”。提到各民族间的关系，尼采固然推测可以组织国际联盟，解决一切，但他也不隐讳那人类的可怕的厄运：战争。他说，这是可能的，“今后有几个战争的世纪接连不断，而且在过去的历史里还不曾有过……我们走进一个战争的时代，这战争最大的规模是学术的，同时也是民间的”。这些战争的意义将要第一次在历史中被规定，是争取地上的统治权……而统治权可以是经济的，也可以是思想的。

关于白种人各民族的将来，他说，“美国人也许是一个将来的世界权威”。“没有人再相信，英国自己还有充足的强力，再继续五十年演他的老角色……”“现在的法国是意志衰损了”，虽然他极力称颂过去的法国。提到俄国，他说，俄国人走进文化世界是下世纪（二十世纪）里的一件重要事件。“俄国是一个国家，他有充足的时间，他不是昨天的”。

至于他自己的祖国呢，他说，“德国人是前日的和后日的——他们没有现在”，又说，“德国人还不是什么，但他们将要成为一些什么”。

整个的欧洲他也看出两种可能性：或是由于政治的分裂而趋于沦亡，或是由于政治的统一而给世界一个好榜样。

第三个问题是“人的精神本质的改变”。对于将来的人类，尼采有一段话最使人感到惊奇：“人类在新的世纪里也许由于支配自然而获得更多的力，比他所能消耗的多……只是航空就破除我们一切的文化概念……一个建筑的时代来了，人们又和罗马人一般，为了永恒而建筑。”

但是由于工业的发展和知识的扩充，也会产生这样的危险：文化在它的方法上沦亡。如果科学种下许多不愉快的因素，人为了许多不能解决的问题又不得不求助于形而上学与宗教，到那时生活也许会感到很大的失望。他说，这也不是不可能的，“科学凋零，人又回到野蛮状态；人类必须又从新开始”。至于超人的产生，尼采自己承认，那是遥远的事，他也不敢想望。所谓超人，在尼采不过是一个理想，一个象征。

我再重复一遍，这些多方面的推测是尼采在从一八七〇年至一八八八年的时期内写出的。我们再看看这时期以后的世界，二十五年后才发生前所未有的大规模的战争，随后才有成功的社会主义的国家，失败的国际联盟，直到五十年后第二次世界大战才真实地显示出美国与苏联的力量，以及航空所给予人类的许多概念的改变。——但是在这些推测里边，甚至在他的全集里边，并没有“德意志能够支配世界”的主张。

一九四五年三月十七日

我想怎样写一部传记

四五年来，因为爱读杜甫的诗，内心里常有一个迫切的愿望，想更进一步认识杜甫这个人。当然，从作品里认识作者，是最简捷的途径，用不着走什么迂途，并且除此以外似乎也没有其他的道路。但我们往深处一问：这诗人的人格是怎样养成的，他承受了什么传统，有过怎样的学习，在他生活里有过什么经验，致使他而不是另一个人，写出这样的作品？这些，往往藏匿在作品的后面，形成一个秘密，有时透露出一道微光，有时使人难于寻找线索。这秘密像是自然的秘密一样，自然科学者怎样努力阐明自然，文学研究者就应该怎样努力于揭开这个帷幕。

把一个诗人的作品当作一个整个的有机体来研究，把诗人的生活作一个详细的叙述，一方面帮助人更深一层了解作品，另一方面——如果这研究者的心和笔都是同样精细而有力——

使人纵使不读作品，面前也会呈现出一个诗人的图像。这工作，在欧洲十八世纪时业已开端，十九世纪后半叶已经发展，如今，用分析方法的也有，用综合方法的也有，只着重诗人内心变化的也有，认为客观环境是作品先决条件的也有，材料不辨真伪不加剪裁堆积得像一部长篇的也有，别具匠心写得像一部动人的文艺作品的也有，总之，这门工作的成绩已经蔚然可观，不只是第一流的诗人，就是第二流第三流的诗人也进入这些研究者的视界了。但是在中国，这部门的书架上几乎还是空空的。不知道中国人对于这类工作的需要是感到了而觉得无从着手呢，还是根本没有感到？中国人过去对于诗的研究，不外乎考据、注解、欣赏（这就是那一本又一本的诗话）三种。前二者，我们非常感谢，因为在考据与注解上边下功夫的人们都是辛苦的造桥者，尽量使读者和作品接近；至于那些一条一条的诗话，我就不敢恭维了，写诗话的人们对于任何一个诗人都不肯去了解他的全貌，只任意拿一首诗甚至一句诗来品评，来吟味，这对于一个普通的诗人或不无阐发，但对于一个有首有尾、有始有终、像长江大河似的杜甫写的那些诗篇则往往不免于以管窥天了。

我的愿望尽管很迫切，可是直到现在并没有一部杜甫传或杜甫研究来满足这个愿望。向外求之不得，只好反过来求诸自己了。我于是，大约在一年前，有了一个大胆的企图，想写一部“杜甫传”。

在我起始预备这个工作时，首先遇到的困难是史料的缺乏。研究一个诗人的人格的养成与演变，在他的作品以外，如果能有些信札、日记一类的东西与同时代人关于他的记载流传下来，自然可以得到许多帮助。但关于杜甫的，除却几个同时代的友人的赠答诗外，这类的材料就几乎等于零。杜甫死后三四十年，元稹、韩愈渐渐认识杜甫的价值，可是他们的言论则只限于推崇与赞美，我们并不能由此多知道一些杜甫这个人。新旧唐书里虽列有本传，却都是粗枝大叶，处处显露出作史者的疏忽：旧唐书本传不及六百字，新唐书不及八百字，在这两篇短短的文字中，用杜诗可以证明是错误的地方，大小共有十几处之多，这使人觉得，作史者在写杜甫本传时，连可以得到的杜甫的诗都好像没有找来参考一下，这样的史家记载，叫人怎么能够相信呢？

我由于向外寻求的失败，最后只有对这方面断念，完全回到杜诗本身，“以杜解杜”。但杜甫三十岁以前的少作，大都湮没了，我们既不能读到他“自七岁所缀诗笔……约千有余篇”的一大部分，自然也难于较为具体地追寻他吴越齐赵的游踪。可是如果我们甘心于他三十岁以前的生活是一块空白，我们又何必写他的传记呢？——一部传记最初要探讨的，不外乎我在上边所说的：这诗人承袭了什么？学习了什么？经验了什么？然后才能进一步研究作品的产生与作品中表现的一切。而这三个问题中的前两个几乎都要在他青少年时代里得到回答。我只有海里摸针似地尽量从他三十岁以后的诗与散文里寻找有关于前两个问题的材料去解答：他是从怎样一个家庭里生长的？他在思想方面与文艺方面接受了什么传统？所谓“读书破万卷”到底都是哪些书？他青年时的漫游对他有什么影响？……这中间我深深意识到我在冒着一个大危险，因为材料的贫乏，有时不能不运用我的想象，可是想象是最不可靠的东西，所以我骑在这匹想象的马上，又不能不随时都用“根据”的羁绊勒着它。

至于第三个问题，也可以说和第二个问题是分不开的，因为从书本上学习的是间接的经验，从现实生活上得出经验是直接的学习。杜甫所经验的，比唐代任何一个诗人都丰富，并且都在他的诗里留下痕迹。为了解答这个问题，关于杜甫三十岁以后的，我们从他的诗里有取之不尽的丰富的材料。如果我们放开笔，可以以唐代的山川城市为背景，画出一幅广大而错综的社会图像，看看在这图画里杜甫是怎样承受了、担当了、克服了他的命运。

我由于对史料缺乏信任，就是关于杜甫时的社会情形，也尽量从杜甫的作品中摄取。若是遇有与史书不合的地方，我宁愿相信杜甫所记的是真实的。这中间可能发生“诗与真”的问题，因为诗人总不免有些地方会利用想象使事实改变面目。但这问题我认为是不能在杜甫传里发生的，如果发生了，就无异于否定杜甫所表现的世界。所以我只有处处以杜甫的作品为根据，一步步推求杜甫的生活与环境，随后再返过来用我所推求的结果去阐明他的作品。

最后，万一能够有一个杜甫的图像显露在我的面前，那么不管我怎样小心，我也不敢说，这是杜甫的本来面目，因为无论用什么方法，使过去的人与事再现一次都是不可能的；但我也要极力避免使杜甫现代化，因为用现代人的思想与情感去点染将及一千二百年前的一个古人，可以说是一种难以宽恕的罪行，纵使我们眼前的社会与杜甫诗里所表现的还有许多类似的地方。我只希望这幅图像使人一望便知道是唐代的杜甫，是被一个现代人用虔诚的心与虔诚的手给描画出来的。这道理，在艺术界里很明白显然，我们只要看一看米开朗琪罗的摩西雕像便可以了解，但是在传记文学里似乎还有饶舌一次的必要。

这本书将来会成为什么样子，我现在无从预测。但愿它能够是一部朴素而有生命的叙述，不要成为干枯的考据，虽然我在这里尽量采用了许多前人的精细而值得钦佩的考据成果；同时我也不愿意使它像法国莫路瓦所写的传记那样，几乎成为自由的创作。总之，若是没有杜甫的诗，这本书根本就不必写；可是这本书如果一旦写成了，我希望，纵使离开杜甫的诗，它也可以独立。

一九四五年

鲁迅先生的旧体诗

鲁迅先生的旧体诗在他的全集里占极小的一部分。这些诗多半由于一时的即兴，写成后，他有时寄给朋友，有时放在一边，却很少发表过。如今我们能够读到的，共有四十几首，都收在《集外集》和《集外集补遗》里，只有《惯于长夜过春时》一首七律随着《为了忘却的纪念》收入《南腔北调集》。诗中《自题小像》和《哀诗三首悼范爱农》写于一九一二年以前，其余的都是一九三〇年以后的晚年作品。这中间将及二十年的岁月，除去他一九一八年在《新青年》发表过五首新诗，我们可以说他没有写诗，虽然他的许多散文里含有丰富的诗的成分。他常常说他不喜欢作诗，有时甚至说不懂得诗，但我们却从这位从不以诗人自命的鲁迅先生的笔下获得中国旧体诗的最后的奇葩。

鲁迅先生一生的精力都用在对于中国社会和文化的批判上边。批判者和粉饰太平的人们永久处在相反的地位。前者尽量指出社会和文化的病症，以便设法医治，使之恢复健康；后者则千方百计要把病症遮掩住，让病症在体内发展下去，而病者则因之更为衰弱，以至于死亡。前者是本诸良心的，却往往被诬蔑为“匪徒”；后者是昧良心的，反倒被称为“君子”。所以批判者在指出社会的病症时，也要揭发出那些遮掩病症的“君子们”的本来面目。鲁迅就把这个斗争视为他自己的职责：他指出社会的病症，是由于对于人类的希望；他揭发这些“君子”的本来面目，是让人不要受他们的欺骗。这两种精神，贯彻了他的全部著作，是一而二、二而一的，在他的诗里自然也不会例外。最足以表现他的风度的，要算《自嘲》那首七律，尤其是中间的四句：“破帽遮颜过闹市，漏船载酒泛中流；横眉冷对千夫指，俯首甘为孺子牛。”前两句写出一个从容自若、毫无顾忌的战斗者；后两句曾经一再被人引用，因为充分表现出作者的勇和爱。

他看他眼前的世界，透过表面的所谓“太平”，只见大地上一片肃杀气，充满了荒凉和混沌，他自己说得好，“曾惊秋肃临天下，敢遣春温上笔端”（亥年残秋偶作），他并不是不爱“春温”，无奈天下被“秋肃”所支配。他用了醉、荆棒、钩棘、如磐夜气、故乡黯黯、万家墨面没篙莱……来形容时代的荒凉与混沌，在这荒凉与混沌中所表演的尽是些古怪的现象，如——

大江日夜向东流，聚义群雄又远游……

——《无题》

莫向遥天望歌舞，西游演了又封神。

——《赠日本歌人》

雪封高岫护将军，霆击寒村灭下民。
到底不如租界好，打牌声里又新春。

——《二十二年元旦》

我们读着这些诗句，好像看着西方的魔鬼跳舞图，凄凉中掺杂着滑稽。此外就是一片使人悚然的寂静：

几家春袅袅，万籁静愔愔。

——《无题》

寂寞新文苑，平安旧战场。

——《题彷徨》

鼓完瑶瑟人不闻，太平成象盈秋门。

——《湘灵歌》

风生白下千林暗，雾塞苍天百卉殚。

——《赠画师》

这里所谓的平安，所谓的太平，不是旁的，只是使人难以担当的死寂。他处在这荒凉而死寂的中间，“心事浩茫连广宇，于无声处听惊雷”(《无题》)，这样的心境又完全震慑住了他面前的混乱与滑稽。

他喜欢用楚辞中的比喻，如椒桂、芳荃、蛾眉、众女、湘灵、瑶瑟、高丘等词。诗中的词藻和句法秾丽处甚至使人想到李义山，但是粗犷处又有些像南宋的刘后村：两种极不相同的风格在这里结合起来,更足以表现他那“破帽遮颜”“漏船载酒”的风度。如《赠人》诗中的“明眸越女罢晨装,荇水荷风是旧乡，唱尽新词欢不见”，是如何纤丽而苍凉，但紧接着最后一句是：“旱云如火扑晴江！”又如《赠蓬子》的“蓦地飞仙降碧空，云车双辆挈灵童”，不会使人想到是任何一首游仙诗里的诗句吗，但是下边的“可怜蓬子非天子，逃去逃来吸北风”把前边两句的气氛完全冲破了。

尤其是那首写在《为了忘却的记念》里的名诗，蕴藏着他最沉重的悲哀，他用强烈的对照写出：“梦里依稀慈母泪，城头变幻大王旗。忍看朋辈成新鬼，怒向刀丛觅小诗。”慈母泪在大王旗的招展前该是怎样一种滋味，纯洁的革命青年在刀丛间又是怎样一种景象：鲁迅先生就在这种痛苦中写他的小诗，其实，他一切的诗都可以说是在怒向刀丛时觅得的。我们若懂得这一点，便会了解他为什么抛弃了所谓温柔敦厚的传统，毫不容情地写出中国大地上的荒凉，太平景象中的死寂，并且不断地揭露那虚伪的光华——而胸怀里始终充溢着一个战斗者的爱憎分明。

一九四八年五月

鸽子的佳话——读鲁迅《题三义塔》笔记

翻阅《鲁迅诗稿》，发现里面夹着从《人民日报》剪下来的一纸新闻，标题是《一只鸽子的佳话》。内容大意说：宁波的渔船在东海海面上捕鱼，一只精疲力竭的鸽子落在甲板上，船员们把它带回，转送给上海一位姓张的工人。这工人是养鸽的爱好者，他从鸽子脚圈上标志的记号看出，这是日本的信鸽，于是又交给上海西郊公园。这只鸽子在公园里经过几个月的饲养，不仅恢复了健康，而且脱去了旧毛，长出一身润泽的羽毛。后来西郊公园园长去日本访问，把鸽子带到日本，通过横滨野毛山动物园和日本鸽子比赛协会的帮助，终于根据鸽子脚圈上的记号找到失主。当西郊公园园长把鸽子交给原主时，主人激动地说："真没想到中国朋友把我失去许久的鸽子送回来了，我不知怎样感谢才好。一旦我有机会访问中国，一定要亲自向上海西郊公园的饲养员们表示谢意。”

我读了这段“佳话”，联想起鲁迅的《题三义塔》一诗，立即把它剪下来夹在《鲁迅诗稿》里，但是没有注明年月日，如今回想，这大约是两三年前的事吧。

我最初读鲁迅的《题三义塔》，是在三十年代中期，那时我实在读不懂，尤其是诗前的小序。小序只有一句。上半句“三义塔者，中国上海闸北三义里遗鸠埋骨之塔也”，这是怎么回事？下半句“在日本，农人共建之”，这又是怎么回事？我都得不到回答。小序不懂，诗也就难于理解。

后来读到《鲁迅诗稿》中这首诗的跋语和《鲁迅日记》中的有关记载，才明白这首诗写作的原委。跋语告诉我们，日本的西村博士在一九三二年上海“一·二八”战役后在闸北三义里的废墟看见一只无主的“饿鸠”，他把它收留起来，带回日本饲养。这鸽子在异国“初亦相安，而终化去”。西村为它建冢立碑，并请鲁迅题诗。日记告诉我们，西村名真琴，他还“自绘鸽图一枚”寄给鲁迅。这样，诗的前半首，“奔霆飞熛歼人子，败井颓垣剩饿鸠。偶值大心离火宅，终遗高塔念瀛洲”，可以领会其大意了。但是后半首，“精禽梦觉仍衔石，斗士诚坚共抗流。度尽劫波兄弟在，相逢一笑泯恩仇”，还是难于索解。我当时想，从十九世纪末到抗日战争以日本投降而结束，日本帝国主义者在中国土地上横行践踏，对中华民族肆意凌辱摧残，真是仇深似海，怨积如山，在此情况下，“石”将从何衔起，“流”将如何共抗，更不必说情同兄弟，消泯恩仇了。

最后，我见到现藏上海鲁迅纪念馆的西村真琴寄给鲁迅的“自绘鸽图”的照片，鸽子羽毛丰满，从容自若，上有和歌一首作为题词：“邦国不同，一西一东；小鸽子们，相亲相爱，共处一笼。”题词后附有简略的说明。从鸽图与题词看来，西村真琴虽在日本侵略军中服务，但他心怀异志，希望中日两国人民能和平相处，在那乌云滚滚、黑暗重重的时代，他只能把他的一片深情倾注在一只“饿鸠”身上。一年以后，他画了鸽图，题和歌一首，寄给鲁迅表达他的心意。他这样做，并非一时即兴，实际上是寄给中国的人民，因为鲁迅正好代表中国人民的痛苦、良心和希望。鲁迅被他的至诚所感，才想到精卫填海、斗士抗流、劫后泯恩仇等等形象和意境，因而写出既有战斗精神又有博大胸怀的诗句。这样的诗写于三十年代，若是不了解写作的原委，是难以想象的；纵使知其原委，也会在很久的时期内认为是难以实现的。可是在一九七二年，由于中日两国政府和人民的不懈努力，中日恢复邦交，以后在友好的语言中经常听到“一衣带水”“世世代代友好下去”等等的词句，鲁迅的《题三义塔》竟成为科学的预言。

要了解一首意义深广、蕴蓄着历史辩证法的名篇，是多么不容易啊。不仅要知道作者写诗的原委，还要能体会作者“心事浩茫连广宇”的胸怀。这胸怀越博大，就越需要由历史发展来说明。

历史的发展意味着重大事件，但是像一只鸽子的佳话这样的小事却也可以作为《题三义塔》的说明。两件关于鸽子的故事在我的想象中互相辉映，时间相隔将及半个世纪，而三义里的“饿鸠”和迷途的日本信鸽好像都同时在晴朗的天空健康地飞翔，宁波的渔夫、上海的工人、饲养员、公园园长都未必知道有西村真琴那样一个人，却好像跟这位博士亲切握手。鲁迅在微笑。

一九八一年九月十三日

新的萌芽——读缪弘遗诗

一个青年在十六岁时脱离了居住在沦陷区的家庭，走到后方，十七岁考入西南联大，十八岁报名投军，后改充译员，受伞兵训练，伞兵第一次出动，降落在丹竹机场附近，随即阵亡：他殉国的那天正是日本宣布投降的前十日。死后留下四十几首诗，由他的师友们选出二十二首，印成一个小册子，前面有一篇他的一位先生的序，后边有一篇他的同学们所写的后记。这本小册子分散在少数人的手里，当然要遭遇到任何一本书都会遭遇到的两种不同的命运：有人把它珍贵地保藏着，有人把它任意往旁边一放。当有一册落到我的手里时，正是一个沉郁的没有工作的上午，我从头到尾把其中的诗读了一遍，意料不到每一行都闪给我一些微光，一些希望，正如一个萌芽，从这萌芽里每个微小的部分都可以想象得到它将来的生长。

“从小看志”，固然是一句不十分靠得住的宿命论的谚语，但是在一个有希望的青年诗人的诗里，尽管里边的思想幼稚，感觉单纯，运用的字汇也不丰富，却往往每一行都在孕育着一个将来的可能的发展，这是文学史上常有的事实。反过来说，许多有成就的诗人，他们深邃的思想与浓厚的情感，人们也往往能够从他早期的作品里探求出具体而微的最初的痕迹。

现在这本诗的作者不幸在他最美的年龄逝世了，我们当然再也不能看见他将来怎样生长，怎样发展。但正因此我们的眼光反倒扩大了，由于他的死亡而转向他的同辈的生者，由于不能看见他个人的生长与发展而转向一般的诗的将来。——这薄薄的一本诗里有些什么呢？里边有：在环境中的奋斗与厌倦，生命途上的艰辛，体验将来的智慧，自我的毁灭与牺牲，不曾展开的爱情，还有血的赞颂，太阳的祈求，风云的愿望，更有用儿童的口吻说出的只有一个儿童的心所能怀有的希望：

我曾经希望这些鸭子是战舰，
但我更希望所有的战舰都是鸭子。

这一切，不是整个人类所呼唤的吗，在这小小的册子里已经都具有雏形了——这里的哪一部分不能生长为一个茂盛的树木？

再看他怎样表现这一切：没有雕琢，没有粉饰，没有怪诞，没有空虚的喊叫，没有稍欠真实的夸张，也没有歪曲的古典与矫揉造作的象征，在单纯的字句里含着协调的韵律。如果这些诗的内容只有一个坦白的心才能感到，那么像——

振一振久缚的双翅，
抖一抖才长成的羽毛，
我挣脱了沉重的锁链，
冲出黑暗的牢笼。

这样自然而跳动诗的文字更足以证明作者的心的坦白。

在十年前，或二十年前，努力于新诗的青年也许写过比这里的诗更为成功的诗，或是更美的诗句，但内容这样广大，而文字又这样单纯，则恐怕只有这个时代里的青年才能写得出。因为这次战争使我体验到许多想象不到的事物，尤其在中国，往日许多被蒙盖着的丑恶，以及被隐埋着的美善，如今都自然而然赤裸裸地显在人的眼前，好像在示意于人：新的时代里不容人有一些伪装，早晚会露出本来面目。并且应付眼前乱杂的现象，越有复杂的心机只是使现象更为乱杂，反而是单纯的心能够把一切安排得最为停当。所以这本诗集的作序者在开端就写了这样的话："读过这些诗，我们认识了一个人，也认识了这个时代。"

其实，不只这本诗是这样，现在有少数的青年诗人正同样地走着这样的道路：以简单的方式安排眼前复杂的万象。（我用不着提出他们的名字，因为社会上并不知道他们的名字。）他们新鲜、活泼，但不止于是新鲜、活泼，因为他们深知道他们处在一个既不新鲜也不活泼的社会里，由此他们也更深一层意识到时代所给予他们的幸福与苦难。他们的作品使前一辈的诗人回顾自己走过的狭窄的道路而感到惭愧，他们的声音使那些自命为青年导师的人们无处容身，这中间不是隐隐地孕育着一种新的趋势，新的发展吗？

“人到了四十岁，”一位西洋的思想家这样说，“若不是成为人的憎恶者，他就从来不会真正爱过人。”爱人，是伟大而艰难的工作，我们谁能说真正地爱过人呢。可是眼前的种种使人憎恶的实在太多了。惟其如此，我们反倒不能不爱，不能不希望，不能不在荒乱的园中寻找新的萌芽，现在一个最有希望的萌芽已经被摧毁了，好在这样的萌芽不止一个。我们祷祝其余的好好生长，能够多么高便生长多么高。

从这里，我好像望见了诗的将来；如果我们承认诗是人生的启示，那么我好像看见了——这是梦想吗？——人的，至少是中国人的将来：可是要有一个重要的条件，这些萌芽不受摧残。

一九四五年

从前和现在——为新诗社四周年作

新诗社已经有四年的历史。这四年的岁月可以说一半在昆明，一半在北平度过的。在昆明时，我曾经被约请参加过几次新诗社的聚会，聚会的地点有时在西南联大简陋的课室，有时在学校附近的一所小楼上，每次开会回来，心里都感到兴奋，情感好像得到一些解放。灯光下听着社员们各自诵读他们的作品，彼此毫不客气地批评，我至今还没有忘记一些诗在诵读时所给我的印象，虽然原文我记不清了。当时我把对于新诗前途的瞻望写在一篇短文《读缪弘遗诗》里，其中有这样的话：

"在十年前，或二十年前，努力于新诗的人也许写过比这里的诗更加成功的诗，或是更美的诗句，但内容这样广大，而文字又这样单纯，则恐怕只有这个时代的青年才能写得出。因为这次战争使我们体验到许多想象不到的事物，尤其在中国，往日许多被蒙盖着的丑恶，以及被隐埋着的美善，如今都自然而然赤裸裸地显在人们的面前，好像在示意于人：新的时代里不容人有一些伪装，早晚都会露出本来面目。”

同时由于缪弘（他只是西南联大的学生，并不是新诗社的社员）想到我接触到的一些青年诗人，我接着说：

“他们新鲜、活泼，但不止于新鲜、活泼，因为他们深知他们处在一个既不新鲜也不活泼的社会里。由此他们也更深一层意识到时代所给予他们的幸福与苦难。他们的作品使前一辈的诗人回顾自己走过的狭窄的道路而感到惭愧，他们的声音使那些自命为青年导师的人们无处容身，这中间不是隐隐地孕育着一个新的趋势、新的发展吗？”

其实，那时我读的新诗并不多，我之所以有这样的感想，完全是联大的一些写诗的同学给我的启发。

后来联大新诗社随着南开、清华、北大三校回到平津，组织上分为三个，而精神却始终是一致的，从他们的表现看来，也许比从前更一致了。至于我所接触到的，则多半是北大的新诗社。但由于它们精神上的一致，我相信我也无形中接触了其他的新诗社。这两年来，世界在变，中国在变，新诗社自然也在变。在这么多的变化中一切更说明了我两年半前在《读缪弘遗诗》里写的那段话没有多少错误。现在我想到英国诗人 Stephen Spender 的一篇论文——《反抗中的诗人》。他在那篇论文里说，现代的文化中“每一个个人只有两条路可走，一条是被摧毁，一条是与恶同化。现代诗歌是企图追求在毁灭腐化之外，还存在着真率与信仰。”是的，人在濒于毁灭（腐化也等于毁灭）时，只要感觉没有麻木，良心没有丧尽，总该有对于真与信仰的迫切的需求吧。诗是时代的声音，同时也是求生意志的表现；诗人写出他的诗句，不只是证明他没有死，还要表示他要合理地去生活。在这“濒于毁灭”的面前，全世界诗人的企图可以说是一致的，不管他们表现的方式是怎样不同。

可是这企图不是说出来就完事了。这企图是一种执著的精神，是一种不断的要求：要我们把它当作一生的责任，当作生命的意义；不要以为写出几首诗便算有了交代，情感一发泄便算完成了任务。诗人之可贵，不在于写几首好诗，而在于用诗证明了他的真诚的为人的态度。

现代社会的腐朽促使我们很自然共同走上了追求真、追求信仰的正路。这是前代的诗人要经过很大的努力才能摸索得到的。在不久以前，人们还从修辞学里去学诗的技巧，把说谎当作艺术，把超脱潇洒视为诗人的风格，一个真实的诗人在他工作时先要和这些假传统与错误的观念作一番战斗，这中间要经过很大的克服；如今不同了，这是多么幸运，我们刚一和诗发生姻缘时，便能认清自己的道路，这在许多青年诗人的诗上可以见到，正如我在《读缪弘遗诗》里所写的那样。所以我们现在的问题不在于寻找道路，而在于怎样在这道路上坚持下去。

一九四八年

文如其人，人如其文——《李广田文集》序

李广田同志的女儿李岫同志把已经编好的《李广田文集》的详细目录和一些有关资料送给我，她说，受母亲的嘱咐，约我给文集写一篇序。我接受这个情深意重的嘱托，把广田大部分（不是全部）著作读了一遍，有的过去读过，有的是首次读到。无论是初读或重读，都引起我不少新的感想和旧的回忆。我在阅读时，想到“五四”以来新文学中散文的成就，想到二十年代、三十年代的乡土文学，想到广田的视野怎样从乡土扩大到国土，以及他思想的演变。当我翻阅文集的目录时，我直接感到这是广田一生心血的结晶；继而一转念，不对，这只能说是一部分心血的结晶，因为广田曾把另一部分心血倾注在教学上边。他一生没有离开过学校，他诲人不倦，教育青年如何做人，青年影响他不断进步，使“教学相长”这句老话有了新的内容。新中国成立后，他把他热爱的文学创作放在一边，全心全意献

身于党的教育事业。当然，我也想到他不幸的遭遇，在林彪、“四人帮”的残酷迫害下含冤逝世。他待人诚恳，创作严肃，文如其人，人如其文，他是当之无愧的。要知道，古今中外的作家中，文不如其人或人不如其文的，却大有人在。我又想到从一九四二年到一九四六年我们在昆明共同度过的岁月，那时生活艰难，社会腐败，国民党的军队节节败退，我们在重重黑暗中从不曾丧失过光明终于会到来的信心，我们精力旺盛，谈文论世，有多少值得怀念的往事啊。

这都是我阅读广田著作时头脑里闪烁的杂乱感想。几乎每个感想都可以作为序文的开端。那么，我从哪里开始呢？大家公认，广田是现代文学最优秀的散文作家之一，我就从散文谈起吧。

一、从散文谈起

我对于中国现代文学没有研究，很少读中国现代文学史，仅就我狭窄的阅读范围和浅陋的知识来看，散文自从“五四”以来成绩是显著的，它与小说戏剧诗歌相比，毫无逊色。中国散文有悠久的传统，从先秦以来，随着时代变迁都有内容不同、风格各异的脍炙人口的名文流传后世。新文学的散文继承过去的传统，受到外国文学的影响，更由于作者思想解放，力求创新，无论内容形式都呈现出崭新的面貌。不少被称为散文家的能手，从二十年代的朱自清到四十年代的孙犁等，都写出各种各样耐人吟味的篇章。广田的散文，作者自称写的范围狭窄，实际却越写越广阔；自称平淡无奇，实际却有时使读者惊心动魄；自称他的作品有如“丛杂的灌木”,实际却蔚然成林。从《画廊集》到《日边随笔》，在不到十年的时间内，写了一百多篇散文，令人钦佩的，不在于数量的多少，而在于每篇有每篇的特点，很少雷同，而且文笔日益精练，思想日益深刻，显示出写作的勤奋，进步的扎实，一步一个脚印。他后来专心从事教育工作，有十几年停止散文创作，到了六十年代初期，又重挥彩笔，描绘新中国的花木、山水和人物，风光和情调与过去大不相同，可是仍然保持着作者质朴的独特风格。遗憾的是，这样的散文他只给我们留下很少的几篇。

广田在他的文章里一再说他是“农家子”“平原之子”“乡下人”，他早期写的一首有代表性的诗标题为《地之子》。我们从这里出发，欣赏或评论广田的散文，是完全对的。但也不要忘记，广田在北京大学外文系学过英国文学。我在二十年代在北京大学读书，比广田早几年，读的不是英文，却常常从学英文的同学好友中了解一点当年学习英国文学的情况。学英文的学生一般要按照课程规定读莎士比亚、十九世纪诗歌、狄更斯的小说等等，但他们中间也有个别人偏爱英国的散文。他们由于小资产阶级知识分子的习性，善于玩味（现在看来有些可笑又可怜的）所谓忧伤和寂寞，他们觉得莎士比亚高不可攀，拜伦激情过分，狄更斯写的小人物虽然值得同情，但背景是地地道道的英国社会，读起来感到生疏。他们找来找去，除了通过英文译本读俄国小说外，把英国几个不大被人注意、过着寂寞生活的散文家看成是知心朋友。那时我常听亡友陈炜谟谈，兰姆在《莎士比亚戏剧本事》之外，写了些娓娓动听的散文，吉辛一生穷苦，在他创作小说的同时，怎样写他的《四季随笔》。还有不幸早丧的梁遇春，在二十年代末期写的散文，文采焕发，纵谈艺术、人生，也是受到英国散文的陶冶。当然，不只是英国散文，别的国家类似的散文，也赢得一部分青年的爱好，我曾经爱不释手地读过一本中文译的西班牙阿左林的散文集。（后来卞之琳也译过几篇阿左林的小品，收在《西窗集》里，广田在《冷水河》一文中引用过这个西班牙人的妙论。）广田在外文系读英国文学，最欣赏几个英国散文作家，一方面是受到当时散文风气的影响，更重要的原因是从几个不甚著名的朴素的作家（有的不被人看作是文学家）的笔下看到一个中国农村的儿子感到亲切的事物。关于这一点，广田在《画廊集·题记》里说得很清楚。这几个作家是十八世纪的怀特和后来的何德森与玛尔廷，尤其是玛尔廷的《道旁的智慧》，广田最为赞赏。《画廊集》里有三篇介绍这三个作家的文章，其中有些话像是作者对于自己作品的说明。广田在许多年后写的《诗的艺术》的序里说，“我也许只是借了他们的作品来解释我自己”，这话在这里也可以适用。至于作者在那三篇介绍文章里写了些什么，读者会读到，这里无须援引，只引用一句话就够了：“使人在平庸的事物里，找到美和真实。”

但英国究竟是英国，在十八、十九世纪直到二十世纪前半叶，它从它所占有的各殖民地掠取财富，供英伦三岛享用，虽然也存在贫富之间的阶级斗争，但一般人过着比较安定的生活。他容许怀特在故乡塞耳彭写他那一辈子也写不完的信，何德森先在阿根廷、后在英国心平气和地去发现动物中的友谊，玛尔廷作为不知疲倦的旅行者到处去拾拣“道旁的智慧”。可是半封建半殖民地苦难深重的旧中国完全是另一个样子，田园荒芜，民生凋敝，军阀肆虐，兵匪同巢，官绅剥削，沆瀣一气，乡虎横行，豺狼当道，小康之家在任何一瞬间都可能有横祸临头，善良的劳动农民在万恶势力的压迫下不知演出过多少难以想象的凄惨的悲剧，虽然如此，他们却蕴蓄着劳动人民的智慧，闪烁着心灵美的光辉。这是当时中国广大农村的情况。广田赞赏那三个英国散文家，也有志于写出像他们那样优美的散文，但是怎么能够做到像他在《道旁的智慧》一文中所说的“忘记了生活的疲倦和人生的争执”呢？所以在《画廊集》里，除去几篇含有伤感情调的抒情小品外，只要触及故乡的现实，便不能保持平静的气氛了。例如《记问渠君》《投荒者》，作者的冲淡之笔冲不淡文中主人公沉重的悲哀；《种菜将军》好像只记录了一个人的兴衰生死，但一读到《银狐集》里的《乡虎》，“将军”和“虎”便合二而一，不是那么简单了；作者更不能像何德森那样观察动物中的友谊，谈动物，就要涉及人，像《难》《小孩和马蜂》《悲哀的玩具》《父与羊》，都存在着人对于动物的爱和憎，这爱与憎都或多或少地牵连到人世的苦难，尤其是《悲哀的玩具》里的故事，在他后来的作品中一再提及，可见儿时灵魂里受到的创伤是多么不容易平复，纵使他也体谅他父亲的行动。我们可以说：就是在广田极力推崇这三个英国散文家的同时，有些篇章已经与他们分道扬镳了，只有“在平庸的事物里找到美和真实”还跟他们有着共同点。又如《野店》一文，写中国农村的小店，“鸡声茅店月，人迹板桥霜”，千百年好像没有多大变化，不知有多少世代的劳动人民在那样的茅店里萍水相逢，一见如故，随后又各自东西，广田用富有诗意的语言把它写得自然生动，亲切感人，在《画廊集》中堪称精品。还有《雀蓑记》里的《山水》,写平庸无奇的平原,作者以转折的文笔，丰富的想象，写得平原不平，而是“山陵”起伏“河水”波澜。像《野店》和《山水》这样的文章，我看只有具有悠久散文传统的中国人才写得出来，如果玛尔廷在世，读到这两篇文章，不知是要引为同调呢，还是自叹不如？

《画廊集·题记》写于一九三五年三月,《银狐集·题记》写于一九三六年七月，相隔只有一年多，这两部散文集都是一九三六年出版，可是内容有较大的不同。一九三七年四月又编好第三部散文集《雀蓑记》。书里虽然耸立着“一览众山小”的泰山，基本上可以说是《银狐集》的继续。《银狐集·题记》是一篇重要的序文，对于了解广田这时期的散文和他的创作思想很有意义。他说：“我觉得我文章渐渐地由主观抒写变向客观的描写。”他描写的大部分是故乡，小部分是泰山的风土人情，以及各种各样的“非常”人物。作者说,《画廊集》有如年画的画棚，我却认为,《银狐集》和《雀蓑记》才真称得上是琳琅满目的画廊，里边展示的人物画像以故乡和泰山为背景，有老人的世故和儿童的天真，男人的劳苦和妇女的眼泪，无论是善和恶，或是美和丑，有的身体或心理有这样那样的残缺，有的在极端困苦中显示出坚韧不拔的毅力，但作者在《题记》里说：“我也并不是立意只拣我所爱的人物作为我的文章的材料，然而当那些人物一跑到我的笔下时，或当我已经把那些人物写完时，我才感觉到我对于我所写的人物已经爱了一场，而且还更加爱惜了起来。”这是作者对于他所写的那些可敬的、可爱而又可怜，甚至可憎的人物的态度。我看见过不知是哪个画家（大概不是什么名画家）画的一幅托尔斯泰的像，在这老人的身旁和身后隐隐约约画了些托尔斯泰著名作品中主人公的形象，近来也有人这样画过鲁迅。我并不要把广田和举世闻名的大师相比，但我面对广田的照片，仿佛在他背后和身旁也看到一些他“已经爱了一场”的人物，其中被万恶社会摧残得发狂至死的“柳叶桃”,和“把自已的生命挂在万丈高崖之上”折取红百合花的“山之子”应占有显著的地位。

二、乡土与国土

《雀蓑记》的序里有一段话：“我对于故乡的事情最不能忘怀，那里的风景人物、风俗人情，固然使我时怀恋念，就是一草一木，也仿佛系住了我的灵魂。”这类的话，广田在他的作品里说过许多次。他大部分早期的散文和后来的短篇小说，很多是写他的童年和故乡，若以题材而论，可以说是乡土文学。

中国现代的短篇小说和散文，在二十年代和三十年代，乡土文学占有相当大的比重。鲁迅的《呐喊》《彷徨》以及《朝花夕拾》，里边许多篇取材于绍兴的故乡，这是人所共知的。至于当时一些青年作家，也往往从写故乡开始，有的后来有了改变，有的一直这样写下去。这些青年，大都来自乡间或小城镇，在新文化的熏陶下，对文学发生兴趣，想写点东西，有创作的欲望。拿起笔来，写什么呢？工人生活，他们不懂；那时虽然遍地烽烟，但军队中的实情，他们没有经历；学校里又是那样狭窄而单调；至于豪门富贾，在他们看来，是另外的一个世界。他们熟悉的，只有童年生活过的故乡。他们的故乡，在军阀、官僚、地主的重重压迫下，如果是农村，农村一天比一天穷困，如果是城镇，城镇一天比一天荒凉。这些青年作家在写作时，有的满腔悲愤，有的无限同情，他们写兵荒马乱，也写世态炎凉，他们写难以想象的奇风异俗，也写畸形怪状的人物和荒诞不经的事实。中国古代文学中有不少著名的诗文，歌颂农民的勤劳，倾诉农民的疾苦，但总的看来，像《悯农》《观刈麦》一类的诗，明清以来小说中个别章节对于农民痛苦生活的描绘，大都是旁观者表面的叙述，很少触及农民的内心活动和灵魂深处的悲哀，就是涉及农民起义的小说也不例外。“五四”以来的乡土文学就不同了，作家写的农民，强者在没有生路的面前坚忍求生，或在重压之下起来反抗，弱者在绝望中寻求希望，哪怕是制造幻想，自己欺骗自己，有的甚至精神受到无法医治的创伤，心理发生变态，演出难以想象的荒诞的悲剧。这是二十年代、三十年代乡土文学的特点，使人感到，中国广大的农村再也不能这样继续下去了。果然，“红旗卷起农奴戟”，从土地革命到抗日战争时期的解放区，农村在党的领导下改换了一个新的面貌。不少作家深入农村，写新型农民，反映农村的新气象，面向将来（写过去也多半是写新旧对比）。二十年代、三十年代以回忆为主的乡土文学也渐渐结束。但乡土文学的功绩是不能磨灭的，应给以肯定的评价。

广田的散文在乡土文学中是独树一帜的。他对故乡有深厚的感情，谈到故乡，他说：“总连带地想起许多很可怀念的事物来。我的最美的梦，也就是我的幼年的故乡之梦了。”这个故乡之梦并不是梦想，而是现实，里边出现的人物，如“问渠君”“老渡船”、前边提到过的“柳叶桃”和“山之子”、《金坛子》里的老夫妇、《冬景》中的“狗不理”、接受水的裁判投入洪流的“大山”和“石头”、在没有太阳的早晨走向无边旷野的王嫂和狗儿，以及“没有名字的人们”“活在谎话里的人们”等等，广田在他自选的《散文三十篇》的序里都作了简明扼要的说明，并且说是他“当时对于现实的一些看法”。这些人物，若不是由广田的笔下写出，会永远默默无闻，好像世界上不曾有过一样。其中有些故事，给人以荒诞之感，可是又确有其事，而且很平凡。有的评论家一读到作品中含有“荒诞”成分，就说这“不真实”，其实在不合理的社会里，现实本身就很多是荒诞的。有些离奇怪事往往超出人的想象，对此我们会感到想象力的贫乏。

我读如上所述的散文和小说，不禁想起广田的山东同乡蒲松龄，他在《聊斋志异》里写了许多动人的故事，大都托辞狐鬼，至于“叙人间事，亦尚不过为形容，致失常度”（鲁迅语）。我还想起战国时代孟轲就提到过“齐东野人之语”，《庄子》里也说“齐谐者志怪者也”。这种不科学的联想给我提出了一个问题，是不是远古以来山东人就善于讲说平凡而又奇异的故事呢？

抗日战争爆发后，广田随着学校从泰山脚下经过河南、鄂西、陕南转移到四川罗江。他徒步从鄂西到罗江，把这一段旅途上的见闻写成一部散文集，题名《圈外》。这一段路程“完全是走在穷山荒水之中，贫穷，贫穷，也许贫穷二字可以代表一切，而毒害、匪患，以及政治、教育、一般文化之不合理现象，每走一步都有令人踏入‘圈外’之感。”可是这个“圈外”，从地位上看，正处在祖国的内心。可以说，他从乡土走入了国土（当然，他的乡土也是国土的一部分），这段国土是极其黑暗的，他“努力从黑暗中寻取那一线光明”。我们不妨把《圈外》里写的黑暗与光明做一对比，看作者是怎样从重重黑暗中寻取光明。

我们看到小岭塘的保长、黄龙滩庙里的主持僧、鲍家店的小学校长、白河县的母与子等等败类的嘴脸，为了抗拒国民党纳粮抓壮丁组织起来的“带子会”沿途打劫行人，鸦片在这一带好像比空气还重要，挑夫靠着它维持苟延残喘的气力，不但人，就是庙里的佛也离不开鸦片，善男信女为了求福常用鸦片涂在佛像的嘴上。到处是倾圮的房屋、褴褛的衣裤，荒凉穷困，人失去了“人形”。还有一只大船停泊在白河上，船内是某某服务团，团里的太太女士们打扮得花枝招展，在衣不蔽体、食不果腹的人们面前展览。这个光怪陆离的世界使人感到，它非沉沦不可，非毁灭不行了。

但是作者在这黑暗的世界里要寻找光明。他对于诚恳的助人为乐的小人物，如黄龙滩的挑水夫、鲍家店的小商人、白河县的小学生、高北阳的吴老头，以及“忧愁妇人”善良的灵魂，都赞不绝口。他对于开山筑路的工人，高喊“来呀，我们大家一起拉”，拉着一只大船的人们，高唱颂歌。他更惊叹万丈游龙竹索桥，表现了中国工程的特色，是一件伟大的艺术品。

把黑暗与光明相对照，他感到中华民族像大家一起拉的那只大船，“正在负载着几乎不可胜任的重荷”，并认为，“从颓败线过渡到新生线”应该是长期抗战中的一个大收获。他在《青城枝叶》一文中给这次长途的步行作了如下的总结：“我们都跑得很结实了，无论是我们的身子或我们的心。我们看了很多，也经验了很多。我们懂得了‘走路’的道理，也懂得了一点生活的道理，而且，我们的抗战之必能胜利，以及这一胜利之实在不易获得，在我们的长途跋涉中也得到了说明。”

从此广田的思想发生了变化。他在《一个画家》里，写一个农民出身的画家，专爱在刮风下雨时出去绘画，最后他劝这个画家，不要只画风景画，还要画风俗画，不要只画自然界的暴风雨，还要画时代的暴风雨，而且应当为这时代的暴风雨工作。这无异于是作者的自白。广田的一部长篇小说《引力》写成于一九四五年，实际也是这时开始酝酿的。

三、“日边”与人间

广田是诲人不倦的教师。作为教师，经常要回答学生提出的问题，而且要说得清楚。什么是散文？什么是小说？什么是诗？它们彼此间有什么区别？学生提问，教师都要回答。这些并不很容易回答的问题，会常常在教师的脑子里旋转。他在一九三六年写《柳叶桃》，文章里就插进了一段话，说明他为什么把柳叶桃的故事不写成小说，而写成散文。这段话本来是不必要的，只能反映他在考虑着散文和小说的区别。到了一九四三年，他写了一篇答某报问的《谈散文》，谈散文与小说和诗的区别。他把这三种文学体裁做了一番精细的比较，归纳起来，散文的特点是“散”，小说应该“严”，诗要“圆”。散文如行云流水，小说是精心结构的建筑，诗是浑然无迹的明珠。同时又说，话不应说得太绝对，他笔锋一转，却以这样一句话做了结束：“假如是一篇很好的散文，它也绝不应当是‘散漫’或‘散乱’，而同样的也应当像一座建筑，也应当像一颗明珠。”这好像是否定了他前边所说的特点和区别。我看这并不难理解。前边所做的比较，是一个教师和文学理论家的回答，文章的结束语，是一个优秀的散文家创作实践的体会。

这三种体裁的确有所不同，但若严格区分，又会遇到困难。鲁迅的《一件小事》《头发的故事》《兔和猫》《鸭的喜剧》其实都是散文，却收入小说集里。就以《柳叶桃》而论，作者声明是散文，我们如果说它是小说，也未为不可。《金坛子》是一部短篇小说集，其中有些篇跟作者结构谨严的散文并没有多大区别。广田说，若是把一个故事编成小说，“必须想种种方法把许多空白填补起来”，可是散文也很难说都是如实报导，不曾补过这样或那样的“空白”。比较容易区分的倒是诗，诗有它本身的特点，人们一向把诗和散文看作是互相对立的。不料欧洲十九世纪又出现了波特莱尔、屠格涅夫等人写的散文诗，本世纪二十年代鲁迅出版了一本《野草》。这样一来，诗和散文又结下难解难分的因缘了。前边关于有人物、有故事、结构比较谨严的散文和小说谈了不少，这里应该谈一谈广田的诗的散文或散文的诗。这些诗的散文或散文的诗倒可以跟小说划清界限，但我并不是说那些有人物、有故事、结构比较严紧、跟小说不容易区分的散文没有诗意。

广田早期的散文集里有个别抒情小品，写寂寞，写感伤，写淡淡的哀愁，含有诗集《行云集》中《秋的味》一类的情调，我要说的不是这些,而是《日边随笔》里一部分短小精练的篇章。广田经过长途跋涉，到了四川，后来定居昆明，目击所谓大后方的种种腐朽现象，起始阅读马克思主义文艺理论著作，观察事物更为锐敏，文笔转为犀利。我记得《日边随笔》里的某些短文在昆明的小型刊物上初次发表时，我读后立即想到鲁迅的《野草》。作者讽刺时弊，剖析心灵，运用新奇的比喻和寓意，不落一般窠臼。例如《他说，这是我的》，是对于人类自有阶级以来的历史的概括，是对于损人利己、贪得无厌、以掠夺压迫为能事的大大小小的霸主们的鞭挞，而文章却从父子争夺一个小石子开始，并从中引申出自然界的无私，这种诗一般的抒写占去了文章的一大半。还有《手的用处》写得那样尖锐，作者怀着厌恶而又怜悯的心情告诉那些用手遮掩自己身上的丑恶或罪过的人们："手的用处是创造，可不是掩饰。但愿你取下那只手，抬起头来，望着前面走去。"《这种虫》只用三言两语便揭露了冒牌学者用模棱两可的语言骗取人们的信任和尊重，这的确是"最古老的哲学"，远在《世说新语》里，我们就读到过不少由于说空话而享盛名的记载。《建筑》是对于劳动者的颂歌，是对于住在劳动者建筑起来的宫殿里干坏事的人们的声讨，并且郑重提问："我们要如何去做自己的工人，去做自己的工程师，去为我们自己而建筑居室呢？"这些短文印成书时，每篇不满两页，却都生动活泼，接触到重要而又尖锐的问题，显示出作者的思想随着时代的变化而变化。它们浑然无迹，是时代的散文诗。

广田的散文（当然也包括他早期的名篇）之所以取得成功，我们从他自己的话里得到回答，他在《日边随笔（二）》一开始就说："我真是一个爱'看'的人。人世间形形色色，随时随地都吸引着我的眼睛。"这篇随笔的最后一句说出他"看"的结果："我们这人间真够丰富，也真够惨！"《圈外·冷水河》中写着，他虽然在流亡中，也有过这样念头："我愿意去访问这些荒山里的村落，我愿意知道每一个地方的建立、兴旺、贫困与衰亡，我愿意知道每一个地名的来源，我猜想那都藏着一个很美的故事……"在流亡中，每天要走七八十里路，他不能这样做，但在平常的时日，只要有可能，他就看，观察，研究，还要猜想。这种对人间事事关心的态度有如滚滚不断的流水灌溉他创作的土壤。至于文风方面，句法朴素又多种多样，想象丰富又切合现实，平凡有时又显得离奇，那是个人的文学修养、勤奋努力所决定的。

广田在一九四八年写过一篇简短的自传《自己的事情》，这对于了解广田的性格和他的思想变化很有意义。文章实事求是，没有丝毫炫耀，也没有过分的谦虚，他述说自己，分析自己，对自己的长处和短处都说得恰如其分。只有一点我们不能同意，他说："我的文学工作却是失败了的，想想过去出版的那些东西，只是叫人脸红。"广田的散文在现代文学史上独具一格，有相当大的贡献，但是一个人思想逐渐变化，在从量变到质变的时机，回顾过去，说出近乎极端的否定的话，也是可以理解。

四、文学批评与教育事业

广田在《自己的事情》里还表示："我的兴趣转移到批评方面来了。我以为今天应该建立一种严正的文学批评，以配合今天的政治文化工作。"从一九四八年到一九五〇年，广田出版了四部关于文学批评和文学理论的著作：《文学枝叶》《创作论》《文艺书简》和《论文学教育》。前两部写于一九四六年以前，后两部是新中国建立前两三年内写的。至于他最早的一部文学评论集《诗的艺术》则已于一九四三年出版。在这些著作里，广田根据自己的创作实践和学习心得论述文学各方面的问题，评论当代和古典的某些作品。抗战胜利后，国民党反动派更为倒行逆施，在昆明制造"一二·一"惨案，阴谋杀害闻一多先生，在白色恐怖的淫威下，北平、上海各大城市开展反内战反饥饿的民主运动，广田先在天津后在北平积极地"为了这暴风雨而工作"，思想感情起了重大变化。他读到解放区在毛泽东文艺思想指导下产生的成果《李有才板话》《李家庄的变迁》《白毛女》《王贵与李香香》等，感到耳目一新。广田是在这种情况下认识文学批评的重要性的，也就更认真、更明确地学习和宣传马克思主义文艺理论。

广田学习马克思主义文艺理论，不是从这时起始的，他在四川和昆明时，就阅读过普列汉诺夫、卢那察尔斯基等人文艺理论的著作。同时他也读了不少西方现代派的文学论著。西方现代派诗论的影响，在《诗的艺术》里可以看得出来。在这最早一部的文学评论集里，他也提出过文学批评的重要性，不过这里所说的重要性，跟他后来在《自己的事情》里说的重要性是不同的，这里他更多地从艺术观点出发，去分辨文艺作品中的“珍珠”和“鱼目”。但是在抗日战争后期，广田的思想在时代的激流中迅速转变，《诗的艺术》出版后不过一年多，他便写信给一位朋友说：“那本小书出版了，随他人笑骂都不管了，因为我自己也否定了它。”这种否定跟他后来在《自己的事情》里否定过去自己的创作很相似，姑毋论这个否定是否也近乎极端，这本小书的序里有一段话是否定不了的：“我相信我永远以谦虚的态度读书，并以谦虚的态度立论，现在也以更谦虚的态度贡献这本小书。我说出我知道的，说出我所能说的。我所不知我所不能说的，我就不说。”这是广田为人和立论的根本态度。他写《诗的艺术》时是这样，他完全接受马克思主义文艺理论以后，也是这样，尽管内容有显著的不同。所以广田的评论文章，无论什么时候写的，都实事求是，不给人以盛气凌人之感，这并不减弱他后来提出的“配合今天的政治文化工作”应有的战斗性和革命性。

广田有丰富的写作经验，他评论作品或是谈创作问题，对作者的寸心得失和创作生活的甘苦都能体贴入微。他辨别是非，指明优劣，绝没有自命为真理掌握者的“铁面”，也没有以吹捧为能事者的“笑脸”。他对作者负责，不要误解作者，也对读者负责，不要在读者思想中制造混乱。他的一些评论文章，也是文如其人，跟他的散文一样，使人感到亲切。

此外，广田的评论文章没有冗长空洞的废话。《文学枝叶》的序里说，里边的文章“大都不是空文，而且大都是尽可能地把所要说明的思想压缩进了最小最小的形式”。《创作论》的序里也说,他写文章偏重举例,“这样能比‘徒托空言’稍好一些”。

广田的评论文章有如上的几个特点，这对改进现在文学评论的文风是有意义的。

广田的评论文章给人一种印象，绝大部分都像是写给青少年读的。广田一生从事教育工作,从教小学、教中学直到教大学,他广泛接触年龄不同、出身也不一样的青少年，他一贯地关心他们，帮助他们。社会上有那么一种教师，教来教去，越教跟青年距离越远，以至于不了解青年们怎样生活，怎样思想。广田跟这种教师正相反，他教书一开始就爱护青年，对青年的感情与日俱增，他的作品里谈到他和青年关系的地方很多。他在《雀蓑记》一篇题名《路》的散文里说,他是多么喜欢接见少年人,愿意倾听他们向他述说他们的快乐、他们的悲哀、他们的梦想。后来他和同学们一起从山东流亡到四川，他反复称道师生之间的深厚情谊。这正如他在《自己的事情》里所说的：“青年人进步之快简直令人惊讶，这时候已经不是先生领导学生，实际上是学生领导先生了。”随后他又提到在昆明“接触了更多的青年朋友，我从青年人身上得到力量，得到支持，虽然生活艰苦，工作的精神却是奋发的”。广田在昆明参加进步学生组织的各项活动，指导青年的文艺团体，培育和鼓励了不少青年学生，后来在文艺战线上和革命队伍中做出贡献。他在青年身上看出中国的希望，有时也鉴于当前社会的黑暗为这些青年的前途担心，

《回声》里有些文章，语重心长，显示出一个教育家的博大胸怀。

新中国成立后不久，党派广田去昆明担任云南大学校长，他全心全意投身教育事业，丝毫不以没有时间从事文学创作为憾。记得有一次他来北京，见面时他笑着向我说："我箱子里从前装的是散文和小说的手稿，现在装的是讲演稿和报告提纲。"我相信，他的讲演稿和报告提纲，跟他从前的散文和小说一样，是以严肃认真的态度拟写的。"大跃进"时，他大为振奋，把在业余时间写的二十几首诗编成《春城集》出版，歌颂人民建设社会主义的事业和个人工作的热情。后来他看到主观主义和形而上学发展到极不科学的程度，他不随声附和，不隐瞒自己的观点，对些不合理的现象提出疑问，因而一度被诬为"右倾机会主义"，受到批判。事情过后，他在一九六二年写了几篇文采焕发、格调高昂的散文，我在北京读到，欣幸广田又挥动彩笔描绘祖国的大好春光和如花的盛世，并期待他此后能在业余时间写出新的创作。不料在是非颠倒、黑白混淆的十年浩劫期间，他竟被林彪、江青的罪恶党羽残害致死。在音信隔绝的几年之后，我听到这不幸的消息，脑子里立即想到司马迁在《伯夷列传》里写的一句悲愤的话："天之报施善人，其何如哉！"

江青反革命集团被粉碎后，驱散了笼罩中国大地的乌云，重见天日。十一届三中全会以来，中国文艺界在四项基本原则和双百方针的指引下呈现出极为繁荣的景象。广田若能看到这景象，他会多么欢欣鼓舞！可是他看不到了，这是永远不能补偿的憾事。但是我们——广田同时代的人和知道广田较少以及根本不知道的年轻一代的新人——通过《李广田文集》的出版，将会重新或初次认识，在旧中国艰苦的岁月和新中国建立后的十七年，广田是怎样把一生的心血贡献给文学事业和教育事业，并取得了丰盛的成果。今年五月，党中央组织部通知广田家属，将广田骨灰安放在北京八宝山革命公墓，这是党和人民对于广田工作成绩的充分肯定。

这篇序文写得不够深入，也不全面，最大的缺陷是没有谈到广田的诗。因为之琳已经给《李广田诗选》写过一篇序，之琳比我更了解广田，也比我更懂得诗，有他的序文在先，我这里不增添蛇足了。但是我要从大家公认有代表性的两首诗里引用几行诗作为这篇序的结束。从他早期写的《地之子》我们读到：

但我的脚却永踏着土地，
我永嗅着人间的土的气息。

在晚期的《教育诗》里他这样宣告：

我的诗句多么燎亮，
我的篇幅多么宽广，
我的诗不能在诗刊上发表，
因为它容不下这样的重量。

一九八二年八月

敲鼓与赶车——《田间选集》代序

我首次读到田间同志的诗，是在四十年前；我和田间同志相熟识，是在三十年前。

四十年前，抗日战争时期，我在昆明西南联合大学教书。昆明地处西南的后方，距离前线火热的战斗很辽远，文艺生活也不及延安和国统区的重庆、桂林那样活跃，可是学校里，云南本地的和流亡到这里的教师和学生在抗日战争的鼓舞下，大都精神振奋，意气风发。他们过着贫乏困苦的生活，在政治气氛恶劣的环境里，又上课又议论时事，又读书又写文章，又跑警报又为衣食奔忙，抗议国民党反动统治的群众运动更是彼伏此起。在这样的形势下，从一九四二年起，产生了几种小型的周刊，这些周刊办得生动活泼，不少人在上边发表短论和杂文，人们除了日常的交往外，识与不识，经常能在小小的刊物上“见面”。其中《生活导报》办得时间最久，影响也较大，它在一九四三年十一月十三日刊行了一本《周年纪念文集》，里边发表了闻一多的文章《时代的鼓手》，副标题为《读田间诗》。这篇文章在关心文艺、尤其是关心诗的朋友们中间引起极大的震动。那时我们往往脱离实际地谈论着诗的艺术、诗的前途，用比较短窄的尺度衡量诗的创作，所以文章一出现，就像响起一阵鼓声，起到了振聋发聩的作用。从此田间的诗在昆明诗歌爱好者的集会上不断地被讨论、被朗诵，在讨论最热烈、朗诵的声音最高亢时，人们觉得战地的炮火再也不是那样辽远了，仿佛在自己的身边。当时我的印象是，田间给新诗增添了一种新的风格，这风格只有在战斗的生活里才能形成。

这是四十年前的事，再回顾一下三十年前。一九五四年六月至九月初，我和田间代表中国作家协会共同访问了民主德国和罗马尼亚，我们参观了工厂、农庄，参加群众活动，跟作家们会谈，有些见闻，田间已经写在他的散文集《欧游札记》里。我要提一提的是七月十日晚在莱比锡举行的一次田间诗诵读会，由《赶车传》的德语译者魏斯科普夫主持。魏斯科普夫是久经考验的无产阶级革命家，作为作家他写过长篇、短篇小说和在德语文学中有悠久传统的“轶事”，也翻译外国诗歌，他是一位文体家，文字凝练简洁，正适宜翻译田间的诗。在一座不很大的报告厅里，坐满二百多人，先由我简略地叙述一下中国新诗的概况，然后田间诵读他的诗作，最后魏斯科普夫读他的译诗。他以诚挚的友谊介绍田间的诗，给《赶车传》以相当高的评价，他重复他在《赶车传》译后记里写的最后一段话：“《赶车传》对于德语的读者——在另一种语言的译文带有局限性的情况下——好像是一面诗的魔镜，里边照映出一个民族的宏大的心，战斗的、胜利的新中国的心。对于中国的读者和听众，田间这部叙事诗有更多的意义：这是认识的泉源、生活智慧的教科书；这是真正的诗。永远、尤其在我们的时代应该做到的：它是政治和哲学的姊妹，它致力于协助人类，使世界更为美好，更具有人的尊严。”

魏斯科普夫作了这段介绍后，随即诵读《赶车传》里的几段，在听众中引起浓厚的兴趣。人们反映，从简练有力的诗句中了解到旧中国劳苦农民悲惨的命运和他们善良而坚强的性格，更认识到中国共产党领导中国人民进行革命的伟大意义。有两个西德来的青年非常欣赏《赶车传·序》里说的翻身的两宝：

两宝叫什么？
名叫智和勇。
智勇两分开，
翻身翻进沟；
智勇两相合，
好比树上鸟，
两翅一拍开，
山水都能过。

七月正是盛暑时节，散会后走在莱比锡夜晚的街道上，吹拂着和暖又略有微凉的轻风，清爽宜人，魏斯科普夫又陪同我们到国际旅社访问了著名诗人、当时民主德国的文化部长贝希尔。贝希尔和我们谈了些文艺上的问题，他说他在他的诗论里也提到过《赶车传》。

闻一多和魏斯科普夫都早已不在人间，前者被万恶的国民党特务杀害，用生命谱写出壮烈的诗篇；后者辛勤地从事文艺工作，操劳过度，在我们别后的次年，猝然逝世。闻一多仅仅根据《给战斗者》里的短诗，魏斯科普夫只根据他译的《赶车传》，对田间的诗作出评价，我认为这些评价现在看来还是很中肯的。建国以来，田间写诗，有了更多的发展，但所有的诗都是在斗争中产生的。只要看一看他写诗的地点：解放前的晋察冀边区，解放后在朝鲜战场、内蒙古草原兴建的钢铁阵地、体现中缅人民友好交往的芒市、天山脚下的农场、尼罗河畔的亚非作家会议以及海上油田等等——在这些地区写出的诗不都是应该冠以“给战斗者”的称号吗？而且鼓声不息：

星落月落鼓声不落，
敲呀敲！
山摇地摇鼓声滔滔，
敲呀敲！

——《咏鼓》

一直敲到——

月亮当锣呵太阳当鼓，
劳动人民呵大地之主。

——《狂歌一首》

在战斗中，田间也写长篇的叙事诗，其中最有代表性的是《赶车传》。作者在《赶车传·上卷·后记》里说："我觉得有义务来歌颂，中国历史上的一个大转变；把斗争的历史告诉全世界的人们，把革命的歌唱给我们的子孙。"魏斯科普夫在译后记里的评语跟这段话基本上是契合的。可是田间给赶车以更为深刻的象征意义，他说："这车子，就是这个时代的一个象征。这车子，在党的指引下，它在飞腾前进。它曾经穿过炮火，它曾经穿过高山峡谷，它曾经穿过狂风暴雨，终于来到中华人民共和国的门口。车子来到这里，革命的车轮并没有停下，它仍在前进。"

田间就是这样敲着战斗的鼓，赶着革命的车，走他的诗的道路。

鼓声里没有"弦外之音"，却有一个伟大的时代的声音；战斗的短诗和长篇的叙事诗里没有"自我"，却有中国人民的自我。

一九八四年二月十日

仲平同志早期的歌唱

时间有时给人们安排了一些巧合的事。一九二四年，我在青岛住过一个暑假，首次看到大海，回北京后，认识了柯仲平同志，他正在以无限的激情写他的长篇抒情诗《海夜歌声》。想不到整整六十年后的一九八四年，我又在夏季第二次来青岛，不久收到王琳同志的信，说今年十月是仲平逝世的二十周年。我在海滨望着海浪的起伏，海水色彩的变化，夜里听着海上的涛声，怎能不回想起仲平朗诵《海夜歌声》时的情景呢？

一九二一年，新成立的创造社以两部大胆突破的作品贡献给当时还相当寂静的新文坛：一部是郭沫若的《女神》，一部是郁达夫的《沉沦》。《女神》中《凤凰涅槃》《地球，我的母亲》《我是个偶像崇拜者》等雄浑的诗篇给不少刚刚觉醒的青年扩大了视野和胸襟，激励他们反抗旧社会，创造新生活。当时确有这样的青年，在“五四”精神的感召下，在《女神》诗句的鼓舞下，不顾一切离开狭窄闭塞的家乡，跋山涉水，去寻找他们能够放声歌唱的场所。仲平就是这样一个。他在《海夜歌声·这空漠的心》里把郭沫若与屈原、李白、但丁、歌德并列，可见他对《女神》的作者是多么倾倒了。至于《沉沦》,尽管有人说它不健康，过于伤感，但在一部分青年的心目中，则认为《沉沦》如此坦率地反映一代青年的苦闷和忧郁，在当时的文学作品里是罕见的。人们还听说《沉沦》的作者平易近人，对来访者无不开诚相见，所以有的青年人愿意找他去诉说衷肠。一九二三年十月以后，郁达夫在北京教书，仲平可能是在一九二四年上半年认识了他。郁达夫从来无意给我和仲平作介绍，但是正由于与达夫都有交往，我和仲平很自然地就熟起来了。

仲平对于初次见面的朋友，从来没有像一般人常有的那种保持一定距离的态度，只要他认为是“我辈中人”，他便推心置腹，谈他自己心里的话。给我印象最深的，是他谈他的家乡以及他离开云南来北京的行程。云南，在抗日战争时期，我在昆明住了七年半，几乎成为我的第二故乡，但在当时对于我还是一个辽远而又生疏的省份。我以极大的兴趣听他说云南的山水如何秀丽，气候四季如春，花草树木茂盛，各种植物应有尽有，是自然形成的一座世界上最大的植物园；汉族以外还有其他民族（那时我们还不知道“少数民族”这个名称）,他们勤劳耕种，能歌善舞，性格朴厚，不懂得狡诈。可是，这样一个美好的地区，被军阀恶霸、贪官污吏糟蹋得不成样子，老百姓过着暗无天日的痛苦生活。他说他从昆明到北京，要乘坐法国人修筑的滇越铁路的火车，经过河内，在海防登船北上，一路受尽法帝国主义者及其奴仆们的欺凌，可是，他第一次看到大海，海上的风和浪激荡着他向往远方的游子的心。我想，《海夜歌声》也许这时已经在他头脑里酝酿了。

他把《海夜歌声》看作是自己亲生的孩子，他为它的产生承受过极大的灾难，他开始写了一部分便生了一场重病，他很穷，靠着几个朋友（其中包括郁达夫）的帮助才能付出住医院的费用。

他病愈后，废寝忘食地继续写作。这时期内，我们不见面则已，一见面他就以高昂的声音朗诵诗中的片断。他朗诵，常常不带诗稿，有些段落他都记熟在脑里。他朗诵，一心只是要读给朋友们听，不管屋子外边有小孩子扒着窗口起哄，或是院子里有人风言冷语地嘲笑。

北京的小市民是不能理解仲平的为人的。他待人一片真诚，不会假意周旋，他头发鬈曲，不修边幅，常整夜整夜地写作，冬天没有钱买煤球生火，便把脚伸在稻草筐里取暖。邻人们把他看成是“怪人”，在他常常走过的街头巷尾，竟有人向他喊叫“大鬼！大鬼！”，他也毫不介意。有一次在秋天的夜里，月明如昼，我们一起散步到陶然亭。陶然亭的周围是浅塘丛苇，废冢荒坟，这时路上已无行人，仲平很兴奋，高声唱他的诗句，惹得远近人家的狗吠叫起来，甚至有人开门向外张望，以为发生了什么事故。

仲平在《海夜歌声》付印出版时，曾作为“一个紧要的希望”要求读者:“读者能反平素诵诗的调子一唱吗？……起来吧，跳出屋外吧！”仲平自己是这样做了，这样唱了。

这首约有一千六七百行的抒情长诗，在那时确是少见的。朋友们评论这篇诗，觉得有些芜杂，重复的句子多，个别地方还比较晦涩，但是大家公认，这诗是有一种不能抵制的力量促使他去写的，而且“腔腔情血变狂歌”，是用满腔热血写成的。他说他的作品是亲生的婴儿，他宁愿用自己的生命换取婴儿的诞生。他说他“生在诗歌死在诗歌里”，“要唱呵，谁能塞住我的嘴？”所以他写诗的要求与唱诗的要求是同样迫切，也可以说，他写诗就是为了唱给人听。他不仅在朋友们聚会时高声朗诵，听说他在一九二五年第一次拜访鲁迅先生，也是没有谈多久，便唱起他的诗来，致使鲁迅的母亲周老太太听见了，感到不安，以为有什么人来跟鲁迅吵架。

《海夜歌声》里有不少雄壮的、豪放的诗句，这跟后来、尤其是“十年浩劫”中放空炮的“豪言壮语”迥然不同。仲平笔下的豪放的诗句跟他的生活与思想是一致的，跟自然界壮丽的景色也是合拍的。他向地球说，“你有海水狂跳，我有心血永潮”。他说：“从来我就爱到荒野去听狂风歌，我也爱登山顶去看日出与日落。”他一再称呼海上的风、山上的风、原野上的风是他的“好友”“老友”，实际上也是在朋友中间，只要仲平一出现，就好像带来了一股风。

《海夜歌声》里的歌者对称王称霸的仇敌展开不屈不挠的斗争，他鄙视无视于现实的虚伪的和平说教者，更看不起苟且偷安、欣赏花香鸟语的文人。他的态度如此坚决——

荡我舟罢，——力的练习；
磨我剑呀，——剑也锐利；
一沧海，——磨剑池，
生时抱着剑来，死时抱着剑去。

把沧海看作是剑池，这是怎样一种雄伟的气魄！

但是这个海夜的歌者，随时都有一种孤独感。“海上一孤舟”“狂浪上一孤舟”一类的诗句不断在诗里出现。在深夜的海上，这种孤独感甚至使歌者陷于惶惑——

我的孤舟呀，——失落在哪一边？
我独自一人呀，——又在哪一边？

并且失望地说——

从此，我不向哪一方呼唤，
就把一身当行船。

虽然如此，他焦灼的心还是盼望“天明”，想听到昆仑山下雄鸡的鸣叫。诗的结尾处还是出现了“东方的一点光明”。

那时聚集在北京的一些文学青年，多半是没落家庭的飘零子弟，他们有人愤世嫉俗，有人自伤身世，有人擅长讽刺，有人善于抒情。我们与仲平相处，各自从不同的角度与他产生共鸣，可是他有些观点，如对于战争与“和平”的看法，对于诗歌的主张，在朋友们中间还是最先进的，超出我们一般的思想水平。

约在一九二五年暑假后，他在北京法政大学学习过一年或两年。当他考入法大时，我曾经想过，这学校是给反动政府制造官吏的场所，对仲平太不合适了。其实，学校里并不缺乏进步势力。也许正是由于入了这学校，学一点社会科学，有利于他更好地读马克思主义的书。这时，他认识了后来于一九二七年与李大钊同志一起被奉系军阀杀害的谭祖尧同志。有一次，我和仲平，还有陈翔鹤，到北京大学附近的一个胡同里去看谭祖尧。谭祖尧住室的墙上贴着一幅列宁讲演的画像。我看着列宁双手支着桌子、向前探出上身的姿态，有过一个闪念，仲平朗诵他的诗，不有时也是这个样子吗？但是列宁面前有（那幅画上没有画出的）广大的听众，仿佛还能使人想象到有欢呼声和鼓掌声。至于仲平呢，他只能对着三五个贫穷的朋友朗诵，那时不仅没有宽广的场地，就连一个狭小的课堂也不能供给他歌唱一次。难怪他的诗里有这样的诗句“真正的歌声人间哪里听”。

平心而论，《海夜歌声》是一个革命诗人“千里之行始于足下”的处女作。它抒写了作者对黑暗社会的痛恨与不屈不挠的反抗精神，还掺杂着一些孤独之感与力不从心的叹息。

一九四九年北京解放后，仲平和王琳同志到北京不久，就到我家里来看我，青年朋友，各自度过了二十几年的惊涛险浪，仲平仍然是那样热情，那样坦率，但他已经是一个久经考验和锻炼的共产党员，沉着稳重，不像过去那样易于激动了。他的诗歌唱给广大的劳动人民听，取得了显著的成绩，新中国的大地上到处给他提供着歌唱的场所。“海上一孤舟”已荡出海夜，红日高升，万艇齐发了。

一九八四年九月五日

诗的呼唤

读了赵瑞蕻同志的《八行新诗习作》，我未假思索，在笔记本上写了一句读后感，“我听到诗的呼唤”。继而一想，“诗的呼唤”这个词组可以有两种解释。“诗”若是名词,“诗”和“呼唤”就是领属关系，即诗在呼唤。“诗的”若是形容词，就是作者用诗的体裁呼唤。我常听语法学者们说，汉语有时含混不清，不够准确，可以这样理解，也可以那样理解，言外之意仿佛是说汉语的缺点。其实也未必是缺点，一个词组含蓄量广泛一些，说不定还是一种优点。就以“诗的呼唤”这个词组而论，便很有意义，因为两种解释都适用于赵瑞蕻的这些“习作”。

人为了更凝练、更集中、更有感染力地表达自己的思想感情，创造了诗。诗又好像无时无刻不在呼唤，提出要求，“给我适当的形式”。为了回答这个要求，在诗的历史上随着社会的发展、语言的演变，经过历代诗人的努力，不断产生诗的新形式。

汉语诗是这样，世界各民族语言的诗可以说也都是这样。

新诗已经有七十多年的历史，新诗的兴起主要是为了摆脱旧体诗形式的束缚，以便于表达新时代人的思想感情，可是它起步不久，它自身内就有一种要求，它呼唤着“给我新的形式”，不少新诗人感受到这迫切的召唤，他们探索钻研，放胆尝试，在新诗草创的第一个十年内（正如朱自清在《中国新文学大系·诗集导言》所概括的），便形成了三个诗派，即自由诗派、格律诗派、象征诗派。这三个诗派主张各自不同，甚至互相争论，但都是给新诗创造了新的形式。此后新诗向多方面发展，有各种各样的风格和倾向，基本上是从这三个诗派演化而来的。当然，演化并没有中止，它还在继续。不少有成就的诗人为此做出贡献。瑞蕻从一九八五年底至一九八九年春节创作一百五十首八行诗，这些诗不像狭义的格律诗那样严紧，更不像广义的自由诗那样散漫，把语调自然的诗句纳入比较整齐的八行诗体里，取格律诗与自由诗之所长，自成一体。作者称他的八行新诗为“习作”，他以谦虚的态度响应了诗对于新诗人的呼唤。

诗人运用八行诗的形式回答了（作为名词的）“诗”的要求，同时也就得心应手地用以抒发了他的所思和所感，正如他在一首论诗的诗里说的“用激动的声音呼唤”，激动的声音是诗的声音，这呼唤便是（作为形容词的）“诗的”呼唤了。至于他呼唤什么，怎样呼唤，向谁呼唤，一百五十首八行诗首首在我们面前，读者可以全读，可以选读，见仁见智，读者自有衡量的尺度，我在这里只谈一谈我个人的看法。

瑞蕻的八行诗最初在杂志上分批发表时，第一批排列的次序第一首是《读巴金〈随想录〉》，其次是《赠沈从文师》，再次是《赠年轻的诗人们》。不管发表时作者这样编排是有心或是无意，不管将来作为诗集出版又怎样重新编订，我认为这三首诗能够概括全集，因为从中可以看出作者做人和写诗的态度。巴金的《随想录》五集，不少篇幅都谈到或涉及讲真话的问题，其中有一集就命名为《真话集》，最后一集《无题集》的“后记”最后一段里有这样的话，“献上我这五本小书，我称它们为‘真话的书’。”瑞蕻把他的八行诗又叫做“诗的随想录”，显然是受巴金《随想录》的启迪。他自己也一再说“最可贵的是敢讲真话”，“我们都愿向巴老学习，讲真话”。人怎么想，便怎么说，怎么写，本来是很普通的道理，可是这个道理有时竟成为问题，甚至巴金自己也说，“难道说真话还有困难”，“讲真话并不那么容易”。这是由于十年浩劫，谎言假话成风，谁也不肯或不敢推诚相见，浩劫过后，有良心、有责任感的作家和诗人们才发出讲真话的呼声。艾青在一九八〇年出版《归来的歌》，这本诗集的“代序”就以“诗人必须说真话”为标题，并且反复地说“人人喜欢听真话”，“人民不喜欢假话”，这是一个时期共同的要求，当然，每个时期都应该如此。“诗言志”是千古明训，八行诗的作者也立下了誓言，“决不虚伪，假如我是一个诗人”。

在怀念和悼念师友的诗中，献给沈从文的诗最多，共计十三首，既有怀念，也有悼念，因为从文是在瑞蕻写作八行诗的中期逝世的。《赠沈从文师》一开始就称赞从文的微笑，说他“微笑着三十年代这样，如今八十年代了，他仍然微笑着”，后来另一首题为《沈从文的微笑》，又重复了这两行诗，可见这个微笑给作者的印象是多么深刻。从文经历了六七十年风云变幻的岁月，描绘了故乡的风土人情，潜心研究并欣赏祖国的文物美术，他前半生的文学创作以及后半生的学术论著都洋溢着他的微笑，他之所以能够如此，是由于他永远保持童心，他的“赤子之心愿人世充满崇高理想”。

至于作者第三首诗所期望于年轻诗人们的，则是以各种方式歌颂我们的时代，阳光下的诗与月光下的诗都同样重要，“因为生活永远是丰富多姿”。

说真话，保持童心，面向广阔的时空，诗人就以这样的态度回顾过去，观看现实，畅想将来，他借用了卢梭的一句名言，“这就是我向读者掏出心窝”。

作者回顾过去，从他所爱戴的古代的、外国的诗人到同时代爱戴的作家，从小学、中学时期到大学时期的师友，从故乡的山水到海内外足迹到过的地方，无不寄以深情厚意。几十年来，世界上，尤其在中国发生一系列巨大的变化，人的思想感情也跟着转变，有人觉今是而昨非，甚至怀着悔罪的心情与过去决裂，有人则以能超越自己而感到自豪，这都是值得称赞的。但实际上种种从前皆成今我，精神上不管怎样跃进，怎样突破，昨天和今天很难一刀两断截然分开，往往存在着千丝万缕的联系。对于一个认真生活过的人，昨日的不一定皆非，今后的也不一定皆是。我读八行诗，其中关于过去的部分，没有伤感，没有悔恨，字里行间蕴蓄着感激的情谊。作者青年时曾为之倾倒的世界名著，几十年后他对它们的感情并没有消减，反而更为加深。例如“年轻时《夜莺颂》使我入迷，/晚年翻译它仍叫我心醉”；又如作者在四十年代初期翻译过《红与黑》，到了八十年代重译这本书，“再经历一次灵魂的探寻”。像《夜莺颂》、《红与黑》这样的不朽之作，青年时读了，心灵受到震撼，到了晚年阅世日深，理解力增强，会从中有新的发现，取得更丰富的宝藏，怎么能像有人说的那样，觉今是而昨非呢。同样情形，作者对良师益友以及往日的游踪都怀有类似的感情。人生最可宝贵的，是晚年历尽沧桑，回顾早年的工作，仍然感到亲切，无愧于心。

作者有无愧于心的美好的过去，才体会到今日的生活丰富多姿，反过来说，由于今日的丰富多姿，才感到过去生活的美好，二者互相起着作用。他在自然界和生活中寻找爱，寻找真实，热爱自己的工作。他研究比较文学，把分散的集中，使凝固的流动，感到“世界多么辽阔，到处有相同和相异”。他翻译名著，在静夜灯光的照耀下“把异国诗人的梦织入汉语中”，觉得意味无穷，无异于自己的创作。他颂扬华文文学，国内和国外的同胞不管距离多么辽远，能用共同的文字倾诉衷情。他勉励他的研究生“用心血培育献给人类的精神花朵”。他访问南亚和东欧国家，写出不少文化交流与友谊的诗篇。他满腔热情歌颂真善美，也以无比的悲愤谴责存在于现世的假恶丑。他向中外当代所有的诗人们大声疾呼：“只要地上还爬着封建法西斯幽灵，／诗，就该保持连续追击的本领！／只要人间还存在着黑暗和苦难，／诗，就有了炮弹和养分！”因为“最憎恨黑暗的是最光明的歌”。所以我们也读到对“文革”的控诉，对不正之风的鞭挞与讽刺。

习作中有一首诗《迎一九八八年》，表达诗人对人类的热情希望。如今一九八八年早已过去了，一年内实现那么多的希望是不可能的，把“一九八八年”改为“本世纪九十年代”甚至“二十一世纪”，也未为不可。肯定过去，歌颂今天，畅想未来，是全诗集的基调。所以《最后一首诗》最后的两行是“但我坚信全人类定步入欢乐的境界，／敬向未来创造者献上三杯美酒！”瑞蕻以这样激动的声音向人类呼唤，显示出他忠于人生、忠于艺术的人格。

一九八九年十二月十日

所有的漂泊都将是归来——张错诗集《漂泊》序

一九八六年，张错从他居住的洛杉矶寄给我一张贺年片，上边分行写有这样的话："南加州尚未有冬天的迹象，/雪仍遥远，/家乡也遥远，/希望能再看到您。"我当时收到这张贺年片，瞻望云天，深感远隔重洋的张错的确很遥远。最后一行的"再看到您"里的"再"则意味着我们有过一次"看到"。那是一九八一年十一月六日。这样看来，我们的距离不仅有固定的空间的遥远，时间的遥远也还要继续延长。但是遥远并没有成为我们交往的障碍，由于张错不断把他八十年代出版的诗集寄给我，我们的距离反而缩短。（这几本诗集是《错误十四行》一九八一、《双玉环怨》一九八四、《漂泊者》一九八六、《春夜无声》一九八八，都署名张错，与他在这以前署名翱翱出版的诗集相比，有显著的变化，当然也不免存有过去的流风遗韵。）

最近张错在给我的一封信里说，"我们两人虽然不在同一年代成长，但我常揣想，假若我为昔日的您，很多事情与思想我都会追循着当年的您去做或想”。这话很谦虚，我不敢承当，同时又觉得非常亲切。回想三十年代，我在国外，曾多次捧读里尔克在巴黎植物园呕心沥血写的那首短诗《豹》，几根有限的铁栏杆好像在眼前变出千根万根围困了一切；我也曾在威尼斯的无奈桥下设想威尼斯全盛时期这里囚犯们痛苦的叹息和英勇就义者的呼唤;梵·高笔下的金黄色，不仅是自画像脸上的胡须，还有向日葵、麦田、吊桥、夜咖啡馆，以及画家的寝室，着色有深有浅，看这些画都像是倾饮浓郁的陈酒。以上种种，张错都“以情观物”融入诗篇，表达新意。至于他在一首（这里没有选录的）诗的附注里称赞的叶芝《一九一六年复活节》的名句“一种可怕的美已经诞生”，对此我自然会想起里尔克《杜伊诺哀歌》中“美无异于我们还能担当的恐怖之开端”，纵使这两个同时代的诗人的“美”内容并不相同。这些契合使我深切地感到，三十年代的我和八十年代的张错有如两个他乡的游子异地相逢，面对共同感兴趣的景物，握手交谈，各抒己见，泯除了半个世纪时间的隔离。

那么，空间的隔离呢？张错祖籍广东惠阳，生在澳门，先后在香港、台北、美国求学，取得博士学位后，在洛杉矶南加州大学任教；他曾漫游南北美洲、西欧、东亚各地。什么地方应该是他遥远的家乡呢？他的家乡不是某市某县，不是某乡某镇，而是长江大河流贯东西、有悠久文化的中国，是过去一百多年蒙受苦难与屈辱的中国，是海峡两岸至今未能统一的中国。他的眼界广阔，家乡遥远，无论是环视周围，或是回向内心，他孑然一身，无时不陪伴着难以担当却又必须担当的寂寞与孤独。他作为“孤独的人，在孤独的夜”倾听“寂寞被敲响的声音”（《春夜无声》），他大部分的诗是从这种情况里产生的。

空间的距离是客观事实，不能改变，但是共同的语言文字联系着普天之下的华人。两千多年以来，我们的祖先用共同的汉字给我们留下大量优秀的诗篇。他们把山水花木写得那样多情，把内心世界描绘得有声有色，离愁别苦升华为感人而又迷人的词句。无论是天南海北，或昼夜悬殊，只要读到会心的佳句，反复吟味，便好像神游故里，返回家园。例如《诗经·采薇》的“昔我往矣，杨柳依依；今我来思，雨雪霏霏”，千古传诵；《古诗·涉江采芙蓉》的“同心而离居，忧伤以终老”，百世同感。张错从中得到启发，他善于吸取，往往略加点化，那些诗句便天衣无缝地融合在他自己的创作里，他用前者结束了婉转缠绵的“忆往事”，用后者戛然停止住雄浑悲凉的“炼剑”。又如李义山的《无题》诗和《锦瑟》，迷离恍惚，后人作过各样不同的解释，都莫衷一是，读者捉摸不定，但又爱不释手。张错捉住了一首《无题》诗的首句“来是空言去绝踪”和《锦瑟》的末句“只是当时已惘然”，认为是诗的要点，作为“空言”和“惘然”两首诗的题词——实际上，也可以作为诗集里大部分情诗的题词。

我最受感动，引起我强烈共鸣的，是《秋赋两首之二》中的——

到底是读杜的年龄了，

经过战患的颠沛，
感情的流离，
才在一个孤独的秋夜，
想起北部山里的一盏孤灯。

“到底是读杜的年龄了”，我对此深有体会。作者这时期写的诗常常提到已进入中年，我也正是“在人生的中途”开始认识杜甫。这以前，我只知杜甫是中国最伟大的诗人之一，但我和他很生疏，总觉得他的诗与我无缘，直到抗日战争爆发，颠沛流离，目睹国家和人民的苦难，才渐渐接近杜甫，读他的诗，理解他的为人，全心全意地钦佩他，并为他写传。张错像摘用李义山的诗句那样，也从《秋兴八首》“丛菊两开他日泪，孤舟一系故园心”摄取诗题,并作为“丛菊”和“孤舟”的题词,——同样也可以作为他大量怀念家乡，感慨身世的诗的题词。不过，这两句诗的概括性是有局限的，在张错那里，“丛菊”远远不只是“两开”,“孤舟”也不过是一个象征,重要的是流不完的“他日泪”和放不下的“故园心”。

张错读古人的诗，翻新古人的诗句，缩短了与家乡的距离；他在自己的诗里感慨漂泊，字里行间好像回到了家乡。如今有不少外籍华人由于个人的努力在所在国的社会取得某种政治地位或学术荣誉，祖国的报纸上也有时登载，引以为荣。殊不知一百多年前中国成千上万的劳动者被人称为猪仔，牲畜一般地运往美洲，为殖民主义的白人开荒、淘金、修筑漫长的铁路，受惨绝人寰的待遇。他们远离家乡，任人屠杀，他们的苦难是古代“哀民生之多艰”的屈原，“穷年忧黎元”的杜甫都难以想象的。张错为此以粗犷的笔调写出惊心动魄的“浮游地狱篇”。此外，如《大龙》《天使岛》《我们渐渐知道》等诗，也都是蘸着血和泪写成的。这些诗，记载着一段几乎被人忘却，甚至不被人知的凄惨的历史，我们读了，仍感到一种“新的战栗”。

柳暗花明又一村。张错写了七首《错误十四行》，并以此命名他八十年代出版的第一部诗集。我在四十年代初写过二十七首变体十四行，自以为已经打破常规，但还是遵守一般的结构，行行有韵。张错的这七首，确是“错误”的，他打乱了诗的结构，更谈不上有韵无韵，仅仅保持着十四行的行数。他把十四行固定的行数巧妙地比做二人相恋的命运，他说莎士比亚十四行第一节的韵式“abab”是“离合离合”，第二节的“cdcd”是“聚散聚散”。这比喻很新奇，我不禁想起六十年前奥地利评论家卡尔·克劳斯在某一篇文章里说过，诗押韵，应该像是两个人亲密无间的接吻，切忌勉强凑合。张错对于“所有错误的历史”也作了如实的解释，说“都自正确的事实开始”，并以罗密欧与朱丽叶之间的爱情为例。此外，如《茶的情诗》《人间痴话》以及《美国公园的早晨》等，都显示着作者善于调侃的另一种风格。

我不是评论家，头脑里没有多少理论。我读诗，无论古人的或今人的，从来不敢妄作解人，以免曲解作者，贻误读者。关于张错的诗，也只是联系自己，粗略地谈一谈个人的感受，既不全面，更不深入。如今西方文学理论日趋深奥，新诗潮也一次又一次地向传统挑战。张错曾说，他是吃现代主义的奶长大的;八十年代初期又说,他是现代主义的叛徒。但是身居国外,在语言结构和表达方式上总不免受到西方新诗的濡染,虽然他在《室内植物》里有这样的话,“而且过度的西方性,/破坏了我一生东方温柔的绿意。”其实“东方温柔的绿意”遭受某些破坏,有时也难以避免,西方性只要不过度,也未可厚非。且不论有多少西方性或东方性,只要读到张错诗中的力作,如《子夜歌》《秋赋两首》《沧桑》《春夜无声》等,言志抒情,具臻佳境,铺陈精练,无不舒卷自如,我不由自主地便想起魏晋南北朝时期的王粲《登楼》、鲍照《芜城》、庾信《哀江南》等赋。那些诗,大陆的读者读了,会想到“云无心以出岫”;海外的读者读了,或许会有感于“鸟倦飞而知还”。云在漂泊,鸟在归巢,正如《孤舟》里的一行诗:“所有的漂泊都将是归来。”

最后,关于这部诗集《漂泊》的编选需要交代几句。今年春末夏初,周良沛和我经过几次商讨,从张错于八十年代出版的四部诗集中选出八十四题,为了便于阅读,编排没有按照写作的时间顺序,而是根据诗的内容。编选和编排若有不当之处,希望作者和读者提出批评。我们都认为,这四部诗集原有的“序”或“后记”阐述了作者写诗的主张和为人的态度,简明扼要,是忠实的自白,所以印在书后,作为附录。我们还约定,由我写序,良沛写跋。如今看来,良沛的跋比较详尽,适合于序,我的序类似随笔,倒不如说是跋语。但已成定局,不便改动,谨此告知张错,这也是“自正确的事实开始”的一个错误。

一九九〇年七月十一日

第四辑

书店所见

近年来，昆明市上各样新式的商店开设了不少，表面看来，把市容点缀得并不难看。在这些新开设的商店中间，尤其是在正义路以西的几条街上，新书店与旧书店也渐渐增加了。姑且不管这些书店里卖的是些什么书，也不必问它们的营业到底怎样，它们的生命能维持多久，反正这些书店的增加不能不说是应社会的需要，同时也使人想象，在这人口将近四十万的城市里每天都会有一些人是要从书店里购买一两本书带回家里去读的。

我个人呢，没有钱买书，但是逛书店，尤其逛旧书店，却是十几年来养成的一种嗜好，怎么也改不掉。刚到昆明时，市上的书店一共不过八九家，走来走去，的确很寂寞。现在书店增加了，在无事的下午，走出一家新书店，再进一家旧书店，随便翻翻，也有一些趣味。这些书店的存书相当贫乏，但是贫乏也有贫乏的好处，就是不太累人，免得像北平的琉璃厂或巴黎的塞纳河畔那样，琳琅满目，使人应接不暇。总之逛书店只是逛书店，里边未必能有什么重要的得获，珍奇的发现。但在书店里出来进去，也会有些平凡的遇合，使人很受感动。

一次在一家旧书店里，照例有三五个人在那里翻阅书籍。其中有一个衣履不整的兵士从许多书里挑出来一部破烂不堪的石印本《幼学琼林》，一问价钱，书店的主人索价一百元。后来经过许久的讨价还价，归终那兵士从军服衣袋里掏出八张十元的纸币，把这部又脏又烂的书心满意足地买走了。

一次在一家大书店里，一个父亲带着一个大约七八岁的女儿，父亲在翻阅柜台上陈列的书籍，女儿则睁着大眼睛不住地望着墙壁上写的“儿童读物”四个大字。女儿最后请求父亲给她买几本儿童读物，这却使父亲很为难，因为墙壁上的几个字是几年前写好的广告，而所谓儿童读物，早已在几年内卖完了。后来这书店的经理亲自走到楼上，取来几本战前出版的图画书，放在女孩子的手里说：“这是我们自己存的，非卖品，送给小妹妹吧。”这女孩子把这几本珍奇的书抱在怀里如获至宝，深深地说一声谢谢。那父亲对于这难得的赠品脸上也显出难以表达的感谢的心情。

这是平常的事，却使人想得很远。八十元，如今在一个旧书店的主人的眼里，不算什么，但是对于一个月收入低微到极点的兵士，这又是怎样大的一个数目。他不定要费多少心血才能节省得到八十元，而所换来的只是一部《幼学琼林》，我真觉得文化界对这些转战经年的兵士不起。《幼学琼林》并不是坏书，但社会上应该有更有意义的书供给他们读。对于他们更有意义的书可是在哪里呢？恐怕走遍昆明的书店也不容易找到几种。不必说交通不便的前线，就是在昆明的近郊也常常看见几个兵士在工作之暇怎样围着一张过时的旧报纸从头到尾一字不放松地读完。他们需要知识：在服役期需要知识，为了将来抗战胜利解甲归田后更需要知识。而他们在为国家服务时所得到的精神营养似乎比物质营养还贫乏。至于儿童呢，也是这样。抗战前的儿童们已经能得到一些比较完美的连环画故事书之类来培养他们的心灵；但是近几年来，他们所经历的无非是流亡的痛苦，空袭的恐怖，而所谓儿童自己的世界却太无人理会了。没有读物，没有玩具。痛苦与恐怖，对于成人是有用的教训，对于儿童的成长却是有害的，所以严酷的现实还是应该由成人担当，儿童的世界不要让它太荒芜了才好。因为他们要生长，要预备将来在和平时成为一个健全的人，而健全的人多半是从一个不很偏枯的童年里培养出来的。

有人问：市上的书店新开设了不少，它们的主顾都是些什么样的人呢？

回答是：中学生、大学生、一部分公务员。

我心里想：另外还有两种很重要的人，也在渴望着读一些东西，但是书的市场上并没适宜的读物供给他们。他们的精神就应该长此饥饿下去吗？写到这里，想到今天在《云南日报》上读到一条将有《中国儿童周报》出版的新闻。我希望昆明的儿童将来能从这个周报上得到一点精神的营养。可是那些诚朴的兵士呢？

一九四三年

读书界的风尚

所谓一般社会的风尚，若仔细分析，自然可以分析出许多因素，但其中总不免含有几分不负责任的游戏性。就以女子的服装而论，在古代多半模仿“内家宫样”，在现代则又受电影的影响和巴黎或纽约的服装杂志的支配；“内家宫样”也好，电影与服装杂志也好，其起源每每由于少数人，甚至是三两个人的好奇立异。这种好奇立异常常出于不自觉，或出于游戏，但一成为风尚，就会在很短的时间内普遍全世，这时再回想那少数的创始人，想把人打扮成什么样子，便打扮成什么样子，真近乎和人类开玩笑，他们的权威好像还甚于那些睥睨一世的英雄。现代文艺读书界里一本书的忽然流行与忽然过去，也有些和服装的风尚相类似，这现象在西方最为明显。在欧美几个重要的国家，几乎每年都会产生一部在一年内销路超过十几版或几十版的小说，两三部在每个大城市一连上演一个月以上而每场都满座的剧本。这小说，这剧本，它们的内容与技巧，比起其他同时代的作品，往往并没有什么特殊的优越，它们为什么这样流行，在一些有文学修养的人们的眼里看来，几乎是不可解的事。更奇怪的是这些盛极一时的小说与剧本过两三年后便会冷落得无人过问，渐渐通过旧书摊子而走入无何有之乡。一般读书的群众是这样喜新厌旧,使人想到《天方夜谭》里的那个暴君，他每晚需要一个女子侍奉，第二天黎明便把这个女子杀掉。

但是他们和那暴君并不完全相同：暴君是主动的，他们则完全是被动的。他们被操纵在现代的报纸的手里。在这里请让我谈一段西方文坛的掌故。我们还记得大约在一九二九年，德国有一部风靡全世界的非战小说，雷马克的《西线平静无事》，这部书在描写战争的小说里并不能算是第一流，但它这样流行，被译成几十个国家的文字，在中国至少也有两种译本。等到一九三〇年的冬天，我到德国时，这部书已经不大有人过问了。同时这作家的第二部小说《前线归来》已出版，只仰仗前一部行将消逝的光荣在读书界里冷冷清清地销行着。第二年夏我在柏林遇见了一位名叫麦耶尔的报纸专栏作家，和他偶然谈起《西线平静无事》。他说雷马克是他的朋友，当雷马克写这部小说时，不过是随便写写，并没有多大愿望，写完了把稿子交给他看，他看完后很受感动，便把这部小说介绍给一家出版公司出版。这公司在当时出版界中有很大的通俗势力，每天在柏林发行的报纸就有七八种之多。那时欧洲的人民经过大战，虽已十年,但痛定思痛,厌战的情绪还很浓,各国都在为和平努力，这本书恰巧在这时出版，又加以这出版公司最善于宣传，于是它便盛极一时，弥漫全世，就是在没有欧洲战争前线经验的中国人也隔靴搔痒地读着。这偶然的幸运绝不是雷马克当初所料到的。如果这书由另一个出版社出版，它也许会因为书中的非战思想投合时宜，但缺乏了那么多的报纸为它宣传，想来总不会那样风行吧。

所谓一般的读书界多半是盲目的，他们不大能够区分真假，他们需要旁人的指点；他们买一本书，看一次电影或一出戏，跟吃一顿馆子没有多大分别，若是自命有经验的人能给他们一些指点，他们就觉得可靠了。在现代担负这个指点任务的多半是报纸和杂志。只可惜这些报纸杂志不一定都是能担负起这任务的。在西方固然有些有传统、有权威、有水平的文艺刊物，但究竟是少数，大多数还失不掉江湖气。有些自命不凡的评论家，尽量要从无数的作品中发现天才，觉得若能从中发现出一个陀思妥耶夫斯基，一个济慈，那岂不是文学史上的美谈！只可惜他们的眼光有限，所看到的不一定是天才，万一有什么有希望的作家，他们也未必见得到。等而下之的，就迎合一般人喜新厌旧的心理，只想在社会上添些热闹，什么每月最好的书啊，一部一部地介绍给读者，于是书店、作品、刊物互相为用，把一般的读者当作无知的小孩来看待，而这些读者也以小孩子自居。这无异于巴黎纽约替大服装店编的服装杂志，在一九四三年就订出一九四四年的样式，而这样式也就居然在社会上发生作用。

那些服装杂志很能了解社会的需要，在经济困难时期，它们所描画的时样，尽量在节省材料上着想；在比较富裕的年月，就不惜浪费材料。所以有些报纸和杂志也善于感受时风的转移，它们在一个法西斯统治的国家总不会推荐一部颂扬和平的小说，同样在一个唯利是图的社会也不会推荐一部哲理深刻的戏剧。它们很少在作品的本身上着想。一部作品，纵使是很好的，若不合时宜，它们就不肯推荐，它们知道，纵使推荐也不会被接受。

以上所说的是西方的情形。在中国报纸杂志还没有那么大的势力，出版界和读书界则随时都在受着外国风尚的支配，创作方面也无形中受着这些风尚的影响。

中国的翻译界是不应该这样只跟着西方流行的风尚跑的，至少在这些流行的以外，还得多介绍一些不合乎所谓“风尚”而更有意义的作品。我们的眼光不要被“时代”这个神秘的字给弄得模糊，我们常常听见“不合时宜”“违背时代精神”这类笼统的话,其实这类的话是空洞没有内容的。直到现在为止（将来我们不知道），我们从未见过一部真实的伟大的作品是“完全过去了”。有时候老子的一句话，莎士比亚或歌德的几行诗，向我们比任何一个同时代的著作说得更多。一时畅销的书和真实的文艺作品可以说是两回事，正如流行的服装与美并不甚相干一般。有些女人很知道，一件超乎时尚而合乎美感的衣裳比一件只局限于时尚的衣裳可穿的时间要长久得多。读书的人对于书籍也应该懂得这个道理。

一九四三年

外乡人与读书人

儿童时住在故乡的小城里，天天接触的都是本地人，他们在这里好像生了根，无人不把这座城当作他自己的城。但是也有时候，忽然从远方来了一个生疏的人。人们若是谈起他来，就把他称作“外乡人”。“外乡人”这个称呼，听着总带有几分神秘性，仔细寻味，却有两个不同的、甚至相反的意义在这个名词里含蕴着：人们觉得外乡人很有本领，能够做些本地人所不能做的事，“远来的和尚会念经”，是一个很普遍的谚语；同时又看他是一个到处飘流、没有根底的人，人们轻视他，尤其是对于他的行为往往很怀疑，没有人肯跟他交朋友，更没有家庭肯和他结成亲戚的关系。同样情形，若是一个人走到另一个环境里去，那里许多人彼此都很熟识，而他以一个生疏的面貌出现，也不免要身受两种不同的待遇：有时被人尊重，被人优待，被人“另眼看待”；有时又被人怀疑，被人看不起，被人“歧视”。

“另眼看待”也好，“歧视”也好，反正都是“不平等”的待遇，自然这个“不平等”不只是被人看得低，也可以被人看得高。

我觉得，读书的，尤其是教书的或写文章的人们的命运在中国的社会里很有些和外乡人的命运相类似。所谓“文化人”“知识阶级”这些名词在一般人的口里所含的意义，初听是人类文明的创造者、维护者，但仔细一寻味，还有旁的含义（这绝不是读书人的神经过敏），即是无用人的别称。翻开过去的历史，龙虎一般的英雄是这样看法，绵羊一般的庶民也是这样看法。当汉高祖叱咤风云与项羽争霸时，觉得读书人没有一点用处，若是有人带着儒冠来见他，他就令人把儒冠脱下来在里边小便；等到他的曾孙汉武帝要征聘申公，又令人“安车蒲轮”去接他，尊之敬之唯恐不及。中国人的尊师之道，可以说是无微不至，世界上的任何一个民族不曾这样讲究过，但也正是在中国，侮辱先生，嘲笑先生的故事却分外多。从前一方面有“一日之师，终身为父”那样不近情理的格言；一方面又有“天棚鱼缸石榴树，先生肥狗胖丫头”把先生看成富豪人家的点缀品的俗谚。现在我们天天听到教育为立国之本的大议论，但是教书的人却受尽人间的肮脏气，因为他们懂得经济原理而不会发国难财，懂得机械原理而不肯去开汽车运私货，于是成为一般人嘲笑的对象：“看，读书的人有什么用！”这类的话也可以说是从朱买臣的老婆就说起，一直说到现在。

读书人有这样的命运，是什么缘故呢？我想，他们在一般的社会里正和一个生疏的人在一座小城市里一样。在中国，人虽然很多，但是到现在为止总不外乎这两种：一种自觉是治人的，一种自觉是治于人的。而读书人出现于这两种人之间，既不能雷厉风行地治人，也不能俯首听命地被人治。他们有时要分是非，辨真假，这对于那两种人并不一定是必要的，而他们偏偏认为必要，于是他们有些“特殊”了。他们中间还有一些人，涉身处世懂得一点“见利思义”和“有所不为”的道理，于是他们的举动在一般人的眼里就更不可解了。因此他们的神秘性并不下于一个在小城市里出现的外乡人。其实，那外乡人又何尝神秘呢？他既不见得有什么与众不同的本领，也不见得有什么道德的缺陷，他受人“另眼看待”，受人“歧视”，他同样感到痛苦。至于读书人，也没有什么特殊，他们只不过对于事物愿意分辨分辨是非真假，遇事愿意考虑考虑什么应该做什么不可以做，这是他们的本分，正和一个建筑师应该把房子盖得坚固，一个木工应该把桌椅做得平稳一样，人们对他们不必尊敬，也不必侮蔑。对于那些时而尊敬他们，时而侮蔑他们的人们，读书人却可以说：“请你们把这两件礼物都收回吧。如果你们真有一个尊敬的心，就应该把它呈献给使你们向上的‘神’；如果你们真有不能不吐的唾沫，就应该把它吐给使你们堕落的‘鬼’。如果你们认不清什么是神，什么是鬼，读书人却愿意替你们分一分。”

一九四四年

小学教科书

历史变化很快。如果有关怀世道人心的人肯把各时代的小学教科书搜集起来作一个比较研究，我想，未必不是一件有意义的工作。一方面这里边可以反映出每个时代的教育精神与对于儿童的看法；另一方面还可以供我们反省，所谓“进步”两个字是否真在随着时间走，后一代是否一定地比前一代聪明。就以现代的轴心国而论，在独裁者专政以前，他们的小学教科书第一册的第一页不外乎上边画着一只猫，或是一条狗，旁边写着“这是一个猫”，“这是一个狗”。后来独裁者登台了，第一页也就立即改变了，一个褐衣的赳赳武夫代替了往日猫狗的地位，而旁边写着“我们的墨索里尼”或是“我们的希特勒”。只要把这两个时代的教科书并列摆在桌子上，用不着下什么注解，识者一看就可以知道哪一代是近乎人情，哪一代是违背人性，哪一代是聪明的，哪一代是愚蠢的。

四月四日，一年一度的儿童节又到了。大家知道注意儿童，是很好的事。我不知道怎么忽然想起一年前写的一段日记，我不只是想起，还要抄在这里应个景儿：

X月X日。下午，拜访X先生，他正在帮助他的两个小孩温习功课。一个在小学一年级，一个在小学三年级。我听着那个三年级的小学生在读："黄香九岁的时候，他的母亲死了。因为家里很穷，他的父亲没有力量再娶后妻。……夏日天气热，他拿了扇子，替父亲扇凉床上的枕席。冬日天气冷，他先睡在父亲的被窝里，使被褥温暖。"

我听了，非常刺耳。孝敬父母是人类的美德，黄香的故事也可以写得很好。但这段文字却写得真恶劣。我不知道读这段书的小学生作何感想，只就我个人的印象，黄香的父亲该是怎样一个自私而残忍的父亲。因为穷，便不娶后妻，那么若是富，就一定要娶后妻了；并且"后妻"两个字，用得多么不美！夏日给父亲扇凉床上的枕席，让小孩子活动活动，未为不可；若是在零下若干度的冬夜，每个小孩都学起黄香来，请问天下做父亲的忍心不忍心让他的孩子这样做？我顺手翻起那一年级的学生所读的"国语"，我一翻便很惊讶第一页上写的并不是"人手足刀尺"，而是"警报"两个大字！这两个字的笔画是多么繁难，与儿童生活隔离是多么远——战争虽然弥漫了全世界，但是大部分乡间儿童恐怕还不知道警报是怎么回事。国语第一册的第一页以这两个字开端，除却在儿童的心理上散布一些恐怖种子外，我真找不出另外还有什么意义。这与无知的愚妇向她的孩子喊“鬼、鬼”有什么分别呢。

“这类的书也要背熟了吗？”我问。

“没有法子呀，现在交通不便，书店里存的教科书有限，只能有什么用什么，不能由你选择，学校里也是没有法子。小孩子既然入了学校，就只好读这样的书。”X先生回答我，同时在眉宇间显露出无可奈何的神情。

我离开X先生父子三人，在归途上有些惆怅。我在幼年时背诵过一部《论语》，半部《诗经》。当时的确很痛苦，在那些费解的字句里消磨了我许多美好的童年，可是成年后，渐渐了解其中的意义，也像吃橄榄一般，苦后有余甘，如今我并不后悔在儿时读了那一部半书。现在的儿童据说是“幸福”多了，但若是让他们背诵这样文字恶劣、对于他们心灵没有一点滋养的读物，我觉得还不如读一读《论语》《诗经》好些。因为《论语》《诗经》对于儿童固然是一无用处，可是如果牢牢地记住了，在成人后还能体味出一些“余甘”。至于“警报”和这课“黄香”只是在儿童的心里散布些恐怖、自私、残忍的种子，对于儿童的目前没有好处，对于他的将来更有害处。

上边是一年前的一段日记，我抄在这里，并不是主张小孩子去背诵《论语》《诗经》，只是希望他们能读到更适宜于他们的课本。

书和读书——昆明往事之七

读书人与书的关系，不像人们想得那样单纯。有人买书成癖,琳琅满架,若是你问他,“这些书都读过吗？”他将难以回答，或者说，“哪里能读这么多”，或者说，“先买下来，以备不时之需”。与此相反，有人身边只有少量的几本书，你问他，“近来读些什么？”他会毫不迟疑地回答，“读的就是这几本”。这两种情况我都有过。前者是在当年的北平即现在的北京，后者是在战争时期的昆明。这正如在一个地方住久了的人，对那里所有的特点失去敏感，经常注意不到，纵使有什么名胜古迹，总觉得随时都能去看，结果往往始终没有去过，倒不如短期来游的旅客，到一个地方便探奇访胜，仔细观察，留下深刻的印象，甚至一生难忘。我在昆明，仅只有摆在肥皂木箱里的几十本书，联大图书馆里的书也很贫乏，若相信开卷有益，任意浏览，是不可能的。幸而清华大学带来一部分图书，外文书放在外文系的图书室里，都是比较好的版本，我经常借阅，这是我读书的一个主要来源。其次是昆明为数不多的旧书店，里边好书也很少，但我在出卖用过的旧书时，也会偶然发现一两种稀奇或有用的书籍。此外，我在一九四二年三月，出乎意料在法律系办公室里看到几十本德语文学书，这是法律系教授费青在德国留学时买的，由此可见这位法学家读书兴趣的广泛，也许是因为生活困难，他把这些书卖给学校了。书放在法律系，无人借阅，可能我是唯一的借阅者。总之，书很有限，而且得来不易，那么，自己带来的书，就翻来覆去地读；借来的书要按期归还，就迅速地读；旧书店里买来的书，就爱不释手地读。这样，我读书就不能随意浏览，而要专心致志了。

前边提到过，我从一九四一年春起始翻译并注释《歌德年谱》，从外文系图书室借用四十卷本的《歌德全集》。这部《歌德全集》是德国科塔出版社为了纪念出版歌德著作一百周年于本世纪初期约请研究歌德的专家们编纂的，虽然有些过时，但还有学术上的权威性。那时我下午进城，次日早晨下课后上山，背包里常装着两种东西，一是在菜市上买的菜蔬，一是几本沉甸甸的《歌德全集》。我用完几本，就掉换几本，它们不仅帮助我注释《歌德年谱》，也给我机会比较系统地阅读歌德的作品。实际上也不能全读，有时只查一查与年谱有关的地方，参照我随身带来的袖珍本《歌德书信日记选》《歌德与爱克曼的谈话》《歌德谈话选》等，解决了不少问题，也加深了我对于歌德的理解。而且外文系的图书室不只有这部《歌德全集》，还有几部研究歌德的专著，若是没有这些书，我自从一九四三年以后发表的几篇关于歌德的论文是写不出来的。

至于法律系办公室里的德语文学书，我只看作是一个意外的发现，里边不是没有好书，却不是我当时迫切需要的，我借阅过几次，是些什么书我记不清了。

值得怀念的是青云街的一个旧书店，它并没有什么珍本奇书，但我在那里买了几本书，对我很有意义。一九四二年三月十七日的日记："卖旧书一百三十元，买《圣经辞源》二十元。"一九四三年六月二十六日的日记："购《清六家诗钞》。"这两种书都是袖珍本，便于携带，至今还收藏在我的书橱里。《圣经辞源》可能人们认为是一种不值一顾的书，在米价一石超过千元的一九四二年，仅用二十元就能买到，几乎等于白送。可是它对我很有用，这是一本《圣经》里人名、地名、重要事件和词汇的索引，并有较为详细的解释，用它查阅中文本《圣经》，非常方便。直到现在我还常常使用它。《清六家诗钞》是日本印的清刘执玉编的清初六诗人宋琬、施闰章、王士祯、赵执信、朱彝尊、查慎行的诗选，线装袖珍四册，几乎每首诗都有日本近藤元粹的眉批，前有近藤的序文，写于明治四十年（一九〇七），序文里声明他并不喜欢清诗，所以他的评语有褒有贬。我对于这六位诗人也不感兴趣，不过看看日本学者怎样评论他们，也不无意义。

在我购买《清六家诗钞》的前两天，我六月二十四日的日记写道："欲买杜少陵诗已售出，知为丁名楠购去。"二十五日的日记："丁名楠持来杜少陵诗相让，盛情可感。"这可能是我在二十四日以前就看到了杜少陵诗，由于袋里的钱不够没有买，再去时书已卖出，当时遇到丁名楠的一位同学，他把丁名楠买去的事告诉了我，又把我没有买到的事告诉丁名楠。在书籍非常缺乏的时期，丁名楠肯把刚买到的书让给我，真是盛情可感，同时我也要感谢那位传递消息的好心人。丁名楠是联大历史系同学，现在是很有成就的历史学者。

这部杜少陵诗是仇兆鳌的《杜少陵诗详注》，合订二册，属于商务印书馆的“国学基本丛书”，不是什么好版本。自从抗战以来，我就喜读杜诗，苦于身边没有杜甫的全集，如今得到这部平时很容易买到的仇注杜诗，我却视如珍宝。我一首一首地反复研读，把诗的主题和人名、地名以及有关杜甫的事迹分门别类记录在前边已经提到过的“学生选习学程单”的背面，这种“卡片”我积累了数百张。杜甫的诗和他的为人深深地感动我，我起始想给杜甫写一部传记，这时《歌德年谱》的注释工作中断已将及两年了。

歌德的著作与杜甫的诗是我在昆明时期主要的读物，读得比较仔细，比较认真，我之所以能这样，不是由于书多，而是由于书少的缘故。此外，我也以热情和兴趣读我随身带来的陆游的诗、鲁迅的杂文、丹麦思想家基尔克郭尔的日记、德国哲学家尼采的个别著作、奥地利诗人里尔克的诗和书信。这些读物对于我的写作都有或多或少的影响。尤其是写杂文，虽然针对现实，有时也需要从书本里得到一些启发，或是摘引一两句名言警句，给自己的文章增加点分量。

《十四行集》里有三首诗分别呈献给鲁迅、杜甫和歌德，现在看来，这三首诗未能较好地体现出他们的伟大精神，我只是在当时认识的水平上向他们表达了崇敬的心情。而且这部诗集里有些篇章，字里行间也不难看出里尔克的影响。

陆游诗中有许多脍炙人口、广泛流传的名句，《示儿》一诗，在抗战时期更为人所称道。但是我最钦佩他《送芮国器司业》一诗："往岁淮边虏未归，诸生合疏论危机。人才衰靡方当虑，士气峥嵘未可非。万事不如公论久，诸贤莫与众心违。还朝此段应先及，岂独遗经赖发挥。"这种政见，忧国忧民的杜甫不曾有过，辅佐魏玛公爵的歌德也不曾有过。又如《西村醉归》里的诗句："一生常耻为身谋"和"剑不虚施细碎仇"，都曾给我以教育。

比较复杂的是基尔克郭尔和尼采。前者生活在欧洲十九世纪中叶，后者在十九世纪末期。他们在世时非常孤立，死后也是毁誉参半。他们透视资产阶级社会的虚伪、欺骗和庸俗气，如见肺肝，他们毫不容情的揭露与批判无不入木三分。可是他们目无群众，把人民群众跟资产阶级社会混为一谈，这是他们的致命伤。最后基尔克郭尔在丹麦成为众矢之的，在哥本哈根街上散步时昏倒死去，尼采患神经错乱与世长辞。我读他们笔锋锐利的论战文字，时常想到鲁迅在《坟》的《题记》和《写在〈坟〉后面》里的两段话。鲁迅说："我的可恶有时自己也觉得，即如我的戒酒，吃鱼肝油，以望延长我的生命，倒不尽是为了我的爱人，大半乃是为了我的敌人……要在他的好世界上多留一些缺陷。"他还说："先前也曾屡次声明，就是便要使所谓正人君子也者之流多不舒服几天……"我并不要把基尔克郭尔与尼采跟鲁迅相比，甚至给人以替他们辩解的印象。他们的确给他们那时代的伪善者和乡愿们的“好世界”多留下了一些缺陷，使他们的日子过得不那么舒服。这是他们值得肯定的积极的方面。我看到社会上光怪陆离难以容忍的种种现象感到苦闷时，读几段他们的名言隽语，如饮甘醇，精神为之振奋。至于他们蔑视群众、强调个人、自命非凡的方面，往往在我的兴奋中被忽略了。记得在一九四一年秋，可能是参加一次欢迎老舍的聚会，会后晚了，不能回山，我和闻一多在这天夜里住在靛花巷教员宿舍里。我们过去并不熟识，只因他读了我写的一篇介绍基尔克郭尔《对于时代的批评》的文章，甚为赞许，我们一直谈到深夜。

我在昆明读的书不多，那些书的作者却对我说了些真心话，话的种类不同，有过时的老话，有具有现实意义的新话，有的给我以教育，有的给我以慰藉，如今我怀念和他们的交往，也跟怀念当年与朋友和同学们的交往没有两样。

一九八五年

乐趣与没趣

鲁迅在为他翻译的《小约翰》写的《引言》里说他在日本留学时，除了听讲和抄讲义外，也自有一种乐趣，那就是去看看神田区一带为数众多的书店。那里“每当夏晚，常常猬集着一群破衣旧帽的学生”，鲁迅也“不觉逡巡而入，去看一通，到底是买几本，弄得很觉得怀里有些空虚”。这种乐趣，不少人做学生时都有过，有人后来随着生活的变化渐渐淡了下去，有人却不但没有淡下去，而且越来越浓，购书成癖。我虽然没有成为书癖，但这种乐趣我长期不曾中断，闷的时候总要到书店里走走，一直继续到五十年代。

我在大学读书时，北京在北洋军阀统治下，黑暗而荒凉，可是书店却不少，且不说琉璃厂、隆福寺街那些历史悠久、藏书丰富的大书店，就是东安市场书店和书摊也不下二三十家，有卖新书的，有卖旧书的，还有专门卖外文旧书的。市场里的书店和书摊，规模不大，都可以供我于课余之暇在那里盘桓，浏览架上的群书。至于琉璃厂、隆福寺街的大书店，店门就不那么容易走进了，作为穷学生，自知钱袋羞涩，不无顾虑，要徘徊一些时刻，才鼓起勇气进去。鲁迅说“逡巡而入”，遣词的确很恰当，形容出穷学生们迈进书店时心里和行动的状况。书摊也好，大小书店也好，只要能发现一两本心爱的书，不管明天的饭钱有没有着落，买到手里，那种愉快的心情是人间任何赏心乐事都不能与之比拟的。

学校毕业后，当了教师，每月挣得一些工资，继续光顾市场里的书店书摊，自不待言，就是走进大书店也不那么踌躇了。去的次数多了，书店老板也熟识了，有的老板图书知识非常丰富，若是他知道你的专业或兴趣，他会主动拿出与之有关的书籍给你看，你看后不买，他也不介意。有时你想买某一部书，他店里没有，他会尽可能到旁的地方去找，找到后通知你，或是送到你家里。

在书摊旁，在书店里，有如置身于大大小小的开架图书馆，既可以找到迫切需要的书，也可以有意外的新发现，买到素不相识而又非常有意义或有趣味的书。日子久了，我有这么一种感觉，仿佛不是我去找书，却是书在等候着我。既然觉得书在等着我，我为什么不去呢，纵使那里吞蚀了我袋里有限的钱币，消磨了我宝贵的光阴，我还是乐此不疲。

但是“乐此不疲”到了六十年代初期渐渐有些“疲”了，尤其是十年浩劫，斯文扫地，买书的乐趣也扫荡无余。十一届三中全会以后，出版界出的书一年比一年多，学校、研究机关以及读书人，数目也都大量增加，可是书店的数目比过去反而显著减少了。这种矛盾给书的“消费者”造成的困难不是三言两语所能表达的。

我也曾想恢复我往日的“乐趣”。但是由于书店少买书人多，店内拥挤不堪，我很难挤到玻璃书柜前，看看里边陈列着什么书。有时挤到书柜前，问售货员有没有我所需要的某一本书，售货员往往头也不抬，唇齿间发出两个字音“没有”。不过这样的回答在别的商店里也常听到，不足为奇，足以为奇的是我有一次由于视力衰退，看不清书架平摆着的一本书的书名，我问一个女售货员那是一本什么书，她冷酷地说了一句，“你戴着眼镜还看不清楚！”便转身走开了。如果说“没有”的回答是软钉子，这个女售货员不像回答的回答就是硬钉子了。受了多次不足为奇的软钉子和一次足以为奇的硬钉子，更加以由于书店少而造成的拥挤，进书店等于自找没趣，往日的“乐趣”想恢复也恢复不起来了。

现在提倡改革，不少行业都动起来了，我见闻浅陋，好书的市场还看不出多少改革的征兆。

一九八五年十月三十一日

红樱桃与“红娘子”

偶然翻阅笔记本,看见我在一九八四年一月十日从当天《人民日报》第八版抄录下来的胡絜青同志《记齐白石大师》里的一段话。那段话说，她曾在日本千叶县访问东山魁夷，这位著名画家“珍藏着一幅齐白石的画,仅仅一幅,是他的家宝之一”。作者“打开画卷一看，是一幅装裱得相当素雅的小画，仅一尺见方，纸灰暗，画的是一只大黑老鼠，正在吃一粒樱桃，署名白石翁……东山先生以能收藏一幅齐白石先生的真迹而非常得意，非常高兴”。

我当时为什么读了胡絜青的文章后立即把这段话抄录下来呢？原因是我痛切地想到老舍先生以及我曾经珍藏过的一幅白石翁的画。

五十年代中期，北京市还没有现在这么大，人口没有现在这么多，公共汽车和电车的线路也比现在少，却没有现在这么拥挤，我正在中年，工作繁忙，却觉得时间相当充裕。我那时住在西郊北京大学，若是进城办事，事前或事后有时就到朋友家里坐一坐，老舍家里我也去过。有一次，可能是作协开会，会后老舍邀我和几位同志到他家里吃晚饭。饭前他给我们看他收藏的齐白石的几幅画，我越看越眼馋，我问他能不能请白石老人给我画一幅。他未加可否,就有人谈起别的事,把话岔开了。我没有继续追问，这念头也渐渐淡下去了。

过了几个月，老舍因事来北京大学，随后到我家里，腋下夹着一轴画。我喜出望外，这是老舍给我带来了怎样一件宝贵的物品。我请他坐下，把画接过来，立即悬挂在他对面的壁上。画面约三尺长，挺拔的枝条下垂着三个大小不一的藤黄色的匏瓜。老舍望着画向我说，白石老人作画时，他在案旁，画完后，他趁着老人题上款时，向老人说了说我是怎样一个人。老人听了很高兴，又提起朱笔在一个匏瓜上点出一个鲜红的小甲虫。老舍指着红甲虫说：“这小虫俗称红娘子，它非同小可，能使这幅画增加一倍的价值。”的确，一个藤黄色的匏瓜上有了这么一点红，全画都显得格外出色。老舍不仅为我求得了这幅画，还装裱好了送给我，我对他感戴的心情不是用语言所能说得出的。

我记得，画的下款是“九十三岁白石”，据此推算，这应该是一九五五年的事。此后这幅画有时在壁上悬挂几个月，有时我又把它卷好收藏起来。每次我重新打开画卷悬挂时,那“红娘子”总是焕发着夺目的光彩。这样过了十一个年头。

不料到了一九六六年夏，在可敬而又可亲的老舍先生被迫害逝世后不久，这幅白石老人的画被一群无知而又可怜的红卫兵以“破四旧”为名撕成碎片，连同其他几件我心爱的艺术品同归于尽。我那时感到的痛苦也同样不是用语言所能说得出的。粉碎“四人帮”后，想到十年浩劫，有多么多宝贵的图书文物被毁，人民的物质和精神遭受多么严重的破坏，我这一点损失的确算不了什么，心里也就释然了。

不料——又是不料！——读到胡絜青同志的文章，其中提到一位日本画家珍藏的白石翁的一幅画，纸是灰暗的，老鼠是黑的。那么，老鼠嘴边的樱桃呢？我虽然没有见过那幅画，眼前却仿佛有一粒深红色的樱桃闪闪发光。杰出的画家是运用颜色的能手，能让颜色充分发挥迷人的魅力。我可以确信，是这粒红樱桃在灰暗的纸面上、黑老鼠的嘴边使那幅画成为神品，成为一位著名画家的“家宝”。我想到这里，我怎能遏制住久已“释然”的痛苦，叫它不涌上心头呢？白石老人给我画的匏瓜和匏瓜上的“红娘子”在我身边（也就是在世间）只存在了十一年，老舍先生送给我这幅画时的深情厚谊和言谈动作，我却永远不会忘记。

一九八五年十一月十九日

匏瓜图——文艺因缘之一

我写过一篇短文《红樱桃与“红娘子”》，发表在今年一月五日的《北京晚报》上，怀念老舍和老舍请齐白石给我画的一幅《匏瓜图》，在“文革”初期被红卫兵焚毁，人亡物逝，略表哀思。文章发表后，没有听到什么反向，只听说丁聪同志为此画的插图，描绘老舍右手持杖、左腋下夹着画轴的神态，唯肖唯妙，颇得读者的赞赏。事隔半年，在七月初有一位张枫同志来访，说是受白石翁幼子齐良末同志之托，给我送来两轴画。其中有一幅画的是匏瓜，上有题词：“家父昔年曾为冯君制匏瓜图，惜十年浩劫已成秦灰。先生痛彻之情，可想而知。今余特为先生制此幅，与先君之作相差远矣。愿聊解先生心头郁结之万一也。”另一幅画，与我文中提到的红樱桃有关，有题诗一首，思念老舍先生。我得到这两幅画，真不知怎样感谢才好。张枫对我说，齐良末在晚报上读了我的文章后，长夜未能成眠，尽在琢磨应该怎样画幅画，以补偿我的损失。

八月二日，我应邀参加齐良末画展开幕式，遇见胡絜青同志。她说，她早已画了一幅画，想送给我，但不知我的住址，无法寄出。我把住址告诉了她，过了一天，她就派她的女儿把那幅画送到我的家里。画的也是匏瓜，上边也有题词："忆惜卅年前，老舍曾亲携齐白石佳作葫芦与草虫一轴赠予冯老赏玩。不幸此轴毁于十年浩劫之中，甚为惋惜，溢于言表。予今特拟白石师技法摹写一帧，以慰老友遐思怀故之情。"题词下边写明作画的日期是"1986年小寒后二日"，而《北京晚报》发表我的文章那天正是小寒节日。我再看齐良末画上的题词，下边注明是"乙丑冬月"。"冬月"一般指的是农历十一月，这年"小寒"是农历十一月二十五日。从日期上可以看出，两位画家都是读了我那篇不到一千五百字的短文后，在两三天内便不约而同，各自遵循白石翁的画法，绘制了匏瓜图，准备送给我。他们同样没有忘记，在一只匏瓜上点画出一个当年老舍特别欣赏的草虫"红娘子"。我与白石幼子素不相识，与老舍夫人也久疏问候，他们的这种情谊使我非常感动。

我把那两幅"再生"的匏瓜图并排着挂在室内的墙壁上，望着藤黄色的匏瓜和水墨的瓜叶，念及"文革"初期，老舍含冤长逝，白石老人虽已在五十年代逝世，但也横遭污蔑，我深感到在瓜叶茎条之间生动地交织着人间的父子之情、夫妻之情、师生之情。我能以体会这些可贵的感情，不能不说是我因那篇短文得到的一种意料不到的可贵酬答。

回想十年浩劫，把人间感情命名为"人情味"，对此大张挞伐，并株连到人是否应有“人性”的问题。那时是非颠倒，黑白混淆，好像人世上不再存在着什么真情实感。可是浩劫后，十一届三中全会以来，万木逢春，人性复苏，人的情感也颇有些回味了。屈指间距离白石老人《匏瓜图》被毁时整整过了二十年，宋代词人陈与义写过这样的词句：“二十余年如一梦，此身虽在堪惊。”于是我顺笔写成一首绝句：

偶著短文伤浩劫，
小寒两户扣心弦。
不期念载堪惊后，
又见匏瓜壁上悬。

一九八六年十二月冬至日

木版画《沉钟》——文艺因缘之二

我在一九二九年自费印了一本诗集《北游及其他》,作为“沉钟丛刊”里的一种。封面画借用了收入鲁迅编印的《近代木刻选集（二)》的日本木版画家永濑义郎的创作《沉钟》。我除了在扉页上注明版画作者的名字外，并没有征求作者的同意，回想起来，实属失礼。关于永濑义郎，我一无所知，只读过鲁迅在“选集”的《附记》里有这样的介绍 :“永濑义郎曾在日本东京艺术学校学过雕塑，后来颇尽力于版画，著《给学版画的人》一卷。《沉钟》便是其中的插图之一，算作‘木口雕刻’的作例，更经有名的刻手菊地武嗣复制的。现在又经复制，但还可推见黑白配列的妙处。”此后我没有想更多地去了解永濑义郎，连《北游及其他》那本诗集也很少放在心上。不料在半个多世纪后，去年我收到日本的中国现代文学研究者佐藤普美子女士的来信，说永濑义郎的夫人永濑照子听说《北游及其他》的封面用过她丈夫的版画《沉钟》，向她询问详情，她把这本诗集的封面复制了一份赠给她，她很高兴。今年三月，永濑照子女士给我来了一封信，信里有这样一段："今天冒昧给您写信，一定让您吃惊。非常对不起，请您原谅。现在让我自我介绍，我叫永濑照子，是已故的永濑义郎的妻子，是佐藤普美子女士的朋友。一九二九年七月，冯先生的诗集《北游》封面采用了我丈夫的作品木雕《沉钟》，我知道后非常高兴。"信里还说，她将于本年十月上旬访华，希望和我见面。我在回她的信里大意说："《北游》出版后过了五十七年，由于佐藤普美子女士的热心联系，得知您对此事很感兴趣，这是一段美好的文艺因缘，和您会晤，这将是我今年很快乐的一件事。"此后我又收到永濑照子寄赠给我的一部装帧非常精美的永濑义郎生平创作的总集。这是限定只印一千部的珍本，每册标明号数，我这部是"第763番"。我翻阅画集,看到有一页标题为《〈给学版画的人〉的时代》，上边为首的一幅版画就是《沉钟》，文字说明里还提到鲁迅当年怎样把这幅画介绍给中国，并给以什么样的评价。

十月六日晚，永濑照子一下飞机，就来到我的家里，我请她和我的家人共进晚餐，在座的还有精通日语的李德纯同志。我们一见面，她就流露出十分兴奋的心情。她说，她的丈夫在三十年代到过北京，在旧书店里无意中发现一本标题《北游》的诗集，封面上印有他的版画《沉钟》，他买了带回日本。如今原木刻早已遗失，那本诗集也不见了。她很想再看到《北游》，也想知道些《北游》作者的情况。为此她曾向日本汉学界的人士打听。多谢佐藤普美子，她不只给她复制了一份《北游》的封面，还告诉她说《北游》的作者还“健在”。——我听她说到这里，不由得想起杜甫的诗句“今夕复何夕，共此灯烛光”。随即我取出一本原版的《北游及其他》送给她，她喜出望外。

她向我谈她丈夫一生从事版画工作艰苦的历程。我说：“我翻阅永濑先生的画集，总联想到挪威画家蒙克，不过永濑晚期的作品比蒙克有更丰富的想象力。”她说：“不错，在二十年代蒙克的艺术在日本很有影响。”谈来谈去,她总离不开永濑义郎。她用她住宅的一部分设立了永濑个人美术馆，藏有她丈夫大量的创作。她说，她和永濑义郎结识时，永濑身无长物，只有画具是他的财产。我指着我的妻姚可崑向她说：“《北游》里最后一部分的诗是我们认识后不久的时期内写的。那时我二十五岁。”越谈越不像初次相逢，而像是熟识的朋友叙家常了。临别时，我送给她一对青石的镇纸，上边刻着一副对联：“海外逢知己，天涯遇故人。”

永濑照子回日本后，来信说在我家中的聚会，快慰生平，并说：“承蒙李先生的协助，我们的话兴始终很浓，谈了很长时间，我竟忘却该告辞的时刻了。”还说明年四月举行永濑纪念画展时，也将要把那本《北游》展出。我读完那信后，写了如下的几行诗：

五十七年的风风雨雨，
消逝了多少现实，

吹散了多少梦幻。

在现实和梦幻以外

好像有另一个存在，

是时隐时现的文艺因缘。

一九八六年十二月冬至日

梦访书店——文坛边缘随笔之五

辞典是供人参考的工具书。科学性强、内容丰富、措辞严谨的辞典，嘉惠士林，深受用者欢迎。人们对这类辞典编纂者付出的劳动深怀敬意。但是近年来出版界流行一种辞典热，好像走火入魔，五花八门，无奇不有，仅文学部门就有不少意想不到的离奇种类问世。听到那些辞典的名称，仿佛是在梦中。

梦中走进一座书店，
架上陈列着各种各样的辞典，
装帧精美，琳琅满目，
一本本恰似时装表演。

书店经理向我解说，
你欣赏和研究文学，

不必去购买原著，
这里可以供应一切。

你若写一篇专题论文，
各种观点可以任你选用；
因为众多的辞条撰写人，
他们的观点各不相同。

西方当代的文学理论，
深奥晦涩，不容易读懂，
阐释学、符号论、结构主义……
这里几百字能叫你精通。

你若想读山水诗，
不用找谢灵运、王维的诗集，
浙东的名胜、桐川的山水，
这里都给你收入眼底。
（注：有《古代山水诗辞典》）

古今中外的爱情诗——
初恋、失恋、美满婚姻……
月老红线、爱娃神箭……
管保你越读越过瘾。
（注：有许多爱情诗鉴赏辞典，中国的、外国的、中外合编的、

历代的、现代的等等。)

金瓶梅、红楼梦虽是名著，
写得太细腻也令人生厌；
只要我一按电钮，
西门庆、贾宝玉便一现再现。
(注：关于这两部小说的辞典共有六七种之多)

搜神记、幽明录、世说新语……
里边的故事得到新的称号，
它们叫做"微型小说"，
你看这有多么时髦!
(注：有《中国古代微型小说鉴赏辞典》)

古代还有些趣诗、怪诗，
你平素也许不很注意；
如今可以用它们比较
外国的具体诗和达达主义。
(注：有《历代怨诗、趣诗、怪诗鉴赏辞典》)

辞典不仅提供资料，
还教导你如何赏鉴，
取之不尽，用之不竭，
你看这有多么方便!

这里满架都是辞典，
不出售其他书籍；
你们读书人可以节省时间，
我经理也可以集中精力。

听到这里我从梦中惊醒，
原来我的收音机忘记关闭，
广告节目还没有播完，
正报道书市场特殊的信息。

一九九二年三月三十一日

少女面模——文坛边缘随笔之七

因病住医院，除接受检查和治疗外，无事可做。家里送来几本小书供我解闷。在一本《法国散文选》（程依荣译）里读到二十八的罗曼·罗兰在一八九四年写给比他年长五十岁的德国女作家梅萨蒲（Meysenbug，一八一六至一九〇三）的一封信，称赞一个死亡的少女的面模。他信里说："在我壁炉上与贝多芬面模相对的另一边，挂着我好像同您谈过的另一个面模，这是一位两三年前在巴黎死去的少女，她是一位雕刻家的模特儿……我无法对您说我多么喜爱她。她的表情变化莫测。有时天真开朗，犹如罗马五月的天空，有时伤感，而更常常面带讥诮。她嘴角微露达·芬奇式的神秘笑容，时而温柔，时而倨傲，时而哀伤。这种美是无与伦比的。我认为本世纪的任何雕刻作品都相形见绌。她可与古代天才创造的最崇高的形象媲美。"罗曼·罗兰接着说："我就这样生活在两个幽灵当中，一位是理想的情侣，一位是理想的友人。……当我对周围的卑劣感到厌倦憎恶的时候，我只要抬头看看我这两位死者，就会变得纯洁起来，我希望您也同他们结识。”

这封信，我读了几遍，总是舍不得放下，它唤醒了在我身内潜伏了二十六年之久的一种痛苦。

六十年前，我在柏林，经常在艺术商店里看到这个少女面模的复制品，下边用法语标明，是“塞纳河畔的无名少女”。少女面含微笑，又略带愁容，笑不是一般少女的笑，愁也不是一般少女的愁，好像是概括了人间最优美的笑和愁。我曾想过，这面模可与《莫娜丽萨》相辉映，不谋而合，罗曼·罗兰也说她是达·芬奇式的。我被这面模所感动，买了一具挂在住室的壁上。我的房东太太看见她，端详许久，她说，她被这面模所感动，甚至觉得有些悚惧。

一天，我在街头散步，在阅报栏里读到一篇短文，述说塞纳河畔无名少女的事迹。我受到这篇短文的启发，驰骋幻想，写了一篇散文《塞纳河畔的无名少女》，文中描绘的少女生活的时代比罗曼·罗兰所说的似乎更早了一些。

这篇散文，先是在《沉钟》半月刊（一九三二）上发表，后来收入我的散文集《山水》（一九四七）里。那面模则随我行程万里。我把她从德国带到北平，从北平带到上海，抗日战争时期辗转浙赣湘桂，一直到了昆明，后来又从昆明带回北平。面模始终保持着永恒的微笑和轻愁，在我的颠沛流离中给过我不少精神上的支持和慰藉。

不料到了一九六六年秋，一晚有几个革命群众到我家来“造反”，其中一人怒气冲冲地指着壁上少女面模问我：“这是什么东西？”还没有等到我回答（其实这样的提问我也无法回答），他便把面模取下来，用力扔在地板上，摔得粉碎。我当时并不觉得怎么痛苦，只认为这场“革命”在促使美的毁灭、文化的沦亡，这人在这里要显示他的革命豪情，代表一种美、一种文化的事物遭此厄运，也是在劫难逃。

然而我的那篇散文并没有消亡。它既选入《一九二七——一九三七中国新文学大系·散文卷》（一九八六）里，也收入台北出版的《现代散文精品·有情四卷》（一九八九）里，这说明海峡两岸至今还有人读它。可是我的那个少女面模却丧失多年了。我当时不曾感到的痛苦，如今回想，并不是不存在，只不过是一时“休克”，而这次“休克”竟延续了二十六年。如今反复阅读罗曼·罗兰的这封信，再抬头看看眼前美好的风光，深深地感到，美并没有毁灭，文化也没有沦亡，于是一种难以扼制的痛苦好像从长年的休克中苏醒了过来。

一九九二年十月九日

病友赠书——文坛边缘随笔之八

一九八九年九月十五日，我的病中日记里写有这样两句话："病院中友人互赠著作，别饶风趣。"这些友人，有的是相知较深，过从较密，有的同住北京，却很少交往。不管怎样，只要是病院里相逢，便觉得格外亲切。因为大家平日都忙于工作，很少有机会深谈，病院里有充分的时间，可以谈些病情和近况，这真是天赐良缘。若有人以近作相赠，就更是意外的收获了。

一九八五年夏，我住入北京协和医院，同时丁玲在这里医治肾病。丁玲为人开朗健谈。我们在二十年代曾在北京相识，后来她去上海，就断绝音讯。新中国成立后，常在会议时晤面，也不过是匆匆致意，互问寒暄而已。她的一些遭遇，我略有知闻，我的情况，她却不很明了。我们在医院里朝夕相处，谈了许多过去的事，好像回到青年时期，同时，她也谈些北大荒的故事。每次都是她谈的多，我谈得少。她临出院时，赠给我一本新出版的论文集《文学天才意味着什么》，里边的文章一部分表达她近年来的文学主张，一部分是深切感人的回忆录。

一九八六年六月，我又住入协和医院。这次古典文学专家孙楷第也在医院里。一九四六年夏我从昆明回到北平，与孙楷第相识。我钦佩他博闻强记，掌握大量稀有资料，在小说戏曲以及某些文史问题上发隐钩沉，做出众多贡献，他看我虽然教外语，也懂得一点儿中国典籍，二人不无共同的语言。因此我们一度交往比较频繁。新中国成立后，各人有个人的工作，就很少通消息了。没有想到，我能和他在病院会晤，可是我到他的病室里看望他时，他的病情已十分沉重，躺在床上不能说话，只用颤动的手在一张纸上写出“圣人”二字。我看到这两个字，非常惊奇。原来是一九四六年西南联大一个学生社团编辑出版了一本《联大八年》，内容相当丰富，记载了联大的历史、师生生活、社会活动、学生社团等。书内还用相当多的篇幅，介绍教师们的情况。有时也用漫画的笔法勾画教师的优点和缺点，甚至开个无伤大体的小玩笑。在介绍冯至的条目内，收尾处有这么一句“甚至替他加上圣人的称号”。这个称号早已销声匿迹，无人再提起，想不到孙楷第读过《联大八年》，四十年后在病中还把这称号记在心里，真不愧是博闻强记。我对此非常感动。过了两天，他的儿子送给我一本一九八五年出版的《沧州后集》，他说他父亲已不能在书内签名，只叫他盖了名章。书里的文章是他多年考证小说、探讨文史问题的成果，是他心血的结晶。

丁玲和孙楷第都先后在一九八六年逝世，想起他们的赠书，弥足珍贵。

一九八九年，我从八月一日到十月十三日，在病院里住了七十多天。这次遇到的病友真乃极一时之盛，有语言学家吕叔湘、史学家刘大年、作家楼适夷。我和吕叔湘在同一座楼里对门而居，我常常向他请教语言文字方面的问题，二人每有新作，都互相赠送。正巧这时同住病院，《吕叔湘自选集》出版了，他得到样书后，立即送给我一册，还在扉页上题词："新瓶旧酒，谨赠冯至兄病中消闲。时同住协和医院。"说句实话，我跟语言文字打了一辈子的交道，关于语言文字的知识却很浅陋，我拿着这本《自选集》"消闲"，的确如作者在《序》里所希望于读者的，我从中"增广见闻"。我和刘大年并不熟识，只在中国社会科学院召集的会议上听过他精彩的发言，这回相遇，却也一见如故。他精通中国近代史，他向我说，孙中山一九二五年逝世前曾住协和医院，住的就是我们现在这层楼的病房。他还给我看些关于孙中山逝世的资料。他赠给我一本《刘大年史学论文选集》，书中探讨史学理论和中国近代史的重要问题。在五十年代，楼适夷任人民文学出版社副社长兼副总编辑，我当时的一些创作和翻译大都是在他的主持下出版的，到了六十年代以后，我们就久疏闻问了。我们在病院里相见，他赠给我一本散文集《话雨录》，正如他在《弁言》里所说的"大抵为怀人念旧之作"。我二人生于同年，青年时他在上海，我在北京，书里谈到的文坛旧事，好像彼此都脉搏相通。吕叔湘、刘大年、楼适夷都先我出院，我在九月二十八日的日记里写，"熟人纷纷离去，略感寂寞"。

一九九二年十月，我第四次住协和医院。这次与一九八九年的“一时之盛”相比，颇有零落之感。除艾青因脊椎骨略有伤损，在病室里卧床静养外，朝夕相遇的病友都面孔生疏，可以说是“举目无亲”。一天，一位病友向我作自我介绍，他是延泽民。延泽民，在五十年代我久已闻名，却无缘相识，我只知道他长期在黑龙江做文艺工作，什么时候迁居北京，我就不清楚了。他在出院的前一天，赠给我一本他和他的夫人雪燕合著的长篇小说《她在凌晨消失》，描绘了“文化大革命”中以及粉碎“四人帮”后各种人物的心态和表现，内容丰富，发人深省。我常听人说，对于“文化大革命”不要算旧账，要向前看。为了安定团结，也许有些道理。但是旧账算不清，它随时都会掺和在新事物里边作祟，迷惑向前看的远景。小说里的女主人公文端雅还是要清理清理旧账，她在“消失”之前留下了一张闪光的白纸，“记录着当代人熟悉，后代人将无法理解的名词”，也就是“文化大革命”时挂在亿万人口边上的语汇。她把它们搜集起来，想编一部《今世奇观大词典》，作为珍贵的历史遗产“让我们的后代记住这荒诞的一幕”，永以为戒。

这些赠书，除丁玲和楼适夷的书内容比较相近外，其他几本都性质悬殊，若是在图书馆里，按照图书分类法安放，只能各就本位，互不相干。可是在我心灵的书室里，它们却并排在一起，仿佛有一种亲密的关联。

一九九二年十一月六日

书海遇合

我在青年、中年时期，逛旧书店是一件乐事。那时无论是国内或国外，旧书店主人一般都很和蔼。你走进店门，主人任凭你巡视翻阅，不加干涉，有时还跟你攀谈，主动取出你感兴趣的书给你看。人们从中感到温暖，好像不是在进行商品交易。因此也就往往有意外的收获，这些收获对于别人或许微不足道，自己却总觉得回味无穷。

记得一九三二年，我在柏林，正以极大的热情读里尔克的诗和散文。里尔克早期的专著《渥尔卜斯危德画派》没有收入当时六卷本的《里尔克文集》里，我很想知道这是怎样一本书。正在这时，我在一家旧书店里忽然发现这本书的初版。店主人觉察出我愉快的神情，他又从书架上取出一本硬封面的小书，是里尔克《罗丹论》的上部，也是最初的版本。这两本书，价钱不贵，我不加考虑，便都买下来了，虽然六卷本的《里尔克文集》里已收有《罗丹论》上下两部。如今这两部著作都已收入十二卷本的《里尔克全集》，很容易读到，可是它们初印的版本如今在德国的旧书店已不容易找到，纵使找到恐怕已成为稀世的珍品了。

与此同时，我起始读丹麦思想家基尔克郭尔的书。也是偶然，在一家旧书店里遇见一整套基尔克郭尔著作的德文译本，是欧战以前出版的，久已绝版。店主人告诉我，这套书原来的所有者是文艺评论名家布拉斯，现双目失明，把藏书都变卖了。我用廉价买了这套书，见每册书的扉页上都有布拉斯的签名。在翻阅时，从一本书里掉下一页纸，上边写着："我刚从电影院回来，还要到电影院去。"没有署名，下边只写着一个"吻"字。我用不着猜想这一纸留言是什么人写的，只觉得它给这套不大容易读的书增添了一点人间的情味。

我在德国时有个德国朋友名鲍尔，他曾向我称赞岛屿出版社出版的袖珍本《歌德全集》印刷精美，便于携带。抗日战争初期，他来中国在昆明教过两年书，后来去北平取道西伯利亚回国。我在一九四六年回到北平后，一天在东安市场专门出售外文旧书的中原书店的书架上见到鲍尔向我称赞的那部袖珍本《歌德全集》，但已残缺不全，只剩下几本，这几本内都印有鲍尔的戳记，书后还有他的笔迹。我又是不加考虑，从中买了两册，作为对于一个音讯久疏的朋友的纪念。到了一九八二年，我去德国，得与鲍尔重逢，我向他谈到《歌德全集》事，他说那时他回德国，因旅途不便，曾把一箱书和什物寄存北平一个德国人的家里，至今下落不明。我回北京后立即托人把我买的那两本给他带去，可以说不是“完”而是“残”璧归赵了。

到了五十年代，我还是常去旧书店，有一次我在琉璃厂买到一部辛文房的《唐才子传》，书后有一简短的跋语：“庚寅春正月廿三日海上收”，署名“黄裳”；下边又补写两行：“此董授经景日本五山本也，系玻璃版皮纸所印，原定价十四元，今于其书目中见之，因更记此”。我读到这跋语，又见书中有黄裳藏书的印记，不禁愕然。黄裳在四十年代后期与我有文字交往，庚寅系一九五〇年，他怎么得到这部书不久又把它卖掉呢？也许这里的黄裳是另一个人。不管怎样，这部书在我的手里仿佛增添了分量。

类似的事，我也从旁人方面略知一二。友人吕德申在四十年前曾向我说，他买到一部“四部丛刊”本的《论语》，到面上写有“赠废名兄隐居西山，冯至”字样，这使我想起，是一九二九年的事，那时废名常到北京西山去住。无独有偶，《中国现代文学研究丛刊》一九八五年第二期里有朱金顺的一篇文章《冯至的十四行集》，说他在旧书摊上买到一本土纸初版的《十四行集》，这本小书“没有旧主人藏书印记，只在封面上有‘从文用书’四字，是毛笔写的，不知是不是当年沈从文先生的收藏”。关于《十四行集》在书海里的浮沉，还有一事可记。

一九八八年舒婷向我说过，她藏有一本破旧的《十四行集》，不是在旧书店买的，却是在市场上一家菜摊子那里拣来的，那时菜商正用几本旧书垫菜筐，她从中发现了这本诗集。

茫茫书海，无边无际，一本本的书在其中的确是浩渺沧海之一粟，但它们好像有一种磁性，吸引着书的“有情人”向它们那边走去。

一九九一年十二月二十四日

肃然起敬

约在四十五年前，一个外国朋友问我，在中国都有谁翻译过莎士比亚。我不假思索就回答，在二十年代有田汉，三十年代以来是梁实秋和曹未风。我并没有意识到，我忽略了一个比那三人更有成就的莎士比亚译者，这人就是朱生豪。我也曾在书店里看到过朱生豪译的一部三卷本《莎士比亚戏剧集》，但未加重视，拿起来翻一翻便放下了。那时没有重视的原因有二：第一，朱生豪一生不求人知，在文坛和译坛上都默默无闻；第二，这部《戏剧集》是世界书局出版的。世界书局既不如商务印书馆、中华书局那样享有盛名，也不像上海一般的进步书店印行传播新思想、新文化的书籍，所以它出版的书在我的心目中不占有什么地位。

几年过后，渐渐有人提到朱生豪译的莎士比亚戏剧，说是值得一读。我找来阅读，很快就被那熟练而生动的译文所吸引，一口气读完了几部。回想当年的偏见，深感内疚。经过多方询问，才知道译者是一位大学毕业不久的青年，从一九三五年起，计划翻译莎士比亚全部剧本。抗日战争爆发，他先是在“孤岛”的上海，随后在沦陷的家乡，贫病交加，潜心译作，不幸于一九四四年逝世，年仅三十二岁，莎氏全部剧本只剩下六部没有译出。后来作家出版社和人民文学出版社先后印行的《莎士比亚戏剧集》（一九五四）和《莎士比亚全集》（一九七八）都是采用经专家校阅过的朱生豪的译本。近年来，在《新文学史料》（一九八九年第一期）读到朱生豪夫人宋清如写的《朱生豪与莎士比亚戏剧》一文，文中详尽地叙述了朱生豪进行译作的艰苦历程,还引用了朱生豪在一九四四年四月为即将出版的《戏剧集》写的《自序》。《自序》里说：“余笃嗜莎剧，常首尾研诵全集至十余遍。于原作精神，自觉颇有会心。二十四年（即一九三五年）春……始着手为翻译全集之尝试，越年战事发生，历年来辛苦搜集之各种莎剧版本，及诸家注释本、考证批评之书，不下一二百册，悉数毁于炮火，仓促中惟携出牛津版全集一册，及译稿数本而已。厥后转辗流徙，为生活而奔波，更无暇晷，以酬未竟之志。及三十一年（即一九四二年）春，目睹世变日亟，闭户家居，摈绝外务，始得专心一志，致力译事。虽贫穷疾病，交相煎迫，而埋头伏案握管不辍。凡前后历十年而全稿完成（其后因病重不起，尚余史剧六部未克译出）。夫以译莎工作之艰巨，十年之功，不可云久，然毕生精力，殆已尽注于此矣。”读到这里，我认为朱生豪不仅是有高度热情的认真负责的翻译家，而且近似殉道者了。我对他肃然起敬。

一九六五年,朱光潜根据德文原本译出莱辛的美学名著《拉奥孔》。译稿由我工作的单位介绍给人民文学出版社。不久，出版社编辑部回信同意出版，对译文也提了一些意见。意见相当中肯。问意见是谁提的，回答说是绿原。当时我很惊讶，我只知道绿原是诗人，抗日战争时期在重庆复旦大学专修英语，从来没听说他懂得德语。进一步了解，才知道他从一九五五年至一九六二年因胡风冤案失却人身自由，在监狱中面对四壁自修学会了德语。

十几年后，尤其在八十年代，我和绿原有较多的交往，得知他掌握德语所发挥的作用与日俱增。他研读大量德文著作，撰写论述德语作家和文艺理论的文章，参与中德文化交流活动，尤其是关于中德诗歌的介绍与比较。他翻译出版德语国家现代诗，题名《请向内心走去》。习惯于读十九世纪以前西方诗的，读二十世纪的现代诗往往由于新的意境和新的技巧不容易领会，也就不容易翻译，绿原却深入钻研，精雕细刻，把它们介绍给中国的读者。近来听说他用散文译出了歌德的《浮士德》，我对此怀有惊奇的期待。联想他在失却人身自由的七年内写的唯一的一首诗《又一名哥伦布》和一九七〇年在“牛棚”里写的《重读圣经》，既表达了坚强的意志，也蕴涵着深刻的体会和睿智的情思，我曾反复吟诵，一唱三叹。我对他在困苦中，甚至在灾难中的那种艰苦卓绝的精神肃然起敬。

由翻译德语诗歌，我还想到钱春绮。远在五十年代，钱春绮就不断翻译德语诗结集出版。他本来是一个医生，在上海某医院工作。为了能有更多的时间学习多种外语、钻研翻译技巧，他放弃了医生的职务,这在当时是很少有的行动。“文化大革命”时期，他的书不能出版，经济来源断绝，只靠他夫人的微薄的工资维持生活，还备受凌辱，但他的意志从未动摇。十一届三中全会后，他的译著得以陆续出版，而且译的不仅是德诗名著，还有法语诗中难度很大的作品,如波德莱尔的《恶之花》及《巴黎的忧郁》，译者还为此撰写了一篇内容相当丰富的序言。我对于这位不管外边的气候如何变化，而几十年如一日的孜孜不息的翻译家肃然起敬。

以上三人，有的与我素不相识，而且早已作古，有的是常常见面的朋友，有的只有一面之缘，他们所处的环境不同，成就各异，我把他们联想在一起表示敬意，是由于钦佩他们对事业的忠诚，以及能担受生活的苦寂和人间的任何磨难。

一九九二年十月二十七日

手握旧卷　备觉情深

自从懂得读书以来，我买过多少册书，我心中没有数儿；我接受过多少友人和不识者的赠书，我心中没有数儿；我丢失过多少书，心中也没有数儿；现在家里书橱内和书架上放着多少册书，我同样是没有数儿。但是在这不计其数的书中，有几本书跟我结下了不解之缘。那几本书既不是著名的版本，也不是豪华的精装，可是我总忘不了它们，烦闷时经常取出它们，欣赏吟味，像是多年老友，一见面就有许多话要说似的。外文书暂且不提，先谈一谈那几本与我情同知己的中文书。

远在二十年代，我在北京大学读书，过着穷苦的学生生活。我的长兄在哈尔滨教书，他有时从他低廉的薪金里节省几元钱寄给我供我零用。有一回他寄给我三块大洋，我从邮局取出钱来，立即跑到琉璃厂商务印书馆，用六角钱买了一部《四部丛刊》影印明初刊本《精选陆放翁诗集》，共二册，分前后二集。

前集选者为罗椅，后集选者是刘辰翁，二人都生活于宋末元初。放翁诗作极为丰富，今存约九千三百首。这两集精选可以说是陆诗的精华，我很喜欢读。我曾在书眉上写有这样的评语：“前集所选多闲情逸致之作，不能代表放翁诗全面，刘辰翁编选之后集，则慷慨悲歌，读之使人振奋，盖与选者身世及思想水平有关也。”这段评语对于前后二集似乎有所轩轾，平心而论，两集正好互相补充，可以看出诗人的全貌。那时陈炜谟与我同住一室，他也常借去诵读，他用红铅笔圈点诗中的佳句，颇有见地。时隔多年，书中朱笔的圈点并未退色，更增添我对于这部书的感情。

也是在北大读书的时期，一天我和杨晦逛东安市场，在一家旧书摊上忽然发现一批外文文学书，有英文的，有德文的，书面上都写有“袁文薮”字样。杨晦从中选购了几本英文书，同时他还感慨地说，这些书原来的主人一定很有文学素养，想必是生活上遭逢不幸，才把他心爱的书卖出。不料在抗日战争胜利后，我回到北平，在东安市场旧书摊上又发现一批书，其中有一部是日本明治三十年（一八九七）京都文求堂出版的《杜诗评钞》，沈德潜选，大家合评。这部书也是两册，两册的封面上都用毛笔写有“文薮购于东京”字样。这时我不像上次那样不知袁文薮是何许人了。我知道袁文薮留学日本时，曾与鲁迅合作，计划出版杂志《新生》，后来计划未能实现，他到英国学法律去了。于是我买了这部《杜诗评钞》。后来我又从鲁迅早期的日记里一再读到关于袁文薮的记录。我追念前尘，对于这部书有了偏爱。我藏有杜诗不同的版本，但每逢我想读杜诗时，常首先取出这部书来读。

我在北大学习的后期，友人顾随在天津教书，他常在放假时来北京和朋友们相聚。一次我们谈到明末逸民归庄的《万古愁曲》，顾随连带着说，与归庄同时，山东有个贾凫西，自称木皮散人，作鼓词一部。他没有见到过这部鼓词，只听说作者愤世嫉俗，把古往今来的历史概括为八个字“直死歪生，欺软怕硬”。然而过了没有几天，我在北大第二院对门的一家书店里看到一本线装蓝色封面的小书，书签上写着“木皮散人鼓词”，扉页后面有“乙丑孟冬影印”字样（乙丑即一九二五年）。我欢喜若狂，觉得好像这本书是书商专门给我影印送到我常常走访的书店里来的。我立即把鼓词买回来阅读，里边对历代的帝王将相肆意嘲弄，把历来堂皇富丽的正面文章都说成是滑稽的伎俩。虽然有些词句过于偏激，但淋漓尽致，当时不满现状的青年人读了，也颇能痛快一时。我尤其喜欢鼓词里关于宋朝的一段，说宋朝“三百年的江山倒受了二百年的气，掉嘴的文章当不得厮杀”；又说“满朝里通天讲学空拱爪，铁桶乾坤半边塌”；最后唱到文天祥殉国，陆秀夫投海，“这是那宋家崇儒重道三百载，天遣下两位忠臣来报他”。书前有署名统九骚人的两篇序，写于丙辰（一七三六）、丁巳（一七三七）两年。序里有这样的话：“窃谓感慨既深，言之痛切，尺幅穷万古之变，片言发千载之覆。如贾先生之鼓词，即谓子美诗史、屈平天问以来，堪步后尘焉，盖未多愧也。”

鼓词中有句云“几年家软刀子割头不觉死”，鲁迅曾一再引用，一见于《坟·后记》（一九二六），一见于《老调子已经唱完》(一九二七)。揣想鲁迅引用时也是根据这本小册子，因为鲁迅在《书苑折枝》(一九二七)一文中说:“近长沙叶氏刻《木皮道人鼓词》，昆山赵氏刻《万古愁曲》，上海书贾又据以石印作小本，遂颇流行。”他紧接着说：“二书作者生明末，见世事无可为，乃强置己身于世外，作旁观放达语……”

由于这几册书提到的几位师友，都已先后逝世，缅怀故人，手握旧卷，不禁备觉情深。

一九九一年六月一日

怀念北大图书馆

我在北京大学当过六年学生，也当过十八年教师。在那里既读书又教书，若说跟那里的图书馆没有什么关系，这不可能；若说我跟它有难解难分的情谊，也不符合事实。因为北大图书馆以及它的“分支”都历尽沧桑，有过不少变化，我也就跟它有时疏远，有时亲近。

我当学生的时候，北大图书馆主体设在北大一院红楼的底层，书库和阅览室都是利用与课室没有区别的大大小小的房间。所谓“分支”，我指的是那时各系办有自己的图书室，供本系师生使用。我从一九二三年至一九二七年在本科德文系学习，曾充分利用红楼三层东北角德文系的图书室。这图书室非同小可，它具有德国大学里日耳曼学研究室的规模。二十年代初期，德国战后通货膨胀，马克贬值，用少数外汇可以购得大批德文书。北大校当局有远见，不仅买书，还请来一位颇有声望的教授。

这位教授著有德国文学史，出版过研究莱辛的专著，编过浪漫派女作家贝蒂娜·封·阿尔尼姆的全集，他的姓，译为中文为欧尔克。那些书主要是在他的建议下选购的。他热心指导编目，把图书安排得井井有条，从古德语文献到当代文学，名家的作品应有尽有，也有少量历史、哲学书籍以及德语翻译的其他国家的文学名著。这些书放在约二十座高高的书橱里，钥匙由一位年老的工友掌握。图书室也是系办公室，上午教师们在里边休息聚会，下午学生可以自由进去阅读，要看什么书，工友就打开橱门取出，当然不准带出室外。德文系的学生人数很少，走进去不愁没有座位。我在那里度过无数有意义的下午。除了温习功课、整理笔记、读教师指定的参考书外，也翻阅课业以外的书籍，如塞万提斯的《吉诃德先生》、裴多菲的诗集等都是我在那里首次读到的。面对丰富的图书，只怨自己德语根底浅，有些名著还读不懂。我有时也在这幽静的环境里干些旁的事，写点诗和散文，或给朋友写信。我常常一坐就是几小时，直到工友要关门了，才走出来。在返回宿舍短短的路上，不管天气是好是坏，总觉得一身轻松，欣庆从书本上又获得了一些知识，懂得了一点儿道理。

十九年后，一九四六年，我又回到北京大学，在外文系教德语。这时北大图书馆早已不蜷伏在红楼的底层，而是有独自的建筑了，它的“分支”也大都回归主体。馆内有比较宽敞的阅览室，有几层楼的书库，底层东西两侧有两列研究室，供教授使用。我分得靠西边的一间，自己掌握钥匙，我在里边工作，有时一直到夜里闭馆的时候。那时北平进步势力和反动势力的斗争十分尖锐，岁月沸腾，群情激愤，我也参与一些活动，但一走进这间小小的研究室，就好像置身于另一个世界。这个世界没有外来的干扰，容许我全心全意做我最喜欢做的工作。我的教学任务是教德语，但我自己给我的一个迫切任务是给杜甫写传。我在四十年代后期写出《杜甫传》初稿的主要部分，不能不感谢北大图书馆给了我许多方便。图书馆领导不仅分配给我研究室，还准许我走进书库去找我需要的参考书。我找出杜集各种重要的版本，还有关于唐代地理、历史、制度的典籍，都是先从书库里取出，然后才办借书手续。那些书放在研究室里的书架上，使用时可以信手得来，真是一种享受。

在书库里翻阅书籍，时而也有意外的发现。有一次我从书架上抽出一本罗振玉编的《芒洛冢墓遗文续补》，不料其中收有一篇洛阳出土的《杜并墓志铭》。杜并是杜审言的次子、杜甫的叔父，死于为父报仇。《旧唐书·文苑传》里说"审言子年十三"，可是墓志铭里写着杜并"春秋一十有六"，相差三年，虽不重要，却也足以纠正史书上的一个错误。我记忆中还有一件小事。一天我在书库最上层一些未编目的书籍中见到一本德文版的《反杜林论》。我取下来翻阅时，里边掉下来一页信纸，是一个苏联人用德文写的。收信人的姓名从拼音可断定是罗章龙。据说罗章龙曾经是德文系早期的学生，也是北大"马克思学说研究会"的成员。我认为这页信与马克思主义在中国的传播有关，把它交给当时讲授博物馆学并计划在北大建立一个小型博物馆的韩教授，他的名字我忘记了。后来博物馆的设想没有实现，韩教授也逝世了，那页信也不知下落如何了。

一九五二年院系调整，北京大学迁到城外，这座图书馆楼不知后来派了什么用场。我常常怀念它。

我是一九六四年离开北大的。如今北大校园内建立了一座规模更大的现代化图书馆，我无缘享用。有时因事去北大，路过那里，只是从外边望望而已。

一九九二年二月二十四日

答《中学生阅读》编辑部问

问：请简述书籍对您人生道路的影响。

答：在我阅读的书籍中，有两个诗人的作品（自我中年以来）对我的人生道路有较大的影响。那是唐代的杜甫和德国的歌德。他们通过他们的创作使我深深体会到，人生在世需要不懈地工作，并使我懂得，诗不是文字游戏，而是一个时代的心灵记录，也是一个时代的历史见证。

问：请介绍您读书的习惯和方法。

答：我一生没有停止过读书，可是读后能给我以丰富收获的书还是有一定的限度。在这限度的范围内，每逢有所得，便记录下来，或牢牢记住，有时甚至用以指导我的某些行为。至于为数不多对我有重大影响的书，我则经常反复诵读，加深理解，遵循“知人论世”的原则，研究产生它们的土壤。因为我认为，无论多么伟大的诗人、作家或思想家都离不开他所处的时代和社会环境。

问：对您青年时期思想影响最大的书是什么？

答：我在中学时，一位思想开明的国文教师给学生讲解《史记》《韩非子》《庄子》里的个别篇章，我起始对当时还定为一尊的儒家思想发生怀疑。中学毕业后，“五四”运动的高潮尚未消退，我大量阅读传播新文化的杂志，如《新青年》《少年中国》等，后来又读到文学刊物《小说月报》《创造》，并练习写作。那时对我影响最大的是《胡适文存》、鲁迅的小说集《呐喊》、郭沫若的诗集《女神》。

问：请您给当代中学生就阅读问题提几句希望。

答：少读低级趣味的所谓“畅销书”，多读些启人深思、开阔眼界、引人向上的书。

一九九〇年

谈读书

问：您是著名的诗人，同时又是著名的学者，请问您，为欣赏而读书与为研究而读书有何不同？

答：我从事文学创作，也做些研究工作。与创作相辅而行的是阅读古今中外的名著，以吸取精神上的营养，丰富自己。这往往采取欣赏的态度，把名著看作是一件艺术品，吟味其中的意境以及语言的精美，至于作品是怎样产生的，作者的生活如何，可以不必过问。例如李商隐的《无题》诗，注释者作过各种不同的解释，莫衷一是。如果我们不管那些繁琐的解释，只欣赏其中具有极大魅力的诗句，会感到意味无穷，爱不释手。

问：随着年龄的变化，阅读的书籍也会跟着变化吗？

答：我青年时正当“五四”运动后期，在新思潮新文化的感召下，思想感情从旧社会里解放出来，但又找不到出路，总有些伤感的情绪。因此喜读晚唐五代那动荡不安的诗词和西方浪漫主义的作品。中年后阅历较深，在抗日战争时期目睹时艰与人民的灾难，吟诵杜甫的诗，深刻感人，百读不厌。如今到了老年,则喜欢读含蓄哲理的诗篇。所谓哲理,不是空洞的说教，也不是头脑里偶然迸出的火花，而是历尽人世悲欢，从生活里凝练出来的诗句，如歌德晚年的诗，以及宋代个别诗人的某些名篇。

问：读书上您有没有个人的偏爱?

答：这是些在欣赏与研究之外，而且也不受年龄限制的读物。有如我们一生中遇见过无其数的各种人，却只有极少数人能结成朋友。尽管彼此身世不同，兴趣各异，但几经接触，便能开诚相见，成为莫逆之交。这“朋友”是书信、日记、谈话录之类的书籍，它们多半是作者的真情流露，写时或说时也不想传于后世，而是由旁人收集或记录下来的。可是从中能读到作者郑重其事发表的著作里读不到的东西，感到非常亲切。不管他们是诗人，是哲学家，是科学家，或是一个普通的人，只要说的是真心话，都会感人肺腑，如中国古代司马迁的《报任少卿书》、西方现代里尔克的《书信集》等。但是这类的读物也不能一概肯定，有些人写信、记日记、谈话时就遮遮掩掩，唯恐有什么破绽被人发现，正如鲁迅在读到《越缦堂日记》时说的“我觉得从中看不见李慈铭的心，却时时看到一些做作，仿佛受了欺骗”。

问：请问您有什么读书的方法？

答：我读了一辈子书，却没有总结出什么读书方法，读书方法是因人而异的。

一九九〇年

编后记

二〇一四年底，我将新旧芜文编了一个小册子，取书名时颇为犯愁，便信手翻阅一些前人的作品，希望能有所启发。看到冯至的名篇《书海遇合》，觉得这个标题做一本读书随笔的书名也挺合适。

二〇一五年是冯至诞辰一百一十周年。与冯至的女儿冯姚平女士联系，问及是否有纪念活动。果然，中国社科院外文所和中国现代文学馆届时将举办一个学术研讨会。冯姚平女士还让主办方发来邀请函，可惜我后来因杂事缠身，未能前往。但借此机会，我将《冯至全集》重温一遍。诗歌、小说、散文以及翻译作品，都备受关注。一些读书杂谈、序跋书评和书人书事类文章，却未曾受到重视。于是，我萌生了一个想法：为冯至编一本读书随笔选，书名就叫《书海遇合》。

读书随笔，有时也叫做书话。虽然属于小众读物，但出版界还算比较热衷。尤其是最近十余年，各种丛书相继出版，新老作者，包括已故作家都有专辑面市。其间，冯至始终缺席。他晚年曾在《文汇读书周报》上开设专栏，给当时的读者留下深刻的印象，如今怎么就被遗忘了呢？或许他在文学界、翻译界声名显赫；偶尔为之的读书随笔，遂被忽略不计。但从本书收录的篇目看，他这方面的写作，也为绝大多数书话作家望尘莫及。

冯至写作此类文章时，或许并没有文体的自觉。他无意跻身于书话界，却具备了书话作家所必要的全部条件，甚至自身就是书话写作的对象。他那几册薄薄的小书（三本诗集、一本散文集、一本中篇小说），是文学史上的经典，也是新文学版本收藏者的珍爱。他参与编辑出版的杂志《浅草》《沉钟》和《骆驼草》，也为民国期刊收藏者必备。他来回忆亲身的经历，回忆与师友（如鲁迅、郁达夫、朱自清、杨晦、陈翔鹤、梁遇春、顾随、李广田等）的交往，其史料价值，远非后人从书本到书本的文献考证可比。

读书随笔或书话的写作，关键在于作者的见识。而见识，取决于一个人的素养和视野。见多识广才能有所选择，有所甄别。当下一些作者，仅凭一己的癖好，一知半解，信口开河，漏洞百出。还有些作者，偏于一隅，坐井观天，还沾沾自喜。而一些优秀的作者，也是或写新文学书刊，或写古籍版本，或写海外书讯，能专而不能通。像冯至这样学贯中西、知古通今的大家，难得一见。他是中国现代著名作家，也是古典文学专家，还是外国文学专家和翻译家。每个领域，他都不是浅尝辄止，而是钻研精深。他的杜甫研究、歌德研究以及海涅和里尔克的译介，都是汉语学界的顶级水平。

当然，读书随笔或书话的写作，不是做学术研究。写给同行专家看的学术论文，可以“深入深出”，旁人不知所云没有关系；写给普通读者看的读书随笔，必须“深入浅出”，否则便失去阅读的价值和乐趣。可当下充斥市面的，绝大多数都是“浅入深出”的论文（学术垃圾）和“浅入浅出”的读书随笔（书话垃圾）。回头再来读一读冯至的文章，无疑令人警醒。这样一位大作家、大学者，文字竟然如此浅显易懂、明白晓畅、朴素自然，没有半点装腔作势、故弄玄虚，真所谓“绚烂至极归于平淡”。这才是读书随笔或书话写作的本色。

由于字数的限制，这本《书海遇合》未能将冯至此类文章悉数收录，但兼具史料性和可读性的精品，应该都已入选。感谢董宁文先生为本书出版所做的努力。感谢冯姚平女士授予版权。感谢戚蕊小姐为本书电子版所做的校对。希望读书界的朋友能够注意到这本书，注意到冯至也写过读书随笔或书话，而且写得相当好，堪称这一领域的大家。

桑　农

二〇一六年四月二十三日